COLLECTION FOLIO

François Nourissier

de l'Académie Goncourt

Un petit bourgeois

Gallimard

François Nourissier est né à Paris en 1927, d'une famille lorraine et flamande. Il a publié son premier livre en 1951 et conçu en un demi-siècle une œuvre où alternent autobiographie et roman. Élu à l'Académie Goncourt en 1977 au couvert de Raymond Queneau, il en est le président de 1996 à 2002. Il a écrit sur les livres et la littérature dans de nombreux journaux et revues. Il partage sa vie, depuis quarante ans, entre Paris, la montagne et la Provence.

Pour Alain et Gilles,
et, beaucoup plus tard,
pour Paulina.

« La plupart des gens ne meurent qu'au dernier moment ; d'autres commencent et s'y prennent vingt ans d'avance et parfois davantage. Ce sont les malheureux de la terre. »

L.-F. CÉLINE,
Voyage au bout de la nuit.

En 1959 l'aîné de mes enfants eut l'âge — huit ans — qui était le mien quand mourut mon père. Les circonstances de cette mort, passablement dramatiques pour un petit garçon, déréglèrent sans doute en moi des mécanismes essentiels. Je me sentis, me crus, me trouvai donc devenu, cette année 1959, vis-à-vis de mon fils Alain, cet homme de quarante-trois ans, assis seul à côté de moi et s'écroulant, un dimanche après-midi de 1935, dans un fauteuil de cinéma. Un phénomène qui jusqu'alors ne m'avait pas tellement frappé — l'ignorance où l'on m'a laissé de tout ce qui touche à mon père — commença de m'obséder. Puisqu'une logique charnelle (à propos de laquelle il était inutile de vouloir calmer mes divagations ; nous sommes ici en plein mystère) me paraissait promettre les pères à une mort rapide et les fils à une solitude ignorante et désarmée, je ne voulais pas devenir pour mes enfants l'inconnu qu'avait été pour moi et qu'est resté Paul, Éloi, Eugène

Nourissier. D'où la tentation de me raconter à eux, de dresser à leur usage un inventaire moral. La recette était simple : je voyais une tombe sur mon chemin, j'écrivais donc une manière de livre d'outre-tombe. Je souscrivais à tout hasard, en faveur de mes fils, une assurance-mémoire.

F. N.

LE DENTISTE

Vint un moment où, penché sur une de mes molaires, le dentiste murmura ceci : « On ne va pas l'arracher, celle-ci, on va tâcher de la conserver, hein ? Je pense que ça tiendra... »

Et je complétai mentalement sa phrase : ça tiendra bien jusqu'au bout, ça résistera bien les quelques années nécessaires. Après tout, on se rapproche du terme de la course...

J'inaugurai ce jour-là une façon nouvelle de penser à mon corps. Je vis désormais en lui le lieu d'un certain nombre de bricolages, de réparations de fortune dont on espérait qu'elles permettraient à la carcasse de terminer le voyage avant de se disloquer. Il ne s'agissait plus de la belle horlogerie de naguère, réputée inusable, qu'on secouait sans y prendre garde. Je me mis à penser à moi comme à une chambre à air constellée de « rustines » et à vivre au jour le jour, automobiliste qui roule précautionneusement, guettant la crevaison, quand il pense que la pièce posée ne tiendra pas. Ce qu'il y avait eu de plus sûr au monde, de plus familier — mon corps — dénonça soudain toutes les alliances que nous avions conclues. Ce fut un ennemi, brusquement, que mes jambes portèrent. Ou bien encore je retrouvais mon impression d'enfance, quand on me forçait à « finir » un vieux manteau au bord de l'effilochade, sous le prétexte qu'il tiendrait bien le coup jusqu'au printemps.

Mais, on le conçoit, l'anecdote du dentiste est symbolique. Tout ne vint pas seulement d'une molaire creusée de grottes. Il y eut surtout *le cœur*.

Toute mon enfance j'entendis répéter, quand on parlait de mon père : « C'est le cœur qui a lâché... » Ainsi sans doute s'amarra en moi la certitude que le mien, à son tour, trahirait son propriétaire. Des maladresses fortifièrent l'intuition.

Épisodes :

Rue Blaise-Desgoffe, dans un cabinet carrelé de blanc où l'on a fait l'obscurité, je regarde les mèches follettes et le nez rouge du docteur Fournet penché sur l'écran de son appareil de radioscopie. Il reste là longtemps, intrigué, sans mot dire. Ensuite il me considère avec sérieux et tristesse. Il a comme d'habitude la goutte aux narines, ce qui accentue son air de catastrophe.

Un mois plus tard Étienne me dit, dans la cour du lycée : « Fournet est venu à la maison. Tout le monde avait la grippe. Il nous a parlé de toi. Il paraît que tu as un sale cœur. Tu ne feras pas de vieux os, mon bonhomme ! »

On me déconseille la bicyclette, les escaliers trop raides : j'ai quinze ans. Alors, au stade, je me mets à courir avec rage, je passe mes étés à escalader des cols, un énorme sac sur le dos. J'achète des cigarettes au marché noir et je découvre les vertus des apéritifs rougeâtres de la guerre.

Vingt-cinq ans, trente ans. Mes nuits durent cinq heures et je possède un arsenal modèle de pilules stimulantes. Je brûle des cierges à Saint-Maxiton. Cela rend l'élocution rapide et l'on se sent la poitrine habitée par un chat encombrant.

Trente-deux ans. Au retour d'un voyage en Italie, quelque part dans les Alpes, me voilà incapable de sortir les valises du coffre de la voiture. À la compagne de ce voyage je parle de courbatures. Cette fois, l'obsession va s'installer.

Hôpital, externes blondes qui regardent sans indulgence mon torse mou, électrocardiogrammes, abominable sympathie des médecins, claques dans le dos. On se fait appeler « mon vieux » par des inconnus qui vous interdisent tout : adieu les huit cafés par jour, les comprimés innocents au creux de la paume, les jolies boîtes rouges des *Craven*. « Vous allez où ? En Allemagne ? Ah, ah ! Pas trop de gretchen, hein, mon vieux ! » Et puis quoi encore ? Le cœur dans la culotte, maintenant...

Et six mois plus tard, rue Jacob, seul, la nuit la plus longue.

Quelle est dans tout cela la part de la fable ? Celle des nerfs ? Celle de ce gros muscle capricieux ? Je ne veux plus le savoir. La peur et l'indifférence se succèdent, la sagesse et son contraire, le régime et la bouteille. Quand ça cogne trop fort je me couche et j'absorbe des pilules nouvelles : bleues, brunes. Elles sont supposées me calmer et présentent une apparence moins gaie que leurs ennemies, les pilules qui chauffaient la machine, l'accéléraient.

Parfois il me semble avoir monté de toutes pièces, d'année en année, une énorme comédie cardiaque, aggravée par les balourdises de l'un, la complaisance des autres, et cautionnée par le souvenir de mon père. Parfois aussi je pense à mon corps cassé sur la moquette d'une chambre d'hôtel, comme on pourrait le trouver un jour de mars, vers midi, avec les dessins du soleil sur le lit.

*

Rien de tout cela n'est facile à écrire. Mais je dois continuer si j'espère m'en purger une bonne fois.

L'habitude est venue. Désormais la peur et moi nous cohabitons. Elle est devenue multiforme. Dans la vie quotidienne elle m'embarrasse comme un paquet sur les bras ou un bouton à la lèvre. Si mes yeux par hasard se posent, dans la rue, sur les affichettes vantant une revue de vulgarisation médicale, je détourne la tête. Je saute plus vite la page du *Monde* ou du *Figaro* où s'étalent d'objectives études sur l'infarctus et la maladie de Parkinson. Les notices nécrologiques me cassent le souffle : je cherche avec fièvre l'âge du défunt. Je ne m'apaise qu'au-delà de soixante-dix ans. Ai-je un malaise ? Je le porte secrètement en moi des jours et des jours avant d'oser consulter. Je ne téléphone à un médecin qu'arrivé au bout de mes nerfs et de mon pessimisme ; je me présente à son cabinet à demi mort d'angoisse. À de certaines époques ma folie ne connaît plus de trêve : tous les cancers, cavernes, lèpres, nécroses me rongent. Je suis capable pour conjurer le mal d'en parler avec pittoresque, d'en rire entre amis et d'en faire rire. Mais cela ne change rien : ma peur ne désarme pas. Le récit le plus cocasse me laisse finalement effrayé. J'ai pris l'habitude de ne faire aucun projet, de ne fixer aucun rendez-vous sans formuler — et souvent à haute voix — la restriction mentale qui s'impose : « Si Dieu le veut, je serai à Lausanne vers dix heures », dis-je en souriant. Jamais je n'oserais annoncer mon arrivée sans l'accommoder d'un doute, d'un conditionnel. « Serons Paris mercredi » est un télégramme que ma main refuserait d'écrire sur le formulaire que me tend la demoiselle. Je me ruine en circonlocutions. Quand meurent mes amis — il en est mort pas mal ces derniers temps — je passe de longues heures en tête à tête avec leurs photographies, les lettres qu'ils m'ont écrites. Images de voitures tordues, lyrisme de la presse, hâtives biographies des morts : sur moi, tous les coups de cette artillerie funèbre portent. Pendant des jours j'ai mal. Le gros chat se réinstalle dans ma poitrine et de temps en temps miaule et me griffe. Enfin, au lieu d'essayer de guérir ma folie, je décide d'aller jusqu'au bout de ses excès. J'espère à force de familiarité apprivoiser la mort. Je me rappelle Rilke : « Il faut en faire une amie. » J'écoute parler le détachement ou le cynisme des vieillards. Je professe que l'on doit traverser la vie comme on traverse une journée : le soir en est si proche. Puis, quand je m'aperçois que le remède a aggravé le mal, il est trop tard pour revenir en arrière et je me suis simplement enfoncé un peu plus avant dans mon délire. Alors, inexplicables, des périodes de calme m'offrent un répit. Je cesse d'être à l'écoute de moi-même. Tout en moi se remet à fonctionner. Je grimpe les côtes, siffle les verres, dors sans cauchemars, parle de l'avenir. J'imagine que la mort me prendra dans une de ces euphories. C'était encore une des ritournelles de mon enfance : « Depuis deux mois il allait si bien », disait-on à propos de mon père, « jamais il ne s'était senti mieux... »

*

Au fond, ne suis-je pas assez content de mon angoisse ? L'angoisse c'est froid, c'est distingué, c'est présentable. La preuve... N'est-ce pas flatteur de se sentir cet homme souffreteux, penché sur ses battements intérieurs, qui croise dans les rues et coudoie dans les cafés cette brute bien vivante tirée à des millions d'exemplaires et qui apparemment se fiche comme de son premier tablier d'être « le seul animal qui sache qu'il doit mourir » ? Si l'on ajoute à cette satisfaction le goût de se raconter avec des détails, il faut avouer que la nécrophobie devient une excellente affaire : on la cultive, on la monte en épingle, on la formule élégamment, on en fait un livre — et après tout on prend encore son petit déjeuner avec appétit tous les matins...

Je n'espère pas épuiser le sarcasme en le formulant moi-même, en prenant les devants, mais je voudrais lui assigner des limites raisonnables. Un certain nombre de sujets sont réservés à l'autobiographie, d'autres tolérés, d'autres enfin interdits. Je crains que la mort ne soit de ces derniers. Je veux dire : ma mort. Car si je raconte celle de mon grand-père ou de mon meilleur ami, chacun lira avec émotion ces récits mouillés de larmes et l'on saura sur quel rayon de la bibliothèque me classer. Mais ma mort, mon corps, tels de mes dégoûts, je l'ai remarqué dans les conversations, ne soulèvent que l'indignation, ou bien des encouragements courtois. Il m'est arrivé, par bravade, d'aborder ces thèmes de vive voix. Au bout de trois minutes je me sentais dans la peau d'un Anglais qui parlerait de ses intestins. On avait l'air offensé. La moindre des réactions était le cercle des visages de bois, incrédules. Cette incrédulité est importante. On a tendance à ne rien croire de ce qui est écrit sur un sujet interdit. Et sont interdits la plupart des sujets inconfortables. La manie psychanalytique aurait dû balayer tout cela. Il n'en a rien été. Les excès de zèle, les écarts de vocabulaire, l'insistance un peu primaire des analystes, cette rage publique de tout ranger dans leurs boîtes, leur façon de camper (en France surtout) dans un seul groupe social, tout cela leur a fait jouer un rôle inverse de celui qu'on pouvait espérer. Ils ont habitué les gens (enfin, pas tous les gens !) à parler et entendre parler du sexe, par exemple, avec une risible abondance. Et encore, même là, les chemins sont tracés et il n'est pas recommandé d'en sortir. De nature bavarde et grand négociant à la bourse aux confidences, je n'ai jamais entendu un homme me dire, par exemple, qu'il bandait peu et que faire l'amour l'embêtait. Or, un sur deux des hommes en est là. Il n'importe, pas un mot. En revanche je connais de gentilles Parisiennes portées sur le murmure, prêtes à vous confier que Z., avec qui elles vous ont vu déjeuner, n'est pas un champion dans le travail au tapis. Cela se fait. Inutile de multiplier les exemples. Cette digression pour en revenir à la panique, à la pétoche de la mort qui parfois m'étrangle jour après nuit pendant des semaines, et dont je m'obstinerai à vider ici mon sac.

*

Alain, Gilles, puisque ce livre est écrit pour vous, dites-vous — le jour vers 1970 où vous le lirez — qu'aucun homme n'échappe jamais à l'épreuve du vide. Sans doute bon nombre cachent-ils leur peur ? Ils en ont honte, ou bien ils craignent en l'avouant de la laisser occuper davantage encore de place. Je doute que personne en soit indemne.

Le plus rustre, le plus costaud, dans quel désordre, soudain, le précipite la maladie ou la mort de l'épouse ! C'est au fond des campagnes que l'on se pend ou se jette à la mare. La passion de se détruire ronge d'abord les âmes simples.

Je vous l'ai dit : la peur connaît ses crises et ses rémissions. Quand tel écrivain venait de se tuer j'ai vu, bêtes comme des statistiques, les survivants compter leurs os et leurs années. J'étais du nombre. C'était une crise. À d'autres moments, calfeutré au cœur de ma Suisse, gorgé de brumes et de douces montagnes, je m'apaise, je ralentis. Il me faudrait presque, alors, chercher mes mots pour vous parler de la mort. C'est une trêve.

La mort-dans-les-livres, je veux dire celle que les romanciers aiment à raconter — terme d'une lente hémorragie de jours, paroles sourdes, le crépuscule des yeux, le lit — a beau faire partie du folklore humain, elle ne me révolte pas moins que l'autre : choc, cris, et cette énorme culbute du ciel sur la terre. Je la poursuis de rêveries obstinées. (Ce moment, chaque matin, à l'heure du bain, où je contemple mes membres en imaginant comment la peau, la chair s'y feront poussière et bientôt laisseront l'os à nu, comment et en combien de temps ? Les mêmes images, chaque matin. Les mêmes questions, chaque matin.)

J'écris, je le crois, ce livre pour survivre. Et si je vous le dis à vous, Gilles et Alain, vous comprendrez bien que je l'entendais dans un double sens et que mon propos n'était pas si vaniteux.

J'écris pour qu'il soit un peu moins difficile d'accomplir chaque jour le voyage du soir et de la nuit. J'écris pour qu'il soit un peu moins difficile d'attendre un lendemain qui ne soit pas éternel. J'écris pour n'être pas, le temps que durera la rédaction de mon livre, le lâche ni le vaincu de ce pauvre combat. J'écris pour qu'un jour votre peur se nourrisse de la mienne. Je veux dire : pour que votre courage se nourrisse du mien — c'est la même chose — car vous découvrirez qu'il n'est point d'autre courage qu'une certaine façon de regarder et de nommer la peur. Vous inventerez à votre tour votre livre (ou Dieu sait quelle chimère, bien sûr, et le mot ne vaut qu'à titre d'image), mais si je ne vous avais donné que le goût de cette invention mon effort serait payé. Voilà ce que j'appelle survivre. À la fois flotter, subsister, durer un peu (comme ces naufragés volontaires qui mènent ce qu'ils nomment des « opérations survie », qui consistent simplement à ne pas mourir) et vous faire un jour cadeau de cette portion du temps où vous plongez des racines que vous ne soupçonnez pas.

Je ne cherche pas à me « prolonger » en vous, ni d'autres sornettes. Et même j'aimerais assez que vous ne restiez pas englués dans votre tendresse pour moi. Je ne m'adresse pas à vous sous le prétexte que vous seriez mon avenir. Vous désignez simplement le seul des horizons du temps qui ne soit pas bouché.

Ainsi j'aurai, pour vous, une fois, écrit à tête ouverte. Mais il n'y a rien à montrer dans une tête.

Rien que la patience et la crainte, quelques rires, quelques cris. Cette moisson est ici, dont je dis qu'elle fut engrangée pour vous.

LE 17 NOVEMBRE 1935

Mon père, celui qu'Alain et Gilles nomment parfois, d'une expression qui me prend toujours au dépourvu, « grand-père Paul », est un inconnu. Je ne voudrais pas feindre un inutile attendrissement ; on s'habitue fort bien à ne rien connaître de son père, ou presque rien : trois ou quatre photographies, un visage où je cherche en vain ce qu'est devenu ou deviendra le mien, quelques images sommaires de sa vie et, pour le reste, le silence, cet incompréhensible silence de ma mère que je n'ai jamais osé rompre, le silence de ses amis disparus, oubliés ou morts, le silence des objets et du décor qu'assurent les déménagements et la vente des maisons, mon propre silence, obstiné, surprenant (et dont pourtant je ne pris conscience qu'à trente ans passés), enfin le vide de ma mémoire car, il faut le reconnaître, on oublie tout d'un homme enterré quand on avait huit ans. Un inconnu, donc, ce « grand-père Paul » sur lequel mes fils possèdent déjà les mêmes notions sommaires qu'on glissa en moi lorsque j'étais encore enfant. Gilles, à qui les liens de parenté créent des difficultés, récite parfois en ânonnant une espèce de théorème : « Grand-père Paul c'était ton père à toi, et le père de tante Jacqueline, et c'était le mari de Mamy... » Et il rit. Il faut avouer que ces notions — papa de papa, mari de Mamy — ces filiations et ces mariages des vivants et d'une ombre présentent pour de petits garçons une irréalité cocasse. Cette irréalité, voyez-vous, fut mon lot avant de devenir le leur. Pour la combattre, mes armes restent faibles : je me souviens d'une certaine façon que j'avais, dit-on, de jouer avec mon père, de ramper entre ses jambes, et d'une autre façon, une coquetterie d'enfant, de poser ma main sur la sienne, à table, s'il était en colère contre moi, et l'on répétait sans doute dans la famille que je « faisais de lui tout ce que je voulais », qu'il « ne savait pas me résister ». Bien entendu, comme tout le monde, je me rappelle peut-être moins ces scènes que le souvenir que j'en ai, souvenir que l'on a entre-temps fortifié. De toute façon, ainsi ou autrement, c'est peu de chose pour satisfaire une mémoire.

Quoi d'autre ? Quelques livres, quelques lieux. Les livres : trois cents volumes, de Bernanos à Georges de La Fouchardière et d'Anatole France à Marcel Prévost, que j'ai hérités très tôt et qui désorganisèrent sérieusement les lectures de mes douze ans. Les lieux : un village de Lorraine où je ne suis pas retourné depuis plus de vingt ans (ce sont les bombes et le feu, là, qui ont organisé le silence des choses), les plages bordées de dunes entre la Panne et Ostende dont on me disait « Ah ! ton père les aimait ! », un lac dans les Vosges, des routes en Suisse. Mais quelle réalité traquer sur ce sable, sous ces sapins, dans les couloirs aux portes bien laquées de l'hôtel Victoria d'Interlaken ?

Si j'insiste, c'est pour vous donner l'échelle. Faites un effort pour imaginer ce que signifie la pauvreté de cette énumération. Il m'est arrivé de *chercher* mon père comme on cherche un mot oublié, obstinément, tout au long d'une soirée, et de ne rien découvrir que le vide. Ce vide irrite quand la mémoire l'oppose à un caprice ; il bouleverse quand la plongée a été profonde et répétée, avide de certitudes.

Sans doute, Gilles et Alain, lirez-vous ce livre vers vos dix-huit ans. Et là, j'entre en pleine brume. Serai-je à vos côtés ? Ce temps me sera-t-il laissé ? Je ne me sens pas trop d'optimisme sur ce sujet. Les hommes de la famille professent une discrétion excessive : ils se retirent tôt. Et si je suis là que seront nos confidences, nos colères ? Autant vous le dire tout de suite : je ne fonde pas trop d'illusions sur notre avenir, à vous et à moi. Déjà je vous juge et je me sens une démangeaison de vous juger plus encore, plus souvent, plus sévèrement ; à votre tour vous me regarderez avec des yeux dessillés. Nous nous aimerons, sans doute, ce qui n'a pas grand-chose à voir avec la révolte des garçons, ni avec cette déception qui saisit leur père quand il les voit se battre contre des ombres, mordre au hasard, détester au hasard, comme vous ferez bien entendu d'ici dix années, ou plus tôt. En somme, que je sois là ou non ce livre présente une utilité ; presque la même dans un cas ou dans l'autre. Le silence autour d'un père vivant risque en effet de ressembler singulièrement au silence autour d'un père mort. Il n'est que de regarder autour de soi pour s'en convaincre. Je me dis parfois qu'un père écrivain ce n'est pas la même chose, et même, de ce point de vue, que c'est pour les uns et les autres une aubaine. Que de traces ne laisse-t-il pas ? Que d'explications ! Mais un peu de lucidité solde vite cette blague. Un livre, c'est un vrai nid de malentendus. Sans parler du désordre de papiers, de lettres, de mensonges et de ragots que laisse derrière lui le gribouilleur et contre lequel on ne peut rien. Un vrai cancer, qui pourrirait toute vérité. Je n'ai pas envie qu'on me raconte jamais à vous. Je veux me raconter moi-même. Demain, pensez de moi ce que vous voudrez, mais sachez quelle part de moi fut tournée vers vous.

Je le confesse, j'espère être aimé de vous. Mais il y a chez les pères un étrange renoncement à l'amour de leurs fils, et tôt découvert. Notre modestie est extrême. La mode depuis quelques années est à l'innocence des enfants, à la culpabilité vague et générale des parents. On a beau en rire, on prend insensiblement la couleur de son temps.

Ne me croyez pas poussé à écrire par un sentiment abstrait, fabriqué de quelque façon. Si j'écris un peu « engoncé » cherchez-en la raison dans mon horreur des plumes molles, des cœurs mous. Il suffit de revenir à la comparaison de tout à l'heure entre votre enfance et la mienne, et de la garder présente à l'esprit, pour deviner l'oppression que font peser sur moi la mort de mon père, l'incertitude où je demeure à son endroit, et les deviner assez fortes pour justifier à elles seules ce livre.

Je voudrais vous donner quelques images de vous-mêmes et de moi. De ces images, je le sais, qu'on ne songe presque jamais à ranimer pour les siens. Je reconstitue par exemple, après en avoir perdu pendant des années jusqu'au souvenir, mes seuls efforts de petit garçon pour retenir au bord de l'oubli la présence charnelle de mon père : la prière du soir, les visites au cimetière.

La prière du soir fut un rite étrange, heureusement éphémère, instauré dans ma vie sur l'inspiration, me semble-t-il, de ma mère. Il consista pendant quelques semaines ou quelques mois de 1936 à m'enfermer chaque soir au salon, le dîner à peine terminé, et à demeurer là un moment, immobile, à genoux sur un pouf de velours rouge, accoudé à la cheminée, les yeux fixés sur une photographie de mon père vêtu en officier, prise au cours d'une « période » quelques mois avant sa mort. Cela durait d'étranges minutes suspendues entre le rêve, le sommeil et une superstition pieuse. C'était l'heure où l'on entend dans les maisons des vaisselles remuées. Mes yeux se fermaient. Je m'étonne aujourd'hui que l'on ait alors toléré, encouragé même cette manifestation quotidienne, à la fois morbide et ostentatoire.

« Il est neuf heures, disait ma mère, va faire ta prière avec ton papa... »

Et je m'enfermais dans le salon dont j'avais allumé le lustre.

Des visites au cimetière je me rappelle le triste chemin que nous empruntions pour nous y rendre, les problèmes de fleurs en pot, de terre et de petites pelles, le long hiver que me paraissent avoir été ces mois qui suivirent le veuvage de ma mère, avec les voiles lentement raccourcis, les vêtements teints, le crêpe à mon bras puis au revers de mon manteau. Devant la tombe nous ne restions jamais que peu d'instants, les visages blancs, baissés, presque hostiles, dans l'hostilité générale des choses : froid, ciel bas, murs d'éternel ciment, le vent, la terre qui nous séchait aux doigts, et cette laideur de nos traits, en quelque sorte familiale, qui me semble dater d'alors. Ensuite nous avions le droit de « boire quelque chose de chaud » et de manger un gâteau chez Beck, le pâtissier alsacien.

Ce sont de ces images — soirées d'hiver dans la maison trop grande, après-midi d'hiver sous un ciel blanc — qui me donnent des raisons secrètes et pressantes d'écrire pour vous. Je redoute, c'est vrai, ces décors de silence et d'ignorance dans lesquels se jouent toutes les scènes qui suivent la mort. Les craintes les plus banales que lève la perspective de mourir — craintes du *lendemain de no-*

tre mort, intuition d'un ordre inchangé des choses — sont de même nature ; tout aura-t-il été dit ? Ce qui sera dit l'aura-t-il été assez clairement ? Ce qu'on ignore ou invente de la volonté d'un mort peut m'obséder. « Ton père aurait aimé que tu entres à Polytechnique... » Cette rengaine familiale me fit frémir lorsque j'avais seize ans. Elle m'emplit aujourd'hui de nostalgie. Quels autres désirs mon père n'aurait-il pas exprimés si l'occasion, le temps lui en avaient été laissés ? Les veuves et les cousins se souviennent de Polytechnique mais ils oublient le reste — l'essentiel. Un père échafaude pour ses fils un avenir tourné vers le passé, bien sûr, vers son propre passé. Par le hasard de cette mort survenue dans un cinéma l'après-midi du 17 novembre 1935, j'ai fait l'économie des oppositions, des révoltes, de l'absurde et irremplaçable bataille sur quoi se fonde chaque vie d'homme. Ce n'est pas à ce gain de temps, à cette liberté trop grande que je pense aujourd'hui, mais à ce rien de naïveté, de folie, que l'on trouve toujours dans la tête d'un homme qui pense à ses fils, et que toujours j'ignorerai. On peut se faire, de l'état de fils, de l'état de père, des images innombrables. Je n'en retiens que fort peu. Un jour vient où l'on a tout ou presque tout à reprocher aux siens, et si possible à leur pardonner. Un jour fût venu où j'aurai été — ne fût-ce qu'une heure — l'ennemi de mon père, ce nécessaire ennemi que tout homme doit mettre au monde afin que les choses soient accomplies. Et ce jour-là rien ne m'eût servi, que d'avoir deviné ce qui traîne de chimères et de désespoir dans le songe d'un père. À cause de cela j'aurais tout cédé, tout aurait cédé en moi, il me semble... Mais aurais-je su ? Nous traversons les années vécues auprès de nos enfants sans lever ce doute, — aurais-je su ? On aime dans le noir, on aime à l'aveuglette, c'est la règle. Seule une distraction toute-puissante me permet de vivre. Nous dévalons une pente, pressés par des ombres, entourés d'inconnus, la tête pleine de nuages, les yeux fermés, sans nous être jamais expliqués, les yeux fermés, les yeux fermés.

LES ABANDONS

Abandon, abandon de poste, abandon à soi-même et à ses pentes, délit de fuite, dérobades, fugues, épouses quittées et enfants oubliés : tels seraient à mon procès les chefs d'accusation si je ne prenais soin, ce procès, de l'instruire ici, de le juger et de me condamner. Mais jusque dans l'instruction et le jugement c'est encore l'abandon qui régnera. Abandon aux phrases, à la mauvaise humeur, à la mémoire, et à certain ton d'almanach Vermot qui a toujours fait mon plaisir. Au reste voilà un mot dont les sens sont nombreux. « Abandonnez-vous ! » me criait naguère mon maître de manège quand le trot me secouait le bidon. « Abandonnez votre main », conseillait mon professeur de dessin. « Abandonne-toi, mon chéri », murmurait une professionnelle inexperte aux soins de qui mes feux résistaient. Alors ce devint une politique. Figé, je ne fis jamais rien de bon. Bûches, disputes, ratages, confusion sont mes souvenirs de raideur et de dignité.

En revanche je rencontrai toutes sortes de bonheurs — et même des bonheurs d'expression — du jour où j'acceptai de vivre en me laissant glisser. La phrase de Gide (sur « ses pentes, oui, mais en montant ») se place très bien dans le tableau. Notre vieil oncle pensait à la fois au défi et à l'artisanat : avoir le courage de ses fautes et les couler dans de beaux moules. Qui ne se rallierait à une morale aussi raisonnable ?

Ce qu'on nomme dans un autre domaine « politique d'abandons », et qui consiste à remettre à n'importe qui les clefs de la maison, m'apparaît plutôt comme une énorme bouderie. « Le genre humain n'est pas gentil avec moi ? Eh bien, je plaque le genre humain ! » Et l'on rend à la circulation des Congos, des épouses, des bases militaires, des familles que l'on avait pourtant conquis et tenus avec ferveur, mais qui soudain gigotent et pèsent trop lourd. Dès mes vingt ans j'ai entrepris de me replier sur mon hexagone. On connaîtra ici les étapes de cette vaste retraite. C'était ma crise, ma révision déchirante. Je passais de ma vocation mondiale à ma vocation individuelle, c'est-à-dire littéraire. Personne n'aura été moins colonialiste que moi, et pourtant j'ai réchauffé tous mes rêves dans des Afriques, à croire à l'éternel été des tendresses et des foyers, à la fécondité des idées justes. Tant d'illusions pour finir par la poudre d'escampette, encore et toujours la poudre d'escampette. Me voici arrivé aux rives de la proche quarantaine avec dans mon oreille des grognements... « Un peu trop de cadavres derrière lui, vous ne trouvez pas ? » « Il abandonne toujours tout, que voulez-vous, c'est un instable... » Eh bien, oui, des cadavres ! Oui, un instable ! Vous les croyez drôles, nos dames, dans leurs vieilles robes ? Nos maisons mal aérées, nos idées courbatues ? Ça donnerait à n'importe qui des envies d'évasion. On tient en estime par exemple l'ivresse de la vitesse. Moi j'en tiens modestement pour l'ivresse du démarrage. L'essentiel n'est pas d'aller vite, ni d'aller loin, mais de s'en aller d'ici sans tarder, car ici on s'embête ferme.

Dernier point : le contraire de l'abandon c'est le sérieux, et la nocivité du sérieux est insoupçonnable. Le sérieux est pompeux, vêtu trop chaudement et il dégage une odeur acide. Depuis mes grandes empoignades avec le bon Dieu (vingt-deux ans) et avec les scrupules conjugaux (vingt-quatre ans), je n'ai jamais cessé un seul jour de me battre pour expulser de moi le sérieux. Quelle patience ! C'était une constipation à n'y pas croire. Cela me boursouflait, me gonflait de tous les côtés. Un arsenal de remèdes (dont ce récit est peut-être le dernier) m'a enfin donné la victoire. Depuis lors je me raconte ma vie avec assez d'allégresse.

LA VIE NE REBONDIT PAS

« La vie ne rebondit pas, elle coule... » Tels étaient à peu près les derniers mots de mon premier livre. Âgé de vingt-trois ans, il ne me vint pas à l'esprit de raconter mes révoltes ni mon premier amour. Mon idéal littéraire : les rênes courtes. Mon « talent » : une vraie Seine-et-Oise. Je ne pense pas aujourd'hui que ce fût mieux ni moins bien que des convulsions. C'était comme ça, sans plus, et sans doute avais-je le sang pauvre.

Je n'ai pas décidé à la légère d'accomplir ce voyage du comble de la pudeur au comble de l'impudeur. Je connais la vertu des vallons modérés. J'aime les vallons modérés. J'ai mesuré quels risques fait courir la littérature des vallons modérés : à moins d'une mauvaise chute, ils sont rares. Or j'ai cessé de me sentir de l'estime pour les livres dont l'auteur ne court aucun danger.

Avant de m'aventurer à écrire certaines des pages de ce récit, je me suis imaginé entrant brusquement dans une pièce où, réunis, mes amis, mes ennemis, ma famille et les personnes que j'aime — étrange ménagerie — viendraient précisément de les lire, ces pages, et dans le silence lèveraient les yeux sur moi et me regarderaient. Je dois dire que le résultat de cette petite expérience promettait d'être catastrophique. Les années aidant, nos rapports avec les êtres prennent une opacité, une solidité tout à fait satisfaisantes et qui peuvent faire illusion. Les vérités que nous sommes amenés à formuler éclatent là-dedans et provoquent du dégât : des fissures, des passages de lumière. Je puis l'avouer : j'ai systématiquement cherché à fissurer ce bloc massif, mou, sans contours ni saveur. J'ai voulu aiguillonner le bœuf. Le regard qui finit par exister, rassurant, archi connu, comme une ficelle tendue entre nos yeux et les yeux de qui nous aimons (et la ficelle pourrait servir à « étendre » le linge sale, pourquoi pas ?) ce regard a besoin de chavirer un peu. Je sais telle personne dont les yeux, plus jamais, n'auront pour me voir, après ce livre, la même couleur. Vous me direz que vous vous fichez éperdument de cette intéressante affaire de couleur et que la création tout entière pourrait bien me faire de l'œil, ou l'œil noir, ou l'œil narquois, voire de vulgaires clins d'œil, sans que vous souhaitiez être mêlé à ces manèges de famille. C'est votre droit. Je ne fais pas le trottoir devant la librairie. Mais je crois que le destin général des textes dérive directement de leur destin particulier. La force de persuasion et de dissuasion exercée par un livre dépend d'un but étroit, précis, que l'auteur s'est fixé dans la discrétion de sa conscience. Destiné à rétablir dans leur vérité mes rapports avec des êtres proches, il me semble que ce livre pourrait ébranler d'autres conforts, dire à haute voix d'autres secrets, et finalement éclairer le comportement d'un certain type d'homme devant un certain paysage social. C'est parce que les corps, les mémoires, les rêves et les ruses se ressemblent que l'effort du roman, dispersé entre le particulier et le général, me semble moins fécond que l'exploration autobiographique. Celle-ci, farouchement attelée au particulier, et au seul particulier que l'honnêteté risque de nous faire jamais connaître, devient ainsi tout à fait utilisable par le commun des lecteurs.

Je ne veux pas, bien entendu, dire que je *préfère* l'autobiographie au roman. Mais je crois qu'un écrivain, une fois dans sa vie, doit prendre le taureau par les cornes. Ma pudeur restant inemployée dans le contenu de ces aveux, je l'ai mise dans le ton. J'espère n'être jamais larmoyant, et quand j'ai eu le choix entre émouvoir ou faire rire à mes dépens, on comprendra que j'ai systématiquement choisi de faire rire. Reste l'ennui ; il en faut. Je n'aime pas les livres composés seulement de temps forts. La vie, la réflexion, tout ce qui fonctionne avec naturel compte des temps faibles et monotones : il convient qu'un livre les respecte.

Et puis, à l'exclusion des auteurs de romans policiers — et encore ! — chacun n'écrit jamais que sur soi. Autant s'avancer à visage découvert.

ADOLESCENCE

Aussi souvent que cela m'a paru possible, j'ai essayé de lâcher à travers ce livre un cheval et de l'inciter à prendre le galop. On constatera malheureusement que le périmètre du champ est assez restreint. D'où, rapidement, pour le fougueux quadrupède, ces allures de rosse de manège.

Je me sens perdu dans ma préhistoire dès que je m'aventure au-delà de l'an 1940. Je possède peu de souvenirs d'enfance, et je ne goûte guère les quelques-uns qui restent vifs. Deux raisons pour ne pas trop labourer ces terres-là. À l'autre bout de mon horizon je n'aime pas jouer, pour les années récentes, au jeu de la vérité. (Impression de péril, de ragots.) De sorte que la plupart des histoires racontées dans ce livre se rapportent aux années 1940 à 1950 environ, soit ma vie entre mes treize et mes vingt-trois ans.

Si je suis honnête, je m'aperçois d'ailleurs que cette matière première suffit à alimenter en visages et en anecdotes presque tous les aveux auxquels je suis résolu. Largement entendue, mon adolescence m'apparaît comme un sujet nécessaire et suffisant. Vaille que vaille, c'est elle qui porte jusqu'à présent mon drapeau.

Rares sont les vies churchilliennes, épanouies dans chacun de leurs âges. La plupart des hommes sont destinés à n'être passables que dans un de leurs rôles. Point de métamorphoses fécondes : nous sommes les acteurs d'un seul emploi. D'où l'importance de ne pas distribuer de travers notre comédie.

J'ai connu de magnifiques vieillards de dix-huit ans. Il leur faudra patienter toute une vie avant d'occuper leur peau avec confort et précision. Ainsi de mon ami B., qui s'était fait vers 1945 une silhouette, une culture, une ironie de sexagénaire. La tripe républicaine ! proclamait-il en se caressant le gilet. Il avait compris que la soixantaine était son âge idéal et il s'y tenait.

Le danger de ces états civils fictifs réside dans une erreur de perspective : mon ami B. en 1945, pour jouer à coup sûr, aurait dû se composer un personnage de sexagénaire de 1985. Faute de cette précaution — d'ailleurs impossible à prendre — il risque fort la soixantaine venue de paraître un vieillard terriblement démodé...

Pour ma part, en supposant que mon développement mental se soit bloqué à la suite de quelque cataclysme aux alentours de mes dix-huit ans, il me reste le choix, pour exciter ma nostalgie, entre les personnages d'un garçon de 1945 ou d'un garçon d'aujourd'hui... Posé aussi crûment mon problème peut apitoyer, on en conviendra. Aussi toutes les fois que ma tournure, au cours de ce livre, paraîtra contrainte ou oblique, on voudra bien évoquer, afin de mieux me juger, l'embarras d'un adulte déjà plissé de partout et que les remous de sa psychologie-des-profondeurs obligeraient, par exemple, à traquer des cousines dans les fourrés d'un parc depuis belle lurette loti et livré à la boue des chantiers, ou encore, pour rester plus abstrait, le désarroi d'un homme de 36 ans qui a poursuivi obstinément le même songe pendant que son corps, traîtreusement, doublait d'âge.

LA MAIGREUR

Qualité que j'ai longtemps crue naturelle à l'homme.

J'ai mis trente-cinq ans à m'apercevoir que les deux maigreurs importantes — du corps, de la phrase — étaient l'enjeu de constantes batailles. La gourmandise et les adjectifs, ces deux façons de se laisser aller, font que l'issue du combat demeure, jusqu'à la fin, douteuse.

ÉCRIVAIN RAISONNABLE

Écrivain raisonnable, vous vous êtes enfermé dans un hôtel de campagne et là, loin des cris de vos épouses, vous fourbissez l'ouvrage.

Parfois votre front se lève et se plisse : vous êtes soucieux. Vous traversez une crise de conscience : à quoi bon ? Puis vous sonnez la bonne. Une rasade d'alcool a généralement raison des scrupules du créateur. Deux rasades d'alcool. Ou trois. Votre stylo s'épuise alors à suivre votre talent. Votre front et vos phrases sont lisses.

Au bout de trois heures de cette paix une expérience est recommandée : descendre jusqu'à la salle à manger de l'hôtel, s'asseoir et regarder autour de soi.

Les gueules, confessons-le, ne sont pas belles à voir. Des visages comme des ventres, des bouches pleines de lèvres. Dehors les Citroën couleur d'azur et de fraise soupirent en attendant leurs maîtres.

Il faut bien regarder ces têtes-là, peser les cervelles, considérer les mains, écouter ce qui se dit et juger ce qui se fait. Ensuite constater : « Voilà mon public. C'est pour eux que j'écris. C'est pour eux que chacun de mes mots est choisi, chacune de mes virgules arrondie... »

On remonte ensuite dans sa chambre, on s'installe devant la page commencée et l'on écoute en soi des bruits de délabrement.

AVOCOURT EST UN VILLAGE D'ARGONNE

Avocourt est un village d'Argonne, à quelques kilomètres de Varennes (Louis XVI, le maître de poste), où vécurent les miens jusqu'en 1940. Depuis plus de quatre siècles ils y étaient potiers. Ses fours ayant explosé vers le début du siècle, mon grand-père paternel abandonna le métier, puis bientôt mourut.

La bataille de Verdun écrasa Avocourt au point qu'on ne connaissait plus l'emplacement des maisons. Le village fut cependant célèbre vers 1916 grâce à un pan de son clocher qui refusait obstinément de s'écrouler. D'où un luxe de symboles que l'on imagine. Au moins les urbanistes des « régions libérées » surent-ils, en 1918, où rebâtir l'église...

La maison de mes grands-parents, disparue, fut reconstruite dans un style alors célèbre dans le nord et l'est de la France. En 1940 une bombe d'avion la volatilisa. Les voisins volèrent la tuyauterie. Vers 1955, après beaucoup de poussière administrative, le « dossier de dommages de guerre » en quoi consistait désormais le bien de mes ancêtres fut par moi vendu, ainsi que quelques champs de luzerne, et la page tournée.

Je n'ai pas revu Avocourt depuis 1939, époque où des Français barbus creusaient, ô mémoire ! des tranchées, et quêtaient la marraine de guerre. Ma sœur fut ainsi l'ange tutélaire d'une équipe de cuisiniers, ce qui était bon enfant, mais se fit donner sur les doigts par ma mère pour avoir offert aux guerriers une photo très concours d'élégance qui la montrait, assez fiérote, adossée à la Chevrolet. Ma mère ne trouva pas cela « simple ».

Avocourt est un village sale et triste au fond d'une région sale et triste. La prospérité s'y mesure au volume du tas de fumier dont chaque maison orne sa façade. Alentour les terres sont pauvres, les reliefs avares. Les noms de lieux sont des noms de bataille. Les champs sont des charniers.

Dans mon enfance, quelque quinze années après la fin de l'autre guerre, de grandes surfaces du pays étaient encore interdites à la promenade, irrécupérables pour la culture. On les appelait « zones rouges ». Mon père m'y menait par la main à la recherche de douilles de 75 ou de cartouches. Mes rêves tournaient autour de ces buts d'excursions : l'Ossuaire de Douaumont, la Tranchée des baïonnettes, la Côte 304... Tourisme de la guerre et de la mort. Mes premiers étés.

Je crois que mon père vivait dans ces souvenirs.

On dit qu'il avait dû, en 1916, artilleur, pilonner son village...

Soldat de la classe 11, entre les « trois ans », la guerre et la Sarre occupée, il avait passé plus de huit années sous l'uniforme. Entré dans la machine militaire à vingt ans, petit paysan orphelin, il en sortit à près de trente, officier, devenu une espèce de bourgeois. Ces huit années furent sans doute pour lui l'essentiel, sa vraie aventure d'homme. En tout cas, sa vie durant, il resta fidèle à son long songe militaire, inséparable peut-être de ce pays de casernes et de trous d'obus où il était né. Il revenait chaque année dans son village. Sans doute l'y respectait-on. Il cousinait avec des fermiers des Islettes et de Varenne. Il y a peu d'années, le maire, un homme que nous ne connaissions pas, était de notre nom.

Mon père en était à cette génération-charnière si importante en France entre 1900 et 1940 : un des innombrables Français à cheval encore, sans honte, sans duperies ni camouflages sociaux, entre la ville et le village. Ce village que, maladroitement, partout, depuis quinze années je me cherche, puisque le mien est répudié.

DES IMAGES

Une des raisons pour lesquelles je me retourne inlassablement vers mon adolescence, outre qu'elle fut ma période privilégiée, princière, celle qui donna son ton à ma vie, c'est la pauvreté de ma mémoire. Quand j'entreprends un retour en arrière je ne trouve à peu près rien au-delà (ou en deçà ?) de ma septième année. Le trou, le brouillard. Quelques images en surgissent, si vagues qu'elles ne donnent la couleur ni les mesures de rien. Et puis ce sont des images privées de sève. À peine mieux que des photos dans ma tête.

Capable aujourd'hui d'oublier n'importe quoi en une heure, de jeter n'importe quel adieu sans regret, sans humeur, bien plus attaché aux objets qu'aux êtres, et encore si peu attaché aux objets, sans doute ai-je toujours été doué de ce pouvoir de ne rien conserver ?

Les plus anciennes images :

... Mon père nous rejoignait pour le week-end dans un hôtel de Normandie qui s'appelait, je crois,

Le Home Sainte-Marie. Vaste bâtisse anglo-normande, de ce style Tudor en vogue à Deauville, perdue dans le petit désert qui s'étendait entre la route de Cabourg et la crête des dunes. Le village devait être le Home-Varaville. J'y suis retourné en 1955 ; il ne restait pas une pierre de la maison, détruite sans doute par les Alliés en 44, les Allemands y ayant installé des canons. Dans le hall de l'hôtel était disposé un appareil à sous d'un type que je n'ai nulle part retrouvé. Il s'agissait, à l'aide d'un poinçon attaché par une petite chaîne, de perforer un carton en des points désignés par des numéros. On avait alors droit, selon la chance, à des confiseries plus ou moins substantielles. Le dernier trou percé, comme le « bouquet » des feux d'artifice, assurait au joueur le bénéfice d'une vraie boîte de bouchées au chocolat. Tous les enfants de l'hôtel surveillaient donc le carton, espérant disposer au bon moment des quelques pièces qui leur permettraient de percer les derniers trous. Mon père ayant appris de moi la règle, les circonstances et l'enjeu, m'installa un dimanche matin devant l'appareil — après avoir fait en cachette de la monnaie — et se disposa à me faire jouer autant de fois qu'il serait nécessaire pour me donner la joie de gagner le lot envié de tous. Je me rappelle ma confusion, alors que nous tenions notre proie au centre d'une petite foule qui grossissait, chacun espérant se substituer à moi au bon moment. J'étais abasourdi par la dépense ainsi engagée — qui me paraissait énorme — et par la publicité donnée à ma chance. Enfin ce fut terminé et je me retirai, les bras chargés de tablettes, sachets et boîtes, le tout couronné d'une boîte plus grosse, dorée et enrubannée, but de notre opération.

... Ou bien une nuit de 1931 (mais peut-être cette *nuit* n'était-elle que la fin de la journée ? En tout cas il faisait sombre) où je refusai de m'endormir, ayant découvert l'absence de mon père et de ma mère partis visiter l'Exposition coloniale. On dut m'installer sur les genoux d'une dame assez forte aux cheveux blancs (ma grand-mère Pauline ?) qui, je ne sais pourquoi, s'assit sur une des chaises de la cuisine, entre le grand placard et la table tendue d'une toile cirée à petits damiers verts et blancs.

... Ou bien mes stations sur le palier du premier étage, muet derrière la porte de la chambre où ma sœur, les mains collées aux oreilles, récitait à voix haute ses leçons, assise devant cette fenêtre qui ouvrait sur la marquise du perron, fenêtre dont parfois on devait enjamber l'appui pour aller récupérer un ballon perdu.

... Ou bien ce rêve minutieusement mis au point, à peine un rêve d'ailleurs, plutôt la longue histoire d'avant le sommeil que je me racontais chaque soir, de mon lit devenu bateau, à la fois hors-bord et sous-marin, et m'entraînant, ainsi allongé dans le confort des draps, au fil de fleuves d'Amazonie où me guettaient des caïmans, le plaisir venant du sentiment de sécurité que m'assurait un engin auquel j'octroyais des pouvoirs ou des avantages inédits sitôt qu'un nouveau péril rendait ce perfectionnement nécessaire.

... Ou encore l'immense ascenseur à péniches que l'on trouve près de Saint-Omer, non loin des cressonnières qui ressemblent à des marais salants de verdure acide, et dans la boue desquelles je plongeai par inadvertance mon pied, maladresse qui me valut une gifle dont j'eus tellement honte à cause de la présence de mon cousin Marcel, mon cadet, son béret enfoncé jusqu'aux yeux, Marcel qui mena plus tard sa vie d'enfant perdu et alla se faire tuer dans une embuscade au Tonkin.

C'est tout, 1927-1935 : rien de plus n'habite ma mémoire. Ensuite je tombe dans les images de la mort de mon père, devenues somptueuses, elles, et précises, à force d'avoir été caressées.

On n'oublie jamais par hasard. Si le goût ne me vint pas avant environ ma trentième année de tenter ces pêches dans mon passé, dont aujourd'hui je n'attends plus de miracles, c'est que tous mes mouvements me tiraient ailleurs. Petit bourgeois avide d'autres possessions que celles auxquelles on l'eût volontiers destiné, avide surtout d'une « sorte de vie », pour parler vaguement, qu'aucun de ses ancêtres n'avait même imaginée (d'où le recours à la peinture, puis à l'écriture, considérées comme d'indiscutables voies d'évasion), toute ma passion ne pouvait se tourner que vers l'avenir, vers un ailleurs et un autrement encore flous, qui me paraissaient pouvoir se nourrir de tout sauf de mon enfance. Sans doute ai-je très tôt commencé de tresser la corde de la « belle ». Encore soumis, apparemment docile aux usages des miens et à leurs principes, j'inclinais déjà de tout mon poids vers un avenir que je ne concevais guère comme une suite donnée au passé. Je voulais la rupture, le changement radical.

Mais là encore mon instinct se trompait.

Aucune vie ne peut se détourner de ses origines. La mienne moins qu'une autre, que je vouais à la littérature. Si la révolte peut fortifier une œuvre (au moins dans ses premiers pas), l'oubli ne le peut pas. Comment, à la fois, apprivoiser le temps et nier une de ses dimensions ? Me tourner aujourd'hui vers l'enfance de mes fils, c'est bon gré mal gré me retourner vers ma propre enfance. Mais, à peine ai-je accepté le jeu, c'est pour découvrir des terres infertiles sur lesquelles ma hâte de fuir n'a laissé à rien le temps de prendre racine... Après avoir si délibérément fermé les yeux sur ces premières années, je les scrute aujourd'hui sans que rien ne vienne récompenser ma patience.

UN ENFANT AU VISAGE DE LOUP

1. Les parents de Jacques.

Madame Verger portait sur le dos du chameau et sur la tête du taupé. Considérable, une ex-brune, la laine voyageuse. Elle passait pour fumer, aux lieux, des cigarettes d'Orient. Ce vent d'Est paraissait romanesque. Dans sa jeunesse elle avait beaucoup nagé. La natation empâte, c'est bien connu. Cette adolescence passée dans l'eau était devenue excuse bénie pour l'embonpoint de Mme Verger, dans un petit milieu où l'obésité se portait.

M. Verger, sec, le menton toujours bleu, avait le goût des arts et un caractère épineux. Dans mon vocabulaire d'enfant il incarna le mot « bohème ». Champion de l'à-peu-près, il chansonnait : Montmartre avant 14, où l'on prétendait l'avoir vu traîner une lavallière. Il avait acheté à Drouot, car il était fouineur, « pour une bouchée de pain », disait ma mère, un Picasso de poche et un admirable Boudin. « Leboudin », longtemps, resta pour moi une expression mystérieuse, chargée de la sympathie méfiante dont on entourait cet original. Vague ingénieur chez Citroën, il essayait des prototypes. Je me rappelle le matin d'avril 1934 où il nous mena au collège, Jacques et moi, dans une étrange voiture basse qu'il appelait « la traction ». « Il faut se baisser pour y pénétrer ! » constatait-on avec effarement. Il aimait les chiens-loups, qu'il paraissait habile à rendre féroces. Ma mère avait peur et de lui et des chiens.

Aujourd'hui je sais que M. Verger fut une des bouffées d'oxygène de mon enfance.

Jacques était le fils de M. et Mme Verger.

2. *Les cachettes.*

Un enfant au visage de loup et au corps rapide : je ne savais pas que c'était cela, être beau.

Je sommeillais quelque part entre mes huit et mes treize ans. Dans tout ce gris — la banlieue, le deuil, le gynécée — mon amitié pour Jacques posait ici et là une couleur, mais je ne savais pas la voir. À l'école, vraiment, je le battais à plate couture. Sa mère en gémissait. Puis sournoisement elle m'attaquait sur mes points faibles : son fils était plus maigre, plus long, plus vif, plus costaud, plus brun que moi. Il portait le poil sombre et frisé sur un air voyou. Il était magnifique.

Nous pénétrâmes sur des terres interdites aux environs du Front populaire. Examinons cela en détail.

La brume a emporté ces années-là. Pour me rappeler nos jeux, je force ma mémoire, quelque prudente sagesse ayant brouillé mes pistes. Il arrive qu'on veuille oublier.

Où ? Quand ? Il existe un mystère du premier geste. J'imagine que vint d'abord la curiosité, avec son feint naturel, ses sourires. Notre innocence était peu croyable. J'attendis mes treize ans révolus pour apprendre, de la bouche et du geste d'un lycéen breton, comment se font les enfants à Paris. (Mère, sœur, tantes, bonne : la main sur la jupe, elles fussent toutes mortes plutôt que de parler.) Je m'installai donc avec Jacques, mû sans doute par un enchantement, dans la clandestinité.

De nos deux têtes, la mienne était plus aventureuse. Je provoquais, j'innovais. Il ne faut rien pousser au noir : tous les enfants inventent leurs explorations sexuelles. Je le sais, mais au fond de moi le goût que j'en avais est resté neuf. Jamais depuis lors je n'ai cerné de plus près la vérité de mon corps. Les grandes femmes gourmandes, avec leurs bras posés sur les accoudoirs des fauteuils, ne m'ont rien appris. J'étais d'un coup, à l'aveuglette, parvenu à l'extrême fin de ma science. C'est à sa poursuite que je m'obstine en évoquant les deux petits garçons enfermés voici un quart de siècle dans tous les trous, cachettes, tanières, cabanes dont ils avaient la passion. Chez Jacques, nous vivions volontiers sous le billard. Nous déplacions des fauteuils, drapions des tentures, amoncelions les coussins. Puis nous restions tapis dans une ombre quasi absolue, serrés l'un contre l'autre, le cœur battant. Rien de plus. La nuit, le silence et nos chaleurs étaient les buts de tous nos jeux. Plus tard la curiosité nous emporta.

Un après-midi de jeudi est resté intact dans ma mémoire. C'était à R. On nous avait permis de jouer dans une chambre de bonne désaffectée du second étage. Un réseau de tuyaux tapissait l'un de ses murs, sous le « vase d'expansion » du chauffage central. Le jeu commença à l'indienne, selon nos usages, par une histoire de captif et de vainqueur. Le lasso qui ne nous quittait guère servit à ficeler la victime aux divers tuyaux. L'idée générale était d'un supplice, d'une condamnation. Quand l'un de nous — nous devions être à tour de rôle le maître et l'esclave, le supplicié et le bourreau — fut ainsi ligoté, bras en croix et jambes écartées, le vrai jeu s'organisa.

Le plaisir voulait que le maître d'abord s'écartât, se moquât de sa victime, menaçât d'ouvrir la porte, d'appeler, voire de s'en aller sans plus s'occuper de rien, laissant au hasard le soin de découvrir, de nommer et de sanctionner cet inclassable méfait. Puis, avec encore des lenteurs, des injures à mi-voix, des audaces suivies de retours, gestes et paroles en peu de séances devenus rituels, on devait desserrer la ceinture du captif, déboutonner son pantalon puis l'abaisser, enfin dénuder lentement, très lentement, le petit garçon que dès ce moment l'impatience et la terreur investissaient, qui protestait, menaçait, suppliait. Il n'était plus question de tenir compte de cette comédie. Il fallait baisser la tête, regarder, prendre un peu de recul afin de saisir dans son ensemble ce tableau soudain d'une vérité si brutale que toute notion de jeu désertait sûrement nos esprits. De l'irréalité des cœurs à la réalité absolue des gestes, les amants ont à accomplir un voyage immense. Cette plongée dans la nuit, il arrive que des adultes traversent toute leur vie sans la deviner ; nous en avions percé les secrets, emprunté les chemins. Si jeunes que nos corps n'étaient encore que des instruments imparfaits, incapables de nous offrir une délivrance, nous avions découvert et la soif et son alcool.

Il me vient en racontant ces jeux un regret : de n'avoir pas été, petit garçon, un voyageur plus audacieux. De n'avoir pas inventé les gestes que mes mains, mes lèvres apprirent trop tard. L'innocence a peu d'imagination. Quelle joie, alors, si j'eusse osé ! Mais non, *oser* n'est pas le mot juste : la notion du mal était trop vague en nous, et les règles trop imprécises, pour que l'impudeur, interdite, flamboyante, devînt tentante. Nous avancions au hasard, ne reconnaissant qu'à notre émerveillement ce qui plus tard deviendrait ombre et péché. Le sang battait à nos visages. C'étaient des minutes brûlantes dont nous ne savions pas le sens. Mais ma main ne tremblait pas quand elle écartait le linge. Mes yeux ne cillaient pas, posés sur le ventre, sur la peau sèche et brune de Jacques. Mon instinct ne me trompait pas quand, à mon tour captif, le comble délicieux de l'angoisse me fermait les yeux, et la voix de Jacques, assourdie, me promettait tortures et blessures, et mon corps, même alors, mon corps ne se dérobait pas. Il espérait, je le sais aujourd'hui, il espérait, il inventait son vrai destin. Était-ce cela l'innocence ? Cette passion d'avant la faute qui me poussait vers tous les chemins de la faute ?

Plus tard les catastrophes apparurent. Dieu, la honte, l'horreur de mon propre corps. Plus jamais la paix ne revint, ni l'enfance de mon désir. Plus jamais je ne marchai aussi librement à la bataille.

Je ne porte pas de jugements sévères sur ce gibier de faits divers : messieurs arrêtés dans l'ombre, braguette béante, obsédés des portes de collèges, spécialistes de la corde et du fouet. Je suis tendre pour tous ceux que l'on nomme des malades et qui sont allés jusqu'au bout de leur désir. Rien n'est licite, avec les corps, rien n'est propre, rien n'est avouable. Ce sont les hommes noirs, chers hommes ! qui le prétendent, les zélateurs du décalogue rajeuni. Ou bien alors tout est propre, licite, avouable, et mettez les juges en prison. Dans la nuit de sa cachette, enfermé dans l'odeur aigre des tapis, une main serrée sur l'Hispano-Suiza modèle 1929, un enfant écoute pour la première fois son cœur battre. Demain il saura que les corps servent à diverses besognes. Pour l'instant il l'ignore encore : il croit les jambes utiles à la course et le cœur indispensable à l'amitié. Les cuisses de son ami sont nerveuses, son ventre fragile. Laissons trembler cet Indien, d'une convoitise inconnue. Il sait tout. Il n'a rien à apprendre.

EN 1938 JE NE FUS PAS MUNICHOIS

En 1938, je ne fus pas munichois. J'avais onze ans. Je ne pense pas qu'il pût alors exister plus farouche belliciste que moi. Pourtant, l'année précédente, à l'Exposition universelle, les sirènes du pavillon de la Défense passive m'avaient terrorisé. Je me rappelle comment nous longions, ma main dans la main de ma mère, cette berge de la Seine qu'un hululement rendait sinistre. (Je n'ai pas conservé d'autre souvenir de l'Exposition de 1937.)

En août 38, pendant les deux semaines où comme disait *Le Journal* « la tension montait », je fis devant le poste de radio qui répercutait les beuglements du chancelier Hitler des stations pleines d'espoir. Parfois les speakers interrompaient la traduction simultanée pour laisser les Français écouter des hurlements en quelque sorte abstraits, puisque privés de sens. Sans doute le procédé était-il destiné à nous convaincre que le péril était barbare, total, et qu'il ne convenait pas de s'embarrasser, dans notre peur, du sens des mots. Ce qui n'était pas si faux. Jacques et moi, dans un coin, nous espérions. Cette guerre si proche nous gonflait de convoitise. Ses parents et ma mère, que l'obsession des bombardements rapprochait, étaient convenus qu'en cas de conflit nos deux familles partageraient, à Cabourg, la villa qu'y possédaient les Verger. Cabourg : c'est-à-dire la digue, les dunes, les pins, quelque collège boiteux des environs et, pour Jacques et moi, une prodigieuse impunité dans laquelle poursuivre et développer nos jeux. Amants frustrés soudain promis à la longue nuit d'un hasard, nous n'eussions pas été plus excités.

Daladier, par les voies que l'on sait, solda nos espoirs. Nous reprîmes coléreusement le chemin du Collège Notre-Dame et de la paix.

Tout compte fait, nous avions bien raison. Un an plus tard ce fut la drôle de guerre qui m'apporta, dans ses désordres et les vies changées, des chances de m'éveiller un peu. Les enfants ont l'intuition de leurs besoins essentiels, qui sont le dérèglement et une certaine qualité de clandestinité : les bouleversements sociaux et politiques les facilitent. L'ordre, les cadres solides, la stabilité des principes et des affections, les petits bourgeois en sont tout paralysés. Il leur faut du sel sur cette viande bouillie. Pour peu qu'on leur en offre l'occasion ils sont habiles à se faufiler dans la moindre faille du mur. Les champs de bataille leur conviennent. Ils y galopent. Et là, tout s'écroulant autour d'eux et les adultes échangeant au-dessus de leur tête injures et bombes, dans un merveilleux silence, les enfants organisent leur fête.

BÉBÊTE

Les mères baptisent toujours le sexe de leurs fils. Adultes, ceux-ci s'en souviennent-ils ? Féminisé, le mien s'appelait Bébête. Et mon oreille ne l'entendait pas comme « petit animal », mais comme « petite idiote ». De fait, aujourd'hui encore, le sexe de l'homme me paraît facilement sot, et niaises ses manifestations ; le mien surtout, surtout les siennes.

J'éprouve un peu plus de considération pour ce qui gît d'honneur dans le pantalon d'autrui : maçons italiens, bruns à cheveux crépus. (La blondeur, toujours, m'a paru ajouter à la fatale imbécillité du sexe.) Et pourtant, cocasserie des injures, des vantardises, des mises en demeure fondées sur cette arithmétique. Civilisations méditerranéennes, civilisations de la queue, et leur idiote terreur des hommes d'offrir le dos à autrui. De face ou les reins au mur : morale de bistrot. Je ne sais pourquoi, un homme qui vante sa virilité cesse immédiatement, à mes yeux, d'exister. Il se volatilise. La mésaventure m'arriva avec un écrivain célèbre, excellent, et que j'admirais. Il célébra — alors que notre vague sympathie n'autorisait en rien ces confidences — sa force conservée. « Mon cher, j'ai soixante-dix ans. Eh bien, je puis vous le dire : je suis intact. Vous m'entendez bien : intact... » Le doigt précis, le visage courant après son ascétisme, il me fit soudain horreur.

L'AVARICE

Je me demande encore si autour de moi, dans mon enfance, on était prodigue ou avare. Les deux, probablement, et dans un absolu désordre. Sous des airs austères pas de têtes plus folles que dans ces familles. Mais, en fait de pédagogie, ce qui coulait de là était indiscutablement la pingrerie. Je la suçai donc, sinon avec le lait, au moins avec ces conversations entre dames qui sont le complément aux mauvaises lectures des petits garçons quand ils y laissent traîner leurs oreilles.

Là-dessus vinrent les années de gêne (ah ! le beau mot !) et bien entendu de sordides histoires de sous familiaux, ce qui me mène aux environs de mes vingt-cinq ans. Je suis alors d'une avarice chafouine et minutieuse. J'ai peur de manquer, comme une vieille. Je suis odieux. Je le sens, je le sais, le reconnais volontiers mais je continue : c'est plus fort que moi, mes ongles sont crochus.

Passent quelques années et je me retrouve sans savoir comment très léger sur l'argent, les doigts glissants. Aucune explication satisfaisante à cela : c'est venu comme grisonnent les cheveux ou se voûte le dos ; un effet de l'âge. Tout ce qui me terrorisait — échéances, impôts, dettes, emprunts — a cessé de m'occuper l'esprit. À la lettre, c'est sorti de moi. Bientôt un équilibre s'établit : je ne suis même plus « dépensier ». Simplement, je m'en fiche.

Et ces changements de nature se produisent en moins de dix années, dans un tel silence de mes moteurs qu'il me faut faire effort pour mesurer le chemin parcouru. Dans ce domaine, impression d'être passé de la maladie (une vraie vérole, affreuse) à la santé sans rien comprendre. De là à rêver sur les chemins inverses qu'il nous arrive sans doute de parcourir dans la même inconscience...

UNE PETITE FILLE ROUSSE

La concierge possédait une petite fille, peut-être nommée Claudie, ou Lucette, rousse et âgée de quatre ans. Le papa était prisonnier. Ma patience envers les enfants faisait plaisir à voir. J'invitais la petite à monter jusqu'à l'appartement, où je jouais à la rouler d'un bout à l'autre de mon lit. J'aimais la légèreté de cette minuscule jupe à plis, les rires fous de la fillette. Bientôt j'avais le feu aux joues et les mains folles. Un jour elle me demanda la permission « d'aller au petit coin », puis de l'aider à remettre en ordre ses vêtements.

À peu de jours de là sa mère, au détour de l'escalier, d'une grosse voix normande me reprocha à mots embarrassés les jeux où j'entraînais sa fille. « C'est pas beau, monsieur François, répétait-elle, c'est pas beau... » Que répondis-je ? J'étais un grand garçon de treize ans, empêtré dans ses curiosités et ses hontes.

Plus jamais la petite ne grimpa nos trois étages. Au passage, j'apercevais par un œil-de-bœuf sa tignasse carotte surmontée d'un nœud bleu.

Les assassins-de-la-pleine-lune, et autres meurtriers sadiques qui hantent les nuits anglaises, je pense à eux, parfois, avec des indulgences de cousin.

LE DÉCOR

De mes douze à mes trente-cinq ans j'ai habité — si l'on ne tient pas compte des fugues ni des voyages — le même quartier. Celui que les jeunes gens nomment simplement *le quartier*, comme s'il n'en existait qu'un de vivable à Paris. Les années ne m'y ont déplacé que de quelques centaines de mètres, me repoussant peu à peu vers le couchant, du boulevard Saint-Michel à la rue Séguier, puis de celle-ci à la rue Jacob, enfin de la rue Jacob à la rue des Saints-Pères. Pendant près d'un quart de siècle j'ai ainsi réalisé à la fois le rêve des boursiers de Nantua et l'ambition des jeunes poètes new-yorkais, tout en obéissant à la loi de sociologie qui fait se développer les capitales et s'y mouvoir les activités de plus en plus loin vers l'ouest.

Il est entendu que ce quartier possède un *charme*. Quand je me dépris du charme j'en étais venu à le détester. Nous embarquâmes pour la rive droite. Ce ne fut pas un déménagement, ce fut une libération.

Le décor de ma jeunesse et de ce livre tient donc entre quelques rues. Je puis en principe les décrire : ma mémoire déborde de leurs images. Mais une difficulté me freinerait. Elle tient à la disproportion entre l'usure de ce que j'aurais à évoquer et le neuf de mes phrases. De vieilles maisons, de vieilles vies : voilà mon décor. Il a imprégné tout ce que je pense, mes gestes, mes habitudes. Entre un homme et sa ville, c'est le mariage. Mon décor a donné à la fois leur lourdeur et leur solidité à mes jours. Il est là, connu jusqu'à l'écœurement, saturé de vie, de ma vie, avec ses usages appris, puis oubliés, ses métamorphoses si lentes et, malgré l'apparition de nouveaux visages, un sentiment d'offusquante immobilité. Pourtant, immobile entre tous, et le lieu de ma propre immobilité, mon quartier m'a aussi appris, je m'en aperçois, le passage de tout, la vanité des établissements, des audaces. Il paraissait ne pas changer, ne devoir jamais changer, mais dans le même temps il m'enseignait les vieillissements par quoi les paysages urbains, comme les corps, s'altèrent. Immuable, il était secrètement le lieu d'un inexorable mouvement. De sorte que je sentis à la fois durer et passer tout ce qui m'entourait, et que mes obsessions — de ce qui est invulnérable et de ce qui sans cesse se détruit — m'ont guetté pendant vingt-trois années dans un quadrilatère à peu près dessiné par la Seine au nord, le Luxembourg au sud, la rue de la Montagne-Sainte-Geneviève à l'est et la rue des Saints-Pères à l'ouest. Mes enfants sont nés ici. Ils y ont jusqu'à ce jour vécu. C'est ce noir, c'est cette crasse, avant que la mode ne fût au nettoyage, qu'ils ont appelés maisons, sur ces trottoirs qu'ils ont appris à lâcher nos mains pour courir, loin devant nous, jusqu'aux vitrines où l'on voyait des jouets. Ce sont ces rues (devenues entre-temps d'affreux égouts à voitures) qu'ils ont un jour — victoire des petits garçons — traversées seuls pour la première fois.

Vint un moment où j'eus honte de mon quartier. Vint un moment où mes retours de voyages ressemblèrent à des rechutes de maladie, quand on revoit le porche de la clinique. Vint un moment où je crus qu'une ville peut vous tuer. J'avais marché dans ces lieux avec des amis qui depuis lors avaient voyagé, eux, embarqué, émigré, et je recevais des lettres aux timbres exotiques. La honte était que mes amis dussent encore, sur leurs enveloppes, libeller l'adresse qu'ils connaissaient si bien et qui là-bas, en Malaisie, au Brésil, à Tananarive, les faisait sans doute sourire de commisération. Toutes les vagues qui avaient emporté ceux que j'aimais, guerre, autres études, âge d'homme, m'avaient abandonné sur mes trottoirs. J'interrogeais une photo d'Étienne assis au volant d'une grosse voiture blanche de marque indéfinissable, les lettres où Jean me parlait du bateau qu'il s'était offert à São Paulo où il « faisait de la voile ». Moi, j'étais là. L'amour pour les filles que j'aimais accentuait mon malaise. Accomplir des gestes d'homme dans les lieux qui vous ont vu enfant, confère à tout ce que l'on entreprend un aspect irréel, l'air d'une comédie dont on serait seul à discerner le bluff. Mon propre vieillissement était aussi douteux que les rides que j'avais vues se creuser peu à peu dans le front du papetier de la place Saint-André-des-Arts, cependant que le dessus du crâne se mettait à briller et que le bahut prenait de la majesté.

Quand nous changeâmes d'appartement pour nous installer dans deux étages d'un hôtel de la rue Séguier, bien que cette chance eût été négociée laborieusement, avec de l'argent qu'il fallut emprunter, je respirai mieux. La maison était belle et glissait en moi un peu de plaisir chaque fois que je traversais sa cour où poussaient des troènes. Mais les itinéraires pour s'y rendre restaient les mêmes, les rues les mêmes, et les mêmes autobus, les mêmes « fournisseurs ». À dix pas de la maison une épicière tenait boutique, que je me rappelais avoir vue beaucoup plus jeune, en octobre 1940, sangloter à chaque question que lui posait une cliente sur son mari disparu, dont elle espérait encore qu'il était prisonnier bien que chaque jour de silence rendît sa mort plus probable. À cette époque se réfugiait dans son tablier un tout petit garçon que ces larmes terrorisaient. Maintenant, installée dans son veuvage et sa prospérité, l'épicière tenait sereinement la caisse, secondée, puis bientôt — on le sentait — entraînée au commerce par un fort rougeaud en blouse grise qui me conseillait sur les marques de whisky : le petit garçon apeuré de naguère.

Pourtant je me surpris bientôt à préférer la permanence, fût-elle angoissante, aux bouleversements qui, par un paradoxe, me faisaient davantage ressentir la pétrification de tout. Puisque ma vie se déroulait sous le signe de l'immobilité, je voulais au moins que l'immobilité fût totale. Au fond mes yeux n'acceptèrent jamais les changements survenus dans cette même rue Saint-André-des-Arts que j'étais contraint d'arpenter chaque jour. Ainsi j'y vis une autre épicerie, dont le propriétaire en vingt années avait démesurément grossi (je me le rappelle, partant chaque matin pour les Halles entre les brancards de sa charrette, puis était venue la 402 à gazogène, puis des véhicules de plus en plus spacieux et colorés) devenir du jour au lendemain boutique d'antiquités. Un marchand d'habits (« laissés pour compte des grands tailleurs ») fit place à un restaurant chinois. Un pharmacien mourut, et l'officine doubla de volume en devenant rutilante. À la place d'un mur on vendit du Louis XIII. Une jeune fille remplaça un vieillard et disposa des bijoux 1900 dans une vitrine moins large qu'une porte. Seules la sortie de la Communale et celle du Lycée Fénelon ressemblaient toujours, la première à la salle d'attente d'une consultation hospitalière, et la seconde à une surprise-partie un peu « mélangée ». Fendre la petite foule des fillettes de Fénelon, le pas dégagé, ou bien la voiture ralentie au maximum, restait un plaisir de même goût. Comme elles étaient folles, nombreuses, ardentes, jeunes ! Un sur deux des visages, les bons jours, eût mérité de l'amour. Les perdues, les dévergondées dont on devinait qu'en classe le professeur d'anglais exigeait qu'elles se nettoyassent les lèvres de leur rouge ou les yeux (plus tard) de leur charbon, celles-là me brisaient le cœur. J'ai toujours été un fanatique des sorties de lycée. Aujourd'hui encore je me sens porté par mille élans de sympathie vers les benêts de dix-sept ans qui se composent, adossés à un mur de la rue de l'Éperon, un air de désinvolture ennuyée en guettant, sans savoir où mettre leurs mains, le visage — ou mieux, puisque tous ces visages ont un air de famille, le manteau, la robe — de celle qu'ils sont venus attendre. Il faut, j'en sais quelque chose, de l'héroïsme pour faire le pied de grue rue de l'Éperon dans le ballet des filles aux jambes minces, et je salue au passage les joues roses de ces héros.

Mais ce ne fut que mon émigration rue Jacob qui m'apporta vraiment de la paix. Là, je crus pouvoir briser l'envoûtement. La maison, bien qu'historique et pittoresque à souhait, était moins belle. Mais je pus m'y calfeutrer, dans le sentiment rassurant d'échapper enfin aux yeux et aux oreilles des murs. C'est rue Jacob que je tombai sous le joug de mes manies, organisai ma solitude. Personne, pas même une éphémère et déchirante épouse, n'en brisa le cercle. Jamais sans doute je ne fus plus près de me perdre que dans le silence de ces deux pièces grises. Les nuits y étaient fiévreuses, vides, écourtées par des veilles interminables. Je n'ouvrais pas si l'on sonnait, je coupais le téléphone, je parlais seul. J'étais enfin le jouet du mort-vivant qui patientait en moi depuis longtemps, attendant son heure. Ce n'est pas ici le lieu de dire comment je finis par lui échapper.

Enfin je pus emprunter d'autres rues. Les miennes, désormais, étaient peuplées de confrères, bordées d'antiquaires à la mode, elles menaient vers des librairies et des cafés achalandés. Bien que parcourues jusque tard dans la nuit par les bourgeois descendus de Passy et les étrangers flâneurs, elles étaient des lieux aussi anonymes que les grands hôtels, les gares. Elles étaient ce que je voulais : des lieux de solitude, de silence et de bruit. Je m'y promenais comme un qui aurait enfin divorcé d'avec soi-même. Jamais ma vie n'avait été à ce point coupée de la vie réelle. Seules deux ou trois amitiés la retenaient amarrée à leur port. Je ne travaillais plus, ne lisais plus guère, n'écrivais plus du tout, fuyais les rencontres. Il y eut un jour du sang sur les poignets de la personne au regard noir, cette peur, les cris, la sonnerie du téléphone qui retentissait chaque nuit.

Mais on espère toujours que les maladies guériront.

FAMILLES, JE VOUS AIME

Familles, je vous aime. Ou plus prudemment : je vous ai aimées. Je vous ai aimées comme j'aime les maisons. D'ailleurs il était entendu que vous habitiez des maisons. Cela faisait partie de votre force et de votre séduction. Les pères et les murs, les frères, les sœurs et les parcs, telles furent quinze ans durant mes nostalgies.

Je les voulais, mes familles, nombreuses, protestantes, plutôt provinciales. Je leur souhaitais des commodes Régence et des cuisinières également vermoulues. J'aimais les pères autoritaires et un peu simples. Les mères : d'anciennes délurées devenues grondeuses. Les sœurs : compréhensives. Les frères : bûcheurs, matheux, des joues rondes.

Je me suis glissé vers mes quinze ans dans les familles de mes amis comme un orphelin. Plus tard comme un voleur. Quelle que fût la porte ouverte, j'entrais. J'aurais été capable d'épouser une famille. (Ne l'ai-je pas tenté ?)

Enfant, je ne me connaissais pas cette soif. Autour de moi les foyers étaient chétifs. Mères veuves, sœurs en demi-deuil : l'horizon était étroit. Quant aux différentes races du beau-père, elles s'acclimatent mal dans le cœur d'un petit garçon. Les mariages à cinq pattes ne font pas de foyers.

La guerre, en me remuant un peu, me montra des bandes de galopins et de galopines qui cousinaient dans un style inconnu de moi, sous l'autorité de gouvernantes justicières, expertes en confitures.

Avec l'adolescence, ma fièvre empira. De divorce en brouille, de drame en mariage, je me retrouvai, seul en face de ma mère, au fond d'une vie sans feu. Qui pis est, j'avais honte de notre solitude et j'en cachais les péripéties. Là-dessus vint Étienne. Sa famille, dans un tintamarre de rires et de portes claquées, m'offrit une niche. On confectionnait pour moi des tartes aux moules et l'on m'enseignait le bridge. Et lorsque monsieur P., le soir, vers les dix heures, ouvrait la porte de la chambre que nous enfumions et, du haut de ses cent quatre-vingt-douze centimètres, laissait tomber un « bonsoir les athlètes » qui me tassait sur ma chaise, quelque chose comme de la sécurité se levait en moi et réglait pour un moment mon vieux compte — vieux déjà lorsque j'avais seize ans — avec la solitude.

Ensuite — on en trouve trace ici et là dans ce livre —, ce furent les familles des jeunes personnes. Je n'aimais pas les pouliches échappées, les vagabondes. Mon goût allait aux petits soldats encasernés. Les mères sur qui l'on tombe toujours au téléphone, inspirer confiance, les indispensables dix minutes au salon avant de filer : c'étaient mes spécialités. Je sentais l'écurie, j'étais toujours pressé de ramener chez elles mes amies, car chez elles je me sentais bien. Il arrive que les jeunes gens tombent amoureux des mamans de leurs amoureuses ; moi, en vrac, c'était toute la maisonnée que j'aimais.

L'âge d'homme venu, je glissai à toutes les erreurs auxquelles je devais une enfance morose. Mariages imprudents, divorces, enfants confiés au hasard : tout ce dont j'avais souffert, tout ce que j'avais à reprocher aux miens, je m'en rendis à mon tour coupable. Je ne sais quelle compensation s'établissait ainsi à travers le temps. En psychologie mes vertiges se nomment, je crois, « conduites d'échec ». Cette absence du père, si cruelle, qui avait donné à mon enfance sa couleur, à mon tour je l'organisai pour mes fils. L'excès de mollesse et de nervosité du gynécée, dont j'avais subi la loi (ou le manque de loi), je laissai mes fils en courir le risque. Si à leur tour, par l'effet d'une fatalité psychologique, d'un instinct de la catastrophe enraciné en nous, mes enfants suivent mon exemple, nous risquons fort de fonder une dynastie d'instables.

Ainsi, à l'âge où j'écris ce livre, ma vie se divise-t-elle *grosso modo* en deux périodes : dans la première, enfant, je reprochais à mes adultes de m'avoir privé de feu et de lieu ; dans la seconde, adulte, je ne partage guère le feu ni le lieu de mes enfants. (Ou, pour ne pas me noircir à l'excès, je souffle de loin sur les braises et je passe deux fois par semaine.) Dans cette affaire des familles j'ai vécu dix années dans la nostalgie et dix dans le remords. Quelque sentiment qu'on considère, le sujet, pour moi, est donc d'importance.

LES GARÇONS

Il y eut, tout de suite après les derniers fracas de la bataille navale, Saint-Cyr et *L'Idéal militaire*. C'est le titre d'un essai qu'Étienne et moi rédigeâmes d'une plume commune en classe de troisième B. Il signait Éric de Moussac et moi François de Hesse. Nous étions un peu en retard pour notre âge. À moins que l'aplatissement de l'armée française, cinq mois auparavant, nous eût inspiré de la compassion ?

Mais la peinture, dès l'hiver 40, prit le relais de la guerre. Il y eut donc les vernis Lefranc, les siccatifs, les toiles achetées chez Sennelier, les « figure » et les « paysage », la gouache, les petits coffrets en noyer ciré, les chevalets plantés près du Pont-Neuf. Il y eut les plumes à dessin, l'encre de Chine, les papiers à gros grain. Le lavis. Saint-Séverin. Les désespoirs.

Il y eut la chimie, les becs Bunsen et les tubes coudés. L'Annuaire du Bureau des Longitudes, la poudre noire et le chlore. Les explosions du jeudi après-midi.

Il y eut la *Rhapsodie hongroise*, les concerts du Châtelet, Walter Gieseking, *Tristan*, les J.M.F. Il y eut le *Boléro*, Barrès dans une édition reliée, Psichari et Alain-Fournier. Il y eut Claudel et Gide achetés d'occasion, au marché noir, sous les arcades de l'Odéon.

Il y eut la sculpture, les transports de terre glaise, les ongles roux et noirs, les bustes couverts de chiffons mouillés. Il y eut les quais, des glaçons dans la Seine, le Service rural, le match Liszt-Beethoven. Il y eut une troupe théâtrale, *Don Ricardo*, Étienne en faux roi Ferrante, *La Chanson d'Eviradnus*, le concerto en *mi* bémol.

Et puis, un jour, il y eut les filles...

LA PIERRE DE TAILLE

Bourgeois de petit tonnage élevé parmi des bourgeois aux assises larges, je souffris tôt, et abondamment, de ces brûlures sociales que les enfants s'infligent les uns aux autres. Bon taureau français, amoureux des pierres et de l'herbe, c'est autour des maisons que se fixa ma fièvre de comparaisons. En 1947, quand pour d'obscures raisons juridiques on put enfin vendre la maison de R. louée à des inconnus depuis huit ans, je dépensai rageusement en six mois le peu d'argent qui m'en revint. C'étaient les billets de l'ultime défaite, de l'ultime trahison par quoi les familles cessent d'être des familles : bazarder les murs. Je m'inventai alors, contre mauvaise fortune, une morale de la valise entrouverte et des vies nomades. Cette bougeotte très littéraire m'allait mal.

J'ai toujours lorgné les maisons. Dans la rue je m'arrête pour les regarder : ainsi font les hommes dans le sillage des bonnes femmes. Il arrive que mes voyages durent longtemps, car sur la route je me paye un détour pour chaque toit un peu fier aperçu à travers les arbres.

Avant 1940 je ne possédais aucune notion des différences sociales. Quand on disait, chez moi, dans mon enfance, et sur quel ton ! « elle n'est pas de son milieu », c'était qu'un cousin voulait épouser une traînée. *Classe, milieu, monde :* on ne faisait appel à cette artillerie qu'en désespoir de cause. On ignorait, et comment les eût-on connus ? les raffinements de la fusillade mondaine. Peut-être avais-je eu, vaguement, en surprenant le regard d'un copain devant la maison ou bien à l'évocation des vacances dont nous n'étions pas économes, l'intuition que je n'étais pas tout à fait pauvre ? Je n'en suis même pas sûr. En tout cas tout cela, après la mort de mon père, s'émietta vite.

L'installation à Paris m'apporta des révélations. Je découvris les rues, les quartiers, leurs univers contradictoires et leurs lois. Je découvris qu'on pouvait vivre autrement que nous vivions, et dans des décors bien différents. Je découvris que ces différences nourrissent l'envie et le dédain. Je découvris quels petits ennemis peuvent être des enfants bourgeois élevés dans des familles irrémédiablement étrangères. Mon lycée, Saint-Louis, était un établissement asocial, bûcheur. On y venait de tout Paris et de province préparer les grandes Écoles. Le brassage social y était donc considérable et m'ouvrit rapidement les yeux.

Mais l'essentiel de mon apprentissage se fit vraiment à propos des maisons. Quand je marchais dans les rues, une opération mentale instantanée se déroulait désormais en moi, afin de juger chaque immeuble, de le classer, dans une des catégories sommaires que je m'étais définies. Bien entendu, le comble du bon ton me paraissait alors la ressemblance. Ne pas me singulariser, habiter un immeuble de la même sorte, et du même âge, et du même style que ceux où habitaient les parents de mes amis, tel était mon suprême et inaccessible vœu. Cette rage d'être en tout point conforme est une maladie de l'adolescence. J'en perçois déjà les symptômes chez mes fils. Mon rêve me destinait donc, hélas ! à aimer ces « maisons de rapport » en pierre de taille dont les bourgeois couvrirent Paris entre 1880 et 1914. Aujourd'hui encore je serais capable d'en dessiner les yeux fermés un plan idéal. Aucune nuance, bientôt, ne m'échappa. 1880, l'époque primitive, cela voulait dire une porte d'immeuble en bois et un ascenseur hydraulique et moribond. 1890, début de l'époque classique, c'était déjà la porte en fer forgé à grande vitre, lourde comme d'un coffre, qui lâchait un bruit de tonnerre en se fermant. Deux miroirs (se donner un coup de peigne avant de monter chez les X...), deux réceptacles à plantes vertes et deux colonnes de faux marbre rose décoraient alors l'entrée. L'ascenseur accélérait, les pâtisseries se raréfiaient. 1900-1910, bref siècle de Périclès de l'architecture bourgeoise, voyait se dérouler plus souplement un escalier éclairé par des fenêtres parallélépipédiques aux verres jaunâtres. Cette période-là, c'était mon gâteau. J'en savais tout : portes vitrées à petits carreaux, entrée rectangulaire et long couloir du « service », cheminée Louis XVI en pierre grise à trumeau laqué, moulures enfin domptées, adjonction possible d'un petit salon pour le grand genre, ou bien au contraire éternels salon-salle-à-manger-communiquants pour les familles plus modestes, chambres aux cheminées rouges et aux miroirs bordés de perles de plâtre, ouvrant sur des cours propres et glaciales comme la mort urbaine elle-même ; impérieuse obligation de clouer une moquette dans les pièces dites de « réception » ; impérieuse obligation d'employer une souillon nommée Josette, championne de la tarte aux poires ; impérieuse obligation de meubler en Empire le salon, et la salle à manger en bois fruitiers, avec des étains posés partout, le goût campagne ; impérieuse obligation de recevoir une fois en hiver « pour les enfants » (meubles garés et parents dans la chambre du fond) et une fois en juin pour les adultes, avec location d'un extra si possible connu par son prénom (« il servait chez Mémé Jeanne à la Sablinière... ») ; impérieuse obligation de vivre plat, de vivre froid, de polir les formules de contentement de soi et de la méfiance envers le monde extérieur tout entier. J'ai rêvé là-dessus ! J'ai bavé de jalousie pour ça ! Je ne suis pas sûr, aujourd'hui encore, que ne sommeille pas en moi une indulgence nostalgique pour les dortoirs du XVIe arrondissement aux noms de peintres ou de musiciens, les perspectives désolées de Pereire, les naïades, Hercules et cariatides crottés par les pigeons soutenant à bout de bras les balcons du boulevard Raspail ou de l'avenue Henri-Martin, les divers « squares », « villas » et « cités » en impasse, chargés, vers le début du siècle, de perpétuer le souvenir d'un conseiller municipal ou d'un publiciste généralement prénommé Jean-Baptiste...

Tout le reste, tout ce qui n'entrait pas dans mes catégories, me déroutait : casernes Napoléon III aux entrées cochères sonores et aux cages d'escalier immenses, immeubles 1930 aux plafonds bas et aux escaliers à tapis bleu canard, maisons des rues de Lille, de l'Université ou de Varenne dont je voyais bien qu'elles étaient belles, mais jugées inaptes à remplir le rôle que farouchement j'attribuais aux murs : être des machines à me rassurer. L'honorabilité par la similitude : maladie de classe. Si je me promenais dans ces rues-là, c'était sans plaisir ni sécurité. J'étais pusillanime ; je visais à moyenne hauteur ; je voulais que la vie devînt un jour douillette et ressemblât aux autres vies. Plus tard tout cela changea, mais nous n'en sommes ici qu'à mes quinze ans.

L'immeuble que nous habitâmes à partir de 1940 m'infligea de nombreuses blessures. Dominant du commerce et des autobus, situé en plein Quartier latin (où mes copains trouvaient commode mais étrange que l'on demeurât), dépourvu d'ascenseur et de porte style coffre-fort, coincé entre une boulangerie et un restaurant et à cause d'eux sentant la côtelette et le fournil, pudique, discret, son plâtre effeuillé, son confort médiocre, ses habitants filant doux à son image, il n'opposait au jugement aucun de ces luxes passe-partout dont ma jeunesse, frileusement, avait besoin comme de pain et de feu.

En outre, disons-le net, chez nous, tout était laid : fait pour la modestie, la solidité. Quand il s'agissait de se caler l'estomac on proclamait volontiers que « mieux vaut faire envie que pitié ». Mais apparemment, en matière de canapés et de plaisir de l'œil, mieux valait faire pitié qu'envie. Et puis cette demi-pauvreté, aggravée par les années, la guerre, la négligence générale où nous vivions, commençait à nous coller à la peau. De mois en mois elle m'encolérait davantage. Les économies devenues beurre et omelettes, je m'en fichais bien ! Les *explications* m'intéressaient peu : c'était de me sentir accepté par le monde que j'avais besoin. Je ne voulais pas devenir une de ces bêtes de solitude et d'aigreur comme il en grisonnait autour de nous. Je voulais que la partie fût longue, mouvementée, et même si possible un peu gaie. Quand je dis que les petits bourgeois sont des morts vivants, on peut me croire, je connais ce dont je parle. Vers ces années 40-43 je vis sécher sur pied quelques-unes de ces plantes. La radio de Londres, les rideaux tirés, le prix des choses, une seule pièce chauffée dans l'appartement, le couvre-feu, le couvre-vie, ah ! nous en crevions ! L'amitié, je l'ai dit, je le répète, me sauva. Une autre vie déferla sur la mienne par cette brèche. Je rendis une pièce habitable et j'en fis ma chambre. Nous nous fabriquâmes là du bonheur avec une passion de fourmis.

Et puis, par un paradoxe dont je pris conscience plus tard, nous formions aux yeux de mes amis, ma mère et moi, une manière de mystère : après tout n'étions-nous pas des privilégiés ? Nous vivions de l'air du temps, de *rentes* sans doute ? Dans ce petit monde si fanatique sur le travail, nous constituions un îlot d'oisiveté, donc de vague scandale. Mon ami Piano, qui avait le don des formules, répandit des bruits sur un certain paquet « de Royal Dutch et de Suez ». Pauvre de nous... C'est encore Piano qui remarqua un jour (son ton de vieux !) : « Somme toute, chez toi, les pièces sont grandes... »

On le sent : il est temps que je m'arrête.

*

Pourtant non, un mot encore.

Cet escalier de notre immeuble — tapis à la framboise, murs panachés chocolat-vanille — il m'arrivait de le grimper, vers mes seize ans, quatre à quatre. Non pas vite, mais vraiment comme une tornade. Il s'agissait d'un jeu : j'avais parié avec moi-même que là-haut *quelque chose* m'attendait, lettre ou visite, sac d'or ou tapis volant, quelque chose en tout cas d'inconnu, d'imprévisible, qui allait bouleverser ma vie, la colorer, la jeter enfin sur une voie royale. Je galopais à me casser le cœur, ramassais les clefs sous le paillasson, entrais...

... Il ne me restait qu'à écouter mon souffle s'apaiser. C'est plein de silence, un appartement, l'après-midi. Les veuves connaissent cela, et les enfants uniques.

La première fois ce fut sûrement un jeu. Ensuite ça le devint de moins en moins. Pour les miracles, à cette époque, j'étais insatiable. Je n'imaginais guère de côtes à gravir, de force ou de patience à suer : j'attendais la foudre et les trompettes. « Je veux tout, moi, et tout de suite ! » Antigone 44 tapait ainsi du pied.

C'est sur cette image que je voudrais m'interrompre : d'un garçon escaladant à perdre haleine l'escalier rouge et brun, ne sachant s'il fuit ou s'il poursuit, et quoi fuir ? quoi poursuivre ? attendant du hasard une vie qu'il n'a pas la force de voler ni de changer, gourmand mais paresseux que la vivacité de ses jambes et l'impunité provisoire de la jeunesse sauvent encore, mais pour combien de temps, du désastre qui le guette.

LA MAISON S'APPELAIT LE PUY SAINT-HILIER

La maison s'appelait le Puy Saint-Hilier. J'y fis deux séjours dont les dates se confondent, mais les séjours eux-mêmes sont bien distincts, impossibles à prendre l'un pour l'autre. La première fois c'était encore l'occupation puisque Étienne était là, et l'hiver. Sans doute les vacances de Noël. On cassait la glace dans le tonneau. La maison appartenait aux parents de Philippe. Nous étions venus tous les trois : Philippe, Étienne et moi. C'était important ces quelques jours, c'était un chant, une note haute qu'il fallait longtemps tenir. Nous ne vivions jamais bas à cette époque. La musique, nous exigions qu'elle nous écrasât. Les livres, ils devaient répondre à toutes les questions.

Nous installâmes nos trois lits dans une seule pièce du premier étage ; je me rappelle les murs chaulés, les carreaux froids du sol. La cheminée tirant mal il fallut sacrifier un drap que nous tendîmes sur le tablier ; et malgré cela il arrivait que la fumée envahît la chambre et nous fît larmoyer.

Nous étions venus, de Tours je crois, à bicyclette, par Langeais, sur ces levées de terre qui bordent la Loire et la Vienne. Bientôt les prairies inondées gelèrent et nous nous poursuivions en glissant sur ces immenses patinoires. Un soleil blanc s'était installé sur la Touraine. Tout était pâle, des dessins au trait sec sur fond bleu. Un soir nous mêlâmes l'alcool à 90 de l'armoire à pharmacie à ce qui nous restait de calvados et nous bûmes cela, qui nous suffoquait, mais comment se passer d'un peu de passion ?

Sur un terre-plein que l'on appelait la terrasse, les nuits étaient si pures, j'appris pour la première fois à nommer les constellations. La seule, les premiers soirs, que je fusse habile à retrouver c'était le double V de Cassiopée. Philippe nous faisait dans la chambre — nous nous couchions tôt car le froid était rude — la lecture à haute voix. Étienne s'endormait. Au bout d'un long moment, quand Philippe avait refermé le livre, Étienne s'éveillait. « Je trouve ça moins bon », disait-il gravement. C'étaient les fous rires de notre jeunesse, qui dégénéraient en batailles d'oreillers.

Un matin la lumière fut plus joyeuse. Philippe se leva le premier. Sans doute allait-il chercher du lait chez ces fermiers dont les enfants se nommaient James et Ghislaine, prénoms appris chez le duc de B. dont le château écrasait un peu notre modeste paysage. Nos deux lits, celui d'Étienne et le mien, étaient voisins.

En ce temps-là, le désir, le sexe, nous en parlions souvent. En phrases insistantes nous revenions toujours là-dessus, nerveusement : Étienne qui me promettait monts et merveilles, moi pour que la chanson durât dans ma tête, dans mon corps, la chanson, la patience... Je dis patience ; c'est impatience qu'il faudrait. Mais une impatience vieille de combien d'années ? Les rêves eux-mêmes s'y usaient, et la science solitaire de ma main. Je ne croyais plus à rien. Nous plaisantions encore, et des mots sales, des cochonneries. Le moyen de faire autrement ? Ce matin-là il y avait le soleil, et dans les fenêtres le paysage un peu adouci. Nous étions seuls. La tête, de désir, me tournait. Les mots étaient de l'alcool. Nous buvions des mots épais, trop chauds. Quand je me glissai à côté d'Étienne, sa main, tout de suite, fut sur moi, qui étais fou, me trouva, et j'étais au bord de tomber enfin, moi, moi qui avais depuis si longtemps ce vertige.

Mais Étienne plaisanta.

La santé plus forte, peut-être, ou la peur du ridicule ? À cet âge les garçons ne savent pas fermer les yeux. Les adultes, plus tard, apprennent qu'on ne doit pas poser le même regard sur la nuit et le jour, sur les corps disloqués et la table servie. Il faudrait une autre vision, d'autres yeux. Regardez-les déjà se laver frénétiquement les mains !

Étienne murmura donc une phrase moqueuse, son ultime défense. Je pouvais encore tout bousculer, nous jeter dans l'autre chemin. Une vie nous y guettait, envoûtante, batailleuse, des proscriptions et des exils.

Au lieu de quoi nous dûmes arranger les choses à la hâte. C'était facile : feindre une plaisanterie particulièrement savoureuse.

L'usage était de se laver à la pompe, torse nu, en poussant des cris, et c'était bien du courage. Philippe revint de la ferme, son pot de lait à la main, gueulant son éternelle chanson hongroise. L'hiver avait tout nettoyé. Nous étions au centre d'un paysage propre. Ah ! le brave paysage !

*

La seconde fois ce fut à Paris, dans ma chambre. Cette attente de rien, l'imagination épuisée sur des mots, il arrivait que nos corps en fussent douloureux. Je posai ma main sur Étienne et je vis ses yeux battre.

On n'avait jamais mis de clef sur ma serrure. Et même... J'entendais parfois le pas de ma mère dans le couloir. L'aveuglement des autres, des gens qui passent sans voir, dans l'amour, finit par ressembler à de la complicité : il abîme le secret. Plus tard, dans des hôtels, des voisins de chambre ou des servantes, ainsi, gâcheront les gestes.

Le bruit de la rue lui-même, le paysage quotidien des maisons, il eût fallu les changer.

Bêtes, pudibonds, ainsi faits : ils ont peur que leurs murs aient de la mémoire !

VINGT ANS DURANT J'AI RÊVÉ DE PÂLIR

Vingt ans durant j'ai rêvé de pâlir. Comme ça, d'un coup, à la façon des héros de romans. Je ne me rappelle, entre mes quinze et vingt-cinq ans, que deux réussites dans cet art difficile. La première fois, c'était au Bois. J'accompagnais une personne convoitée, hélas ! flanquée ce jour-là d'un dadais. Le dadais tomba, lâcha les rênes et le cheval fila. La personne et moi prîmes le galop. La situation n'était guère rassurante, car le fugueur traversait aveuglément des chaussées de macadam, au risque de se faire écrabouiller par les voitures, heureusement rares vers 1946. Nous n'avions, si nous voulions le rattraper, qu'à en faire autant. Enfin nous acculâmes le fuyard à une clôture et nous réussîmes à le prendre « en main ». À ce moment la jeune fille, qui était une coquette, éclata de rire en me regardant : « Mais vous avez eu peur ! Vous êtes tout pâle... » Je me moquai bien qu'on me crût froussard puisque j'avais blanchi. Je dus d'ailleurs, traîtrise de mes artères, en rosir de plaisir.

La seconde victoire sur ma rubiconderie fut remportée dans un salon de l'avenue de Wagram où une fiancée me présentait à quelque grand-père amiral. Le loup de mer était ravitaillé en havanes par un midship de la *Jeanne*. Il m'offrit un des monstres, sur lequel je tirai pendant une bonne demi-heure avant d'oser l'écraser. On a de la virilité ou l'on n'en a pas. Puis je hâtai le départ... Je me rappelle le tapis dont je contemplais un motif d'une belle délicatesse de ton, supputant que c'était *là*, exactement là que mes vomissures allaient d'un instant à l'autre l'étoiler. Je prononçai les paroles de congé avec mon déjeuner plein la bouche. Dès le palier le froid — c'était novembre — me fit du bien. Je me sentis ressusciter. Sur le trottoir je lus, comme on dit, de la surprise dans le regard de la jeune fille. Je me vis dans un miroir de vitrine : j'étais vert. Mes maxillaires saillirent de bonheur. Enfin j'occupais la peau d'un homme selon mon cœur : livide.

Le reste du temps — c'est-à-dire environ vingt années moins trente minutes — je fus à la merci des allégresses de mon sang. Tout me faisait rougir : la timidité, la colère, le désir, le plaisir, les gâteaux, le vin blanc, le rouge, le rose, le cognac, les humiliations, les sauces, le sport, les victoires, les regards, l'appel de mon nom, les rencontres inopinées, les bouffées de la mémoire. Sans même parler des joues que la moindre inquiétude enflamme, toute la surface disponible, front excepté, restait constamment exposée à la menace. Dès mes quinze ans la peur de cette congestion me hanta. Dîner chez des gens, sortir une fille, faire canapé avec elle, passer un oral d'examen : mes chances de traverser indemne ces épreuves étaient minimes. Le feu me prenait par le bas d'une oreille, puis de l'autre, puis les oreilles entières, enfin les joues, où l'écarlate trônait, réparti en deux fortes taches dont l'une, sur la pommette, me donnait une allure vaguement tuberculeuse, sans hélas me nimber, comme c'en était encore la mode, du romantisme concédé par tradition aux poitrinaires. (Un peu plus tard, quand la cause, très en retard sur l'effet, m'investit enfin et que je fus à même, sur les hauteurs savoyardes, de flirter avec les B.K., j'eus si peur de mourir, je fus tellement occupé à me tâter les ganglions que je ne pris même pas garde à la roseur que la fameuse fièvre de cinq heures du soir m'installait sur la peau. Je ne profitai donc pas du prestige acquis, voici quelques années encore, aux Princes de Hauteville et autres Ducs de Leysin, non plus que de cette fringale sexuelle, de ce comportement de chaud lapin que j'avais entendu signaler, à mi-voix, par les miens, comme un des charmes diaboliques de notre vieille ennemie pulmonaire...)

Au vrai, je ne parvins jamais à m'installer confortablement dans une psychologie ni un comportement de rougeaud. J'avais avec mon sang les mêmes problèmes qu'avec ma peau ou mes yeux : des ambitions de brun, de pâle, de ténébreux, mais obligées de partir en guerre dans une peau de lait, prompte à chauffer, et ces yeux limpides... Mes appétits belliqueux en étaient tout désarmés. Je me sentais pourtant le cœur sec, et le regard, à défaut de l'œil, noircissait vite. Ce désaccord entre l'aspect poupin de ma personne et une organisation intérieure assez glaciale me joua des tours et n'a pas fini de m'en jouer. Seul bénéfice des joues et du nez candides : j'inspirais confiance. Grâce à cette gentillesse accrochée sous mes cheveux comme une pancarte, j'entamai une carrière de fiancé, de vrai copain. J'avais toujours les mères dans mon jeu, et les vieillards. Mais on se lasse de ces tromperies à deux sous. Né pour casser les pots on finit toujours par les casser.

Je ne veux pas solliciter trop abondamment ma mémoire sur ce sujet. De la tomate, je glisserais à d'autres thèmes : tout se tient dans l'histoire de mes relations avec mon corps. Histoire à épisodes, long équilibre précaire et comique qui épuisa souvent ma force d'âme. J'arrivai démuni au pied des grands sujets, mon imagination et ma combativité usées dans de minuscules batailles. Beau, j'eusse été plus libre, il me semble, de penser au diable et à Dieu.

NOURISSIER

Nourrisson, Nourrice, Nourrice sèche, Nounou, Nounours : cette chanson, aussi loin que ma mémoire remonte et jusqu'à des jours pas bien éloignés, m'a rempli les oreilles. Elle a endeuillé, entre six et treize ans surtout, mes années d'écolier. Il faut avouer qu'un nom pareil, pour des mômes, c'était une affaire, du vrai gâteau. Seuls les professeurs et les premiers de la classe (garçons pieux et de vocabulaire rigoureux) m'appelaient par mon nom. En récréation, pendant les jeux (où souvent je n'excellais pas), les « Nounou » fusaient, parfois scandés en chœur, parfois apitoyés : « Alors, Nounou... », parfois aussi affectueux, protecteurs, les pires. Petit garçon, mon nom me parut toujours une calamité. Quand ces notions me devinrent accessibles, je ne rêvai que pseudonymes et masques. Il me parut un peu plus tard extravagant que des filles pussent accorder la moindre attention à un garçon affublé de ce patronyme. Engoncé dans la chaleur paysanne et domestique de Nourissier, je me sentais femme à gros seins vêtue de bleu, lourd paquet d'ouate hydrophile, nourrissante et laiteuse pâte à tarte. Plus tard encore je fus stupéfait que des jeunes femmes acceptassent (ou parussent si le problème se fût posé, prêtes à accepter) de troquer sans rechigner leurs jolis noms contre le mien. (Peut-être, au fond, rechignaient-elles mais furent-elles assez délicates pour n'en rien dire ?) Et puis il y avait la question de l'orthographe. J'ai souffert des R redoublés, des deux S devenus C, ou bien de deux R accouplés à deux S, ou d'un seul R accablé du C. Entre les quatre combinaisons possibles, il semble qu'une fatalité ait toujours détourné les scripteurs de la seule qui satisfît à la fois à la légalité de mon nom et à la susceptibilité de son propriétaire. Quand je publiai mes premiers textes l'idée ne me vint pas que je pourrais les signer. J'empruntai alors, pour des feuilles d'étudiants, le nom de ma mère, dont les accents flamands ou britanniques me flattaient. (Au reste, ma mère se nommant Heens, je me fusse promis en m'obstinant dans cette voie à d'aussi tristes mésaventures, les plumes françaises ne s'étant jamais résignées à doubler les voyelles, ni les bouches à prononcer correctement les noms un peu turbulents.) Je me rappelle avoir par exemple, vers mes dix-neuf ans, rédigé une longue étude sur Montherlant qu'une dame inconnue de moi se chargea de déposer chez l'écrivain. À la suite de quoi il y eut entre lui et moi toute une série de lettres très littéraires, très soufflées (et de ma part terriblement collet monté) au bas desquelles je devais peiner pour réussir un « Heens » à peu près supportable à l'œil, puisque c'est sous ce nom que je me fis alors décerner compliments et railleries dactylographiés par le Chateaubriand du quai Voltaire.

Puis, étrangement, quand mon premier livre fut sur le point de paraître et que la question de la signature se posa avec urgence et sérieux, je n'hésitai pas. Je signai de mon nom. Ainsi, au pied du mur, le vieux sentiment de gêne enfantine avait pesé moins lourd que l'envie, ce fameux nom, de le remuer un peu, de lui faire voir du pays. Mais aujourd'hui encore, bien que mieux installé dans ma peau et mon identité, je ne décline jamais cette dernière sans un petit serrement de cœur. Alors je brave le péril. Au téléphone, pour les « préavis » et télégrammes, ou afin de vaincre la surdité des standardistes, je clame : « Nourissier, mademoiselle, comme une nourrice ! », procédé qui a au moins le mérite de l'efficacité. Il m'arrive d'user de la méthode en public et je mesure, à la surprise des auditeurs involontaires, le bien-fondé de mon inquiétude : « Nourissier-comme-une-nourrice » fait naître de pâles sourires. Comme disent les bonnes gens : « Nous en étions malades pour lui... »

Connu de quelques personnes, le nom aurait dû cesser de me préoccuper. Pas du tout. Ce fut le mariage texte-signature qui déchaîna dès lors mes scrupules. Qu'on le veuille ou non, les textes des écrivains ressemblent aux noms de leurs auteurs. Presque tous les exemples le confirment. Retz,

Saint-Simon, Pascal : c'est parfait. Quoi de plus robuste, piocheur, épais et normand que Gustave Flaubert ? Et Barbey, et Jaloux, et Thibaudet, et Drieu : tous ces gens-là n'ont jamais fait qu'écrire un peu longuement leur nom. Quant aux pseudonymes ils ne trompent personne, et il faut reconnaître par exemple que sa littérature ressemble inaltérablement au patronyme de Jules Farigoule... Bref, avec Nourissier on pouvait écrire des livres penchés vers l'Homme, inquiets et comestibles tout ensemble. Écrivain catholique, Nourissier, ça collait à merveille. Je possédais un nom fait pour les biographies de Claudel, ou pour ces romans régionalistes « lourds d'une angoisse que tempère le recours aux forces anciennes de la terre » dont on eût — dans ces termes — dit du bien en Bretagne ou en Alsace. J'eus donc bonne mine avec mes jeunes filles et mes phrases brèves. J'eus — j'ai toujours — l'impression de me tromper de stylo.

De tous ces exquis froissements d'ailes, de ces peaux caressées à rebrousse-poil il est resté quelque chose : l'horreur que j'éprouve à entendre ou à lire mon nom par surprise. En classe, quand le professeur m'interpellait, c'était en moi une déroute : cœur, sang, paumes moites, etc. À l'intensité près, le phénomène dure toujours. Une vitrine où est exposé un de mes livres me ferait changer de trottoir. Un article de moi dans un journal me rend le journal maudit. Toujours pour cette unique raison : l'insoutenable réalité de mon nom quand je le vois imprimé. Seule une gloire énorme épuiserait ce ressentiment. Il faudrait que mon nom, qui même pour moi n'est qu'un « sens second » (à l'orthographe près) du vocable détesté, devînt son sens premier. Ambition évidemment déraisonnable, espoir vain.

L'OCCUPATION

L'Occupation, ce temps de mort, des cœurs pourris, fut je crois — avec l'année 1947 qui comporta quatre printemps — un des moments heureux de mon existence. J'étais un garçon entre ses treize et ses dix-sept ans. Il faudrait être une petite buse pour ne pas tirer du bien de cet état. Dans le détail, sur cette période, je n'en finirais pas de recenser les pleurs, solitudes, désespoirs divers qui m'accablèrent. En gros, c'est le bonheur. Et pour la mémoire c'est le gros qui compte. La jeunesse n'explique pas tout. Elle n'explique même rien : elle est un passage confus et triste que les vies bien faites ne regrettent jamais. Reste l'amitié. La France était occupée par les Allemands, et moi j'étais occupé par l'amitié. Aucun point de mon territoire ne lui échappait. Elle contrôlait tout, autorisait ou interdisait n'importe quoi. Ce fut même elle qui fraya les voies à l'amour, cavalièrement, on verra comment.

Dans le désordre des images qui me sautent à la

mémoire, je choisis le plus vif : un garçon court au long des rues rigoureusement vides du VIIe arrondissement. Il est près de minuit. C'est juillet ou septembre, en tout cas l'été, de l'année 43. J'ai seize ans.

Cet usage de la galopade d'avant le couvre-feu conserve un bon goût dans mon souvenir. J'étais un amoureux récent : exactement depuis une nuit de juin. L'enfant se nommait Catherine. Elle était la plus jeune sœur de mon ami Étienne. Nous « sortions » : j'avais cent francs à dépenser, capital qui suffisait, avec de la prudence, à négocier deux places de cinéma et deux jus d'orange peu buvables. Ensuite c'était le retour dans une ville qui sentait les arbres. Le problème était de gagner quelques instants, nos embrassements étant interminables. Je ne m'inquiétais donc pas du dernier métro et ne me conservais, pour regagner avant minuit mon boulevard Saint-Michel, qu'une dizaine de minutes. C'étaient de belles folies, ces courses dans les rues sonores, coudes au corps, inspirant et soufflant comme au stade, vite trempé de sueur, le cœur disloqué, sans rencontrer un chat des Invalides à l'Odéon. À quoi ressemblait, la nuit, la ville déserte sur laquelle passaient des souffles de campagne, avec ses avenues immenses sous le ciel clair, et ces boyaux d'ombre et de fraîcheur : la rue de Varenne, la rue de Lille, où la lune plongeait peu, quel garçon d'aujourd'hui pourrait l'imaginer ? Mes retours se transformaient parfois en supplices : les semelles de mes chaussures, faites de bois articulé, me blessaient ; une certaine chemise dont j'étais assez satisfait, à peine était-elle humectée par la transpiration, devenait sur moi raide comme une cuirasse.

Catherine n'avait pas quinze ans. Elle était une grosse bête enfantine, la bâtarde d'un briard et d'une brebis, dévorée de préjugés et de chorales protestantes. J'essayais passionnément de deviner le visage d'une femme dans le flou de sa tête de gosse. Je me trompais : la femme était ailleurs, brouillonne et déjà abandonnée, dans le grand corps qu'il me restait à découvrir.

*

Paris étant à l'heure allemande, nous nous levions et partions pour le lycée dans la nuit la plus noire. Je me rappelle les tas de neige de l'hiver 42, énormes et invisibles, sur lesquels on prenait des bûches à huit heures du matin. Déjà Robel, Emschwiller, un moment décorés de leur étoile jaune, avaient disparu de notre classe. Grenier soudait des croix de Lorraine sur des pièces de quarante sous et Perlot, dont le père travaillait chez Draeger, distribuait des timbres en couleur à l'effigie du maréchal. Ces vignettes, d'une jolie typographie, m'inclinèrent un moment au vichysme. Perlot voulut pousser son avantage et m'entraîna un jeudi à l'Institut allemand. On y recevait les « jeunes » ce jour-là. Je n'aimai pas l'odeur qu'on y respirait. Cette expédition solda donc ma collaboration. Peu après, un dimanche matin, je surpris le père de Perlot, un balai à la main, occupé à nettoyer le parquet de sa salle à manger. Cette vision, peu conforme au style héroïque dont je m'obstinais à doter la révolution nationale, eut raison de mes ultimes sympathies maréchalistes.

À la maison, le niveau de conscience politique était bas. Nous avions eu notre prisonnier évadé, mais c'était plutôt le hasard des choses. Ma mère était gaulliste ; toutes les dames, unanimement, ne l'étaient-elles pas ? Hélas ! les dames n'étaient pas des alliées flatteuses. Défendre Vichy vers 42, pour un petit bourgeois de quinze ans, c'était encore faire cavalier seul, donner des coups de tête, essayer de vivre. Les grandes personnes parlaient pêle-mêle de semelles, de beurre, de gaullisme : c'était écœurant. Je crois avoir aimé passionnément notre régime de famine. Outre que je n'ai jamais eu le bec fou, cette diète me servait de morale. On entendait évoquer d'une même voix la libération et les futurs gueuletons de l'après-guerre. Je n'avais pas envie d'une France où l'on boufferait bien. Je suis sûr que des garçons à peine plus vieux que moi ont glissé à la Milice et à l'assassinat par dégoût d'entendre papa caresser son ventre et son patriotisme. Je n'écris pas ça pour les justifier, j'essaie de comprendre. Personne n'est bête comme les jeunes gens. Il suffit qu'une famille offre, de la vérité, une image ridicule — et Dieu sait qu'autour de moi on s'y entendait ! — pour jeter un adolescent aux plus ignobles aventures. À cet âge on est myope pour les longues perspectives ; on vit le nez collé sur ses révoltes. Seules les familles solidement charpentées, où les opinions ont le pas sur les jérémiades, savent endiguer ces fureurs des jeunes gens, les canaliser dans une juste direction.

M. Sucret, comptable rue Chauchat, ancien voisin et vieil ami, faillit me rendre germanophile, comme ça, à simplement bavarder. Sa moustache style ancien combattant, ses cols de celluloïd, ses yeux toujours noyés, rougis par les chiffres, et jusqu'à l'accent de sa voix (que j'appelais secrètement son accent fantassin tant il évoquait bien la patience et l'horreur de l'autre guerre) tout en lui hérissait mes sévérités de petit jeune homme. Si le bon sens et le courage parlaient par la voix de M. Sucret, comment les aurais-je entendus ? Je piaffais, je disais mes stupidités. Pourquoi personne ne m'a-t-il alors distribué quelques gifles ? Pourquoi ne m'a-t-on pas parlé, pris par la main pour me guider ? On me *répondait* ! On m'engueulait ! Je n'en demandais pas tant. Il ne faut pas se laisser prendre à la méchanceté des garçons de cet âge ; ce sont des mômes ; il faudrait leur montrer le chemin.

*

À ma colère, je me rappelle, on opposait toujours la prophétie de Sainte-Odile.

*

Certains bars étaient envahis par des jeunes gens étranges. Ils portaient les cheveux frisés, en houppe sur le front et collés en bandeaux au-dessus des oreilles. Leurs pantalons étaient courts, leurs vestons interminables et délicieusement cintrés sur les hanches. Les journaux de l'époque les nommaient indifféremment *zazous, attentistes, bourgeois, gaullistes*. Cet amalgame fut un des traits d'intelligence de la propagande allemande.

Les petits miliciens à visages butés qui montaient la garde au printemps 44 devant la porte de leur caserne improvisée du boulevard Saint-Michel, ils étaient convaincus, j'en suis sûr, de se battre contre les bourgeois. Ils étaient des *socialistes*. Un dimanche, vers midi, ils allèrent matraquer les jolis jeunes gens qui contemplaient les filles à la sortie de la messe chic de Saint-Honoré-d'Eylau. Nous étions en pleine confusion. Je déteste les historiens d'après la bataille qui ne font pas sa place à la confusion. Moi, au reste, ce que j'en dis, c'est pour les moulins à vent. Mon cœur avait penché du bon côté. Si j'indique ici ce désordre qui régnait dans les têtes c'est parce qu'on l'a trop oublié. Nous étions dans le noir. Nous ne comprenions presque rien. Si les petits bourgeois français sont prêts à basculer vers n'importe quoi, à voter pour n'importe qui, c'est qu'ils sont bêtes. Historiquement, cette idiotie pèse toujours plus lourd qu'on ne l'attendait. Quant à la fable d'une France occupée unanime, tout entière dressée contre l'Allemand, elle est fausse. J'étais dans la rue en avril 44 quand Paris acclama Pétain : c'était un spectacle édifiant. Fausse aussi l'hypothèse d'une France boche, vichyste et antisémite. La couleur de la France, alors, c'était le gris. Je me rappelle avoir appris le soir, à la lueur d'une seule bougie plantée au milieu de la table entre ma mère et moi, le cours de philo « pris » le matin, sur mes genoux, dans les caves de Louis-le-Grand où une alerte nous avait installés. Sans parler des pneus éternellement crevés, du froid, de la chasse aux godasses, et des catégories particulières d'ignominie qui s'installent dans les conversations aux époques troublées. Tout cela était débilitant.

J'ai pourtant commencé en parlant de bonheur. J'y reviens.

Des temps désordonnés, un âge tendre : nous étions passionnés de frivolité. Négligent sur la table, j'étais en revanche féroce sur le costume. Ma pauvre mère devait y engloutir ses économies. Le costume, la cravate, c'était si j'ose dire mon oxygène. À quoi je devais ressembler, d'ailleurs, au terme de bricolages pathétiques, je préfère ne pas y penser. Quoi d'autre ? Eh bien, les livres, le soleil, les bains, et cette touchante docilité des jeunes lèvres de Passy.

*

Dans sa période encore ascendante, quand les *stukas* pulvérisaient chaque trimestre un nouveau morceau de la carte d'Europe, le nazisme nous avait offert, à son rayon culture, les sculptures d'Arno Breker. J'avais été fasciné par ces grands bougres frisottés, plâtreux et lisses, dont pourtant les fronts me paraissaient un peu brefs. Dans ma mémoire, Arno Breker prend place approximativement entre l'exposition *Bolchevismus gegen Europa* (qu'on nous mena visiter en groupe) et ce grand déballage antimaçonnique que ma mère me dissuada d'aller contempler, car, me dit-elle, elle ne trouvait pas que ce fût « de mon âge ».

*

C'était le règne des sœurs. Après Catherine il y eut Thérèse. Mais celle-ci était flanquée d'un frère ombrageux, qui ne transigeait pas sur l'honneur et que nous devions tromper. La bouche de Thérèse était aussi vague que ses songes. Notre idylle rusait avec les horaires familiaux aux lisières du Bois. Thérèse était un peu ennuyeuse à aimer. Elle vantait mes jolis yeux, hypocrisie que je ne lui pardonnai pas.

*

À peine le deuxième bachot en poche, Étienne décida de gagner le maquis. Ce pour quoi on prenait le train à la gare de Lyon. Ainsi se fait l'histoire. Il avait revêtu, façon charmante de passer inaperçu, des culottes de cheval de velours blanc et des leggins hors d'âge. Je le croisai, juché dans cet appareil sur son vieux vélo couleur de violette, qui pédalait au coin du boulevard Saint-Germain et de la rue de Seine. Il partait pour la guerre et moi pour le Racing, où des fillettes m'attendaient au bord des tennis roses. Ce parallélisme de nos destins nous plongea, ravis, dans une conversation. Ce fut le dernier des grands dialogues de notre adolescence. Nous étions sensibles à cet air de jeu que nous avions imposé, vaille que vaille, à nos jeunesses. Cela se nommait — ce cinéma qu'on se donne à soi-même — le dandysme. Nous ne le savions pas. Ni que le mot était encore promis à un bel avenir.

*

C'est cette semaine-là, et justement au Racing, que nous apprîmes la mort de K., le frère d'une des fillettes. Il avait été tué, au bord d'une route, à coups de poignard, par des miliciens de son âge.

*

Je n'ai jamais osé revoir *Les Visiteurs du soir*... En diable, Jules Berry nous vengeait d'être de si bons enfants. Étienne au lycée l'imitait. Nous rencontrâmes un jour l'acteur, affalé au fond d'un fiacre qui le menait, disait-on, aux courses. Il habitait boulevard Raspail un immeuble moderne qui nous paraissait le comble du luxe et de la dissipation.

L'Éternel Retour fut plus important. Jean Marais, en grand aryen blond, fixa le type de beauté masculine qui hantait nos années allemandes, à mi-chemin du jeune homme à voix tendre et du guerrier barbare. Son pull-over à dessins « Jacquard » couvrit bientôt tous les jeunes torses bourgeois. Une actrice nommée Madeleine Sologne, ses cheveux pâles dans la manière d'un saule pleureur, ressembla à Corine Luchaire comme un rongeur ressemblerait à un dogue voluptueux. Sologne, Marais, c'étaient l'Iseult et le Tristan de la pénurie. Nous manquions aussi de rêves.

(Un peu plus tard la Libération nous envoya un film de la même époque, *I married a witch*, un René Clair de la période américaine où Veronika Lake apparaissait assez semblable : les cheveux blancs en pluie raide, imposant le hiératisme, ou bien donnant je ne sais quoi de plus blessant aux gestes excessifs de l'amour. Tout cela comme si une même beauté eût obsédé les hommes sur les deux rives de la guerre.)

Je ne serais pas honnête envers mon cinéma intérieur si je n'évoquais ici une affiche — de l'année 1941 me semble-t-il — qui chatouilla ma sensibilité. Il s'agissait de la publicité faite à un film de la propagande allemande : *Le Juif Süss*. Le dessin, que nous vîmes longtemps car le film — rappelons-le, chers Français, rappelons-le ! — remporta à Paris un grand succès, montrait une main maigre, rapace, prête à s'emparer, comme d'un poulet dont on va tordre le cou, de la silhouette d'une jeune fille blonde et affolée, un sein déjà dévoilé par la brutalité d'un viol. Ainsi évoquait-on la scène croustilleuse du film où l'on voyait l'ignoble banquier juif, assis sur ses tas d'or, prêt à abuser d'une enfançonne aryenne sur qui le génie malfaisant de sa race lui avait donné pouvoir. Dans sa simplicité injurieuse, et remuant des boues freudiennes, le film ne fut pas la plus sotte des diverses entreprises tentées pour apprendre le racisme à la France. Je me rappelle mon trouble, la chaude incertitude avec laquelle mes quatorze ans contemplaient l'image.

*

Enfant d'une famille où l'on ne songeait pas à l'antisémitisme, je fus longtemps, vis-à-vis du racisme hitlérien, d'une ignorance peu croyable. Il y avait bien eu ces étoiles jaunes cousues au revers de mes deux condisciples du lycée (puis la disparition de ceux-ci dans quelque campagne), l'embarquement des familles juives de La Baule dont j'entendis parler en 1942, mais ma lanterne ne s'éclairait pas. Issu d'un milieu où l'on ne connaissait *aucun* Juif, vivant mon adolescence dans un autre — les protestants — à la science aussi courte, je passai sans le soupçonner à côté de ce trou ouvert à nos pieds. Personne — et là j'aimerais qu'on répétât un peu ces évidences — personne, aucun prêtre, aucun professeur, aucun aîné ne m'ouvrit les yeux. Les neuf dixièmes des Français se voulaient aveugles à l'horreur. Ma niaiserie était telle qu'en décembre 1944 (c'est-à-dire *après* la Libération, quoique *avant* la découverte des camps nazis) je devins à la Faculté de droit l'ami d'une petite Dreyfus (oui Dreyfus !) dont il fallut qu'une bonne âme me dît qu'elle était juive pour que j'y pensasse... Cette surdité invraisemblable explique, au-delà de mon histoire, bien des mystères de la passivité française.

Cette confession me tenait au cœur, qui me laisse dans une posture assez sotte.

L'Occupation fut particulièrement laide en ceci qu'elle nous mit à tous de la purée dans la tête. C'est à cette purée que je pense quand on me vante le régime de Vichy, qui s'entendit si bien à l'assaisonner, à la rendre anodine et comestible.

Et pourtant, à travers ces brumes perçait une lueur ; le plaisir ingrat et fiévreux d'apprendre à vivre survécut aux crimes que nous frôlions. Aujourd'hui, quand j'évoque ces quatre années, je nous vois comme des naufragés, des naufragés aveugles qui n'eussent pas deviné au-dessus de quoi dérivait leur radeau. On a la vie dure à seize ans. C'est à cette dureté que s'applique l'adjectif « heureux » écrit ici par loyauté, ici où l'on attendrait des mots de blessure et de colère.

LE FEU INTÉRIEUR

Soyons juste : le mal ne prit jamais chez moi l'ampleur d'une catastrophe. Point de vérole adolescente, de nuque mangée par les cicatrices, ni de ces points noirs géants qui, sur certains fronts, apparaissent comme les cratères d'un impur et visqueux feu central. L'activité de mon système volcanique fut toujours sporadique. Mes difficultés naissaient moins de l'étendue du phénomène que de la méticuleuse rigueur de chacune de ses manifestations. Le bouton, sur mon visage, poussait volontiers solitaire, très lent. Il surgissait, évident comme une île, sur une mer de peau blanche. Sa couleur était le rose et le rendait bien visible. Il était subtilement douloureux, prêt à saigner. L'écorniflait-on : il récidivait ; parfois en ensemençant. Il n'apparaissait jamais comme une misère familière, mais au contraire il prenait un air bien à soi, un air d'accident, une singularité propre à le mieux faire remarquer. L'histoire d'un seul bouton durait parfois une semaine, dix jours. J'apprenais à cohabiter avec lui. Il fallait lui attribuer une place dans le paysage des jours à venir. Par exemple : aller danser vendredi chez les X. avec mon pif enflammé, ou mon front déshonoré... Rien à espérer dans ces conditions des apartés sur le balcon préparés par de minutieux tangos.

Remarquons-le : tous les organismes doivent être tenus de produire et d'éliminer une quantité égale d'humeur. L'auteur n'ayant pas eu beaucoup de boutons, il en eut en revanche longtemps. J'épuisais ma réserve, voilà tout. Je ne suis pas sûr que ce soit chose faite. Et souvent, le matin, devant mon miroir, je me découvre encore méfiant, guettant la faiblesse de mon enveloppe par où s'écoulerait un résidu de ces fortes liqueurs de jeunesse.

PROFESSEURS

Sur la galerie couverte où prennent jour à Louis-le-Grand les classes de philosophie, on pénétrait dans la « philo 3 » par la dernière porte à main gauche. M. Schuwer, un Alsacien, portait beau. Le cuir était tanné, le nez impérial, le front rocheux, les cheveux d'un blanc pur. M. Schuwer arborait des gilets d'angora citron. Il disait : « Messieurs, les êtres sont aux êtres des jardins fermés... » Son bonheur, c'était l'esthétique. Le cours terminé, il remontait la rue Saint-Jacques sur sa bicyclette, lentement, dans un style de sérénité. Il avait eu, disait-on, des amitiés surréalistes. On murmurait aussi qu'il vivait auprès d'une femme très belle qu'il présentait ainsi : « Connaissez-vous ma compagne ?... »

M. Schuwer ne daigna jamais me prendre en considération. J'avais oscillé de la 1re à la 29e place, ce qui avait déplu. J'étais un serin, en 1943, un vrai petit serin, jaune de poil et attentif à mes nippes. Un jour de printemps, comme je portais pour la première fois un costume couleur de moutarde fendu dans le dos selon une mode qui nous enivrait, M. Schuwer promena son œil sur cette merveille avec, me sembla-t-il, une lueur de sympathie. Ainsi mon élégance me valut-elle un peu de l'amitié que ma culture n'inspirait pas.

*

Dans la classe voisine officiait M. Cuvillier, charriant un enseignement aussi lourd, disait-on, que son célèbre manuel.

*

M. Le Bras, civiliste, enseignait un droit libéré. Sous sa robe il portait un costume d'officier de marine. C'était un gaulliste euphorique. Il nous déclara bientôt : « La France, messieurs, a de grands intérêts à défendre au Moyen-Orient, et l'on m'envoie au Caire... » Raccourci qui ne fut pas goûté.

Dans le chahut des premiers jours de l'année universitaire, M. Le Bras eut à subir à son cours l'explosion d'une bombe qui dégagea, tout ensemble, une fumée bleue et de fortes odeurs. Il y avait de quoi faire plier les plus solides. Mais notre professeur de droit civil était un homme de fer. Il couvrit les cris d'une voix soudain terrible, évoqua les morts (nous étions à l'automne 44), et nous imposa successivement une minute de silence et une *Marseillaise*.

*

M. Siegfried était un haut anglomane d'une courtoisie charmante. Dans son cours sur les États-Unis — cours très chic, très « jeunes filles » — il citait beaucoup Paul Morand. Armé d'un « polycopié » de 1935, je suivis un jour son développement sur le problème noir aux États-Unis, ou la civilisation urbaine, je ne sais plus. À dix années de distance, M. Siegfried parlait dans ses mots comme, dans la neige, on marche au retour dans les pas creusés à l'aller. Il ne changeait, de temps à autre, qu'une phrase : hélas ! c'était toujours dans une citation...

M'examinant en fin d'année, il me demanda :

« Parlez-moi donc des usines Ford... »

Et je lui racontai avec minutie sa propre visite — vers 1925 — aux usines de Detroit, visite qu'il nous avait lui-même amoureusement décrite. Je me rappelle combien, embarqué au passé simple et ne voulant pas me déjuger, j'étais embarrassé :

« ... Vous eûtes alors l'occasion, monsieur... Vous fûtes surpris et admiratif... Vous montâtes même dans une voiture... Etc. »

À haute voix, cela sonnait étrangement dans une bouche de jeune homme. M. Siegfried m'écoutait avec reconnaissance. J'avais l'impression de lui raconter sa jeunesse. Ce fut ma meilleure note de l'année. J'étais tombé dans le péché de notre professeur : le mot à mot nostalgique.

*

Par peur d'être sentimental à l'excès, je ne dirai pas grand-chose de M. Levaillant. À tort ou à raison, je lui voue de la reconnaissance pour avoir fait de moi, sans le savoir ni le vouloir, un écrivain. Mais surtout, en 1940, je l'ai aimé. Il a aéré ma vie. Il m'a montré du doigt les chemins. J'ignore quelle sorte de professeur il est devenu : je sais qu'à vingt-cinq ans — il n'avait sûrement pas davantage et s'empourprait facilement — cet homme doux mais impérieux portait du feu.

Nous étions en troisième. Une troisième B, et à Saint-Louis, c'est-à-dire trente petits matheux, la plupart sarcastiques pour la littérature. Dans le désordre du retour d'exode on ne savait guère quoi faire de nous. Beaucoup de professeurs étaient prisonniers. On nous octroya successivement, en deux mois, pour nous ouvrir aux mystères d'*Athalie*, un fouilleur de braguette et un Sénégalais. Puis vint Levaillant. Il portait un visage à la fois aigu et enfantin que le sang visitait par bouffées, et à la main un « étui à cartes » d'aspect militaire. Il nous offrit Baudelaire, Nerval, Mallarmé, Valéry, et une forte dose de Victor Hugo dont son père, considérable personnage en Sorbonne, avait présenté des morceaux bien choisis. Il nous jeta à la lecture comme à une bataille. Tombions-nous mal qu'il ne nous décourageait pas ; nous fîmes des « exposés » sur

Le Voyage du Centurion, sur Johan Bojer (qui est-ce donc ?), sur Knut Hamsun, sur Barrès...

Je n'insiste pas. On a tout écrit sur l'importance de ces rencontres professeur-élève. Survenues à point, elles peuvent changer la couleur d'une vie. Elles occupent chez les adolescents une passion que leur famille ne nourrit plus et que l'amour n'accapare pas encore. Elles apposent une espèce de cachet officiel sur des besoins que l'enfant croirait inavouables. Elles le dispensent de faire confidence à ses parents de ces fureurs qui le tourmentent. À des espoirs tout à fait subversifs elles apportent une caution universitaire et l'écho d'illustres aventures littéraires.

Nous croisâmes un jour M. Levaillant au bras d'une personne féminine, et le bruit courut même qu'il était marié. Marié, c'était déchoir. Nous avions besoin d'un héros célibataire. Il dut déployer tout son charme. Puis il nous arriva, remontant le boulevard avec lui, de rencontrer cette jeune femme qui tout naturellement prit notre pas et nous écouta, le visage sérieux. Alors nous déposâmes les armes : plus humain, M. Levaillant — sans cesser pour cela de faire à notre profit la contrebande des divers explosifs et alcools par lui révélés — gagnait en fragilité, en émotion. Nous acceptâmes qu'il dormît, bût, mangeât, tutoyât même une femme dans le secret de son existence quotidienne. Il nous avait appris le goût d'une espèce d'héroïsme littéraire. Il nous apprenait maintenant à tolérer que les héros vécussent de pain, et de ces sentiments que prodiguent sans doute les jeunes filles qui remontent le boulevard Saint-Michel à votre bras, lentement, lentement, car notre professeur n'avait pas l'âge encore où les hommes, même amoureux, se croient tenus de traverser la vie à pas pressés.

Nous le trahîmes férocement ce jour où un personnage à col dur vint « l'inspecter ». Une heure durant, mal à l'aise et bien moins brillant qu'à l'accoutumée, M. Levaillant tenta en vain d'éveiller une classe devenue bovine. Enfin l'inspecteur prit la parole et nous assomma de soupirs et d'idées générales. Ce n'était pas lui qui eût dicté, dans l'ivresse d'un mardi matin, les premiers poèmes de Rimbaud que nous entendions... À ses questions — et sans nous rendre compte que c'était à M. Levaillant que nous jouions cet affreux tour — nous opposâmes un silence parfait. Ce jeune professeur, décidément (hélas ! les circonstances nous imposent de titulariser de vrais gamins...) n'avait pas réussi à animer cette classe de plomb... Des « sciences-langues », d'ailleurs, de futurs Cyrards, des têtes en brosse faites pour ronronner au son du tambour napoléonien qui rythmait les heures à Saint-Louis, sourds aux Humanités. Qui ne faut-il pas inspecter !... À bout de ressources, enfin, Levaillant jeta, le regard traqué, les noms de ses derniers espoirs : Vollaire ! Nourissier ! Soulet ! Peyron ! Mais nous restâmes de bois.

Un peu plus tard, à la sortie M. Levaillant laissa tomber sur nous une phrase désenchantée. Nous feignîmes de ne l'avoir pas entendue. Nous ne lui pardonnions pas de s'être commis avec les trivialités professionnelles de l'Université.

*

Le chef ovoïde couronné d'un béret placé droit, l'oncle de notre ami, hélas ! court sur pattes, rond, lent, était lui aussi professeur — mais de physique et chimie — au même lycée Saint-Louis. Nous lui en voulions de cette consanguinité inexplicable. Parce qu'il était si doux nous l'avions surnommé « le Brutal ». Un jour cet homme placide, dans une indigestion de miaulements et de vols d'avions en papier, sombra dans une forte colère. Il s'emporta et nous punit avec la violence des grands animaux longtemps chatouillés. Il méritait enfin son sobriquet, et je l'en aimai davantage.

LE COUP DE SOLEIL

Parmi les raisons de ne pas aimer mon corps, la plus tenace, liée aux images du plaisir et de l'été : sa blancheur. Blancheur de blond, blancheur de roux, « laiteuse » dit-on. Et l'involontaire comique des taches de son. Pourtant je possède une photo de moi, prise à Villers vers 1937, où l'on me voit assez moricaud, avec un épi de cheveux clairs, un tricot écossais par-dessus mon maillot, l'air éveillé. Mais ce privilège d'enfance a dû être aboli vers mes treize ans. J'ai abordé les années difficiles tout démuni, irrémédiablement pâle.

Dans les piscines, ma vie a commencé d'être amère vers 1943. Dès cette date tous mes grands amis — à l'exception de Philippe G. dont je méprisais la rouquinerie ; et d'ailleurs nous cessâmes de nous aimer — tous mes amis étaient de furieux et faciles brunisseurs : Étienne, Pierre, Alain. Leurs sœurs également. (Pudeurs accrues, difficultés presque insurmontables ; la seule imagination de mes longues pattes poilues et livides posées à côté de leurs merveilles de cuisses nerveuses et sombres, que la mode montrait beaucoup, m'accablait. C'était *impossible.* Je le sentais au moins autant qu'elles. Condamné aux amours d'hiver, ou à aimer des indulgentes, des pâlottes. Les aimer ? On devine que les mots jurent d'être rapprochés.)

Les longues heures passées au soleil (le matin sur mon balcon boulevard Saint-Michel, l'après-midi au Racing, et adieu les « mentions » au bachot !) me rougissaient le cuir. Je fus écarlate, certains soirs, à faire se retourner les passants dans la rue. Puis cela pâlissait sans hâler. (À l'époque on disait plutôt « cuivrer ».)

Je me rappelle un petit mot lâché au passage vers 45, par un condisciple de la rue Saint-Guillaume : « Toi, tu rubiconnes. Et tu as les yeux en trous de mite, comme moi... »

Alors j'inventai une comédie. Celle du Nordique, du Lorrain, du Saxon aux yeux de faïence. Je me tenais ferme sur cette position-là. Un peu de dédain pour mes amis méridionaux donnait de la rigueur à la théorie (on était en pleine folie « aryenne »). Les Cévennes d'Étienne, l'Italie d'Alain, les Landes de Pierre en prenaient un coup. Mais on le sent bien, à poil, l'Idée ne tient lieu de rien.

L'été 47, en Corse avec Étienne, je parvins à une belle teinte, un rouge uniforme et sombre qui enfin me flattait. Cette semaine-là nous avions juré d'occuper nos cœurs. Nous courtisions deux Ajacciennes. Nos affaires allaient leur train. Un soir les deux filles échangèrent quelques mots en patois. Puis elles rirent. Cela se comprend assez bien, le patois corse : il était question de ma « testa de tomata », ce qui se traduit sans effort. Heureusement, nous habitions le meilleur hôtel ; j'avais besoin de reprendre mes avantages.

Deux mois plus tard, frotté de Tunisie, affamé, maigre, au comble de ma noirceur, pour une fois assez bien installé dans ma peau, j'arrivai en Provence chez des amis, au bord de leur piscine. Je marchais à côté d'Étienne. Une voix de jeune fille remarqua gaiement : « On croirait un comprimé d'aspirine à côté d'un morceau de zan... »

En fait de brun, décidément, elles étaient insatiables. Moi, je ne pouvais pas faire mieux.

Plus tard — quelque quinze années — comme je jugeais ces batailles pour moi terminées, le hâle vint de lui-même, posé miraculeusement sur mon front par la maturité et les voitures décapotables.

Quand un homme a des problèmes avec son corps, il faudrait lui donner de l'argent, encore, toujours de l'argent. C'est, disait l'Œdipe de Gide, « la réponse à quelle que soit la question ». Les voyages fréquents et les instituts spécialisés teintent la peau dans la nuance voulue. Mais cette science et ses moyens m'ont été donnés un peu tard. Entre-temps, je m'étais forgé une âme de blond, agressive, nerveuse, chatouilleuse sur l'honneur et terriblement inapte à la défaite. Je dis « terriblement » car cet acharnement ruine toute pédagogie ; les jeunes hommes ont besoin de raclées et d'apprendre à les digérer. Si j'avais à choisir aujourd'hui entre Blonds et Bruns je choisirais, tout compte fait, des Bruns. Ils ont le cœur plus pesant mais tranquille. Ils sont un peu plus épais, mais plus « hommes ». Un Blond, finalement, ce n'est jamais qu'une espèce de femelle, vipérine ou pathétique. Regardez-les : on leur voit souvent de la moustache, un collier de barbe, une pipe, une femme-enfant, une petite famille, une voiture couverte d'accessoires chromés — tous ces gadgets. Le gadget est le joujou des angoisses, l'invention d'un peuple blond. Il a sans doute aussi — mais c'est une autre histoire — quelque chose à voir avec les virilités un peu hésitantes.

Je me rappelle, déjà, nous avions neuf ou dix ans, dans nos jeux derrière les portes fermées, combien la peau de Jacques m'émerveillait. C'était elle, serrée, brune, toujours sèche (« naturellement, François est encore en nage... »). C'était elle qui me faisait, en quelque sorte, l'aimer. Mais je ne savais pas nommer le sentiment qui me penchait, cœur battant, sur son corps.

LA TRAVERSÉE DU DÉSERT

En 1939, ma mère ayant pris un second mari, nous quittâmes la maison de R., où j'avais toujours vécu. Nous allâmes habiter Meulan. La vraie vie commençait.

Meulan, ce fut une bicyclette bleue, la campagne, les deux bras racoleurs de la Seine, une piscine, les petits avions sur le terrain des Mureaux, le plan d'eau des voiliers, mais surtout ces routes ouvertes sur lesquelles on me lâchait pour la première fois. De Meulan, elles rayonnaient, et par instinct je tournai le dos à Paris. J'avais le choix entre Mantes, Magny-en-Vexin, Pontoise. Chaque jour j'ajoutais deux ou trois kilomètres à mes explorations, ivre de sentir enfin le monde à ma main.

D'une tout autre façon, les démêlés conjugaux de ma mère et l'empoisonnement familial qui s'ensuivit me bronzaient. Choisi comme confident, sollicité comme spectateur, explorateur involontaire d'horreurs trop poivrées pour mon âge, je mis en peu de semaines, entre moi et les êtres jusqu'alors les plus proches de mon cœur, une distance qui plus jamais, par personne, ne fut franchie. Entre juillet 1939 et mai 1940, c'est-à-dire dans les quelque dix mois précédant mes treize ans, je reçus les leçons comme des gifles. Je ne devais jamais les oublier. Entre les miens et moi, désormais, ce ne fut pas la guerre, mais une indifférence sévère qui, à la lettre, me servit de pain. Je dus me nourrir d'elle à l'âge du plus fol appétit de tendresse. Mes plaisirs devinrent muets, mes promenades solitaires. J'organisai le secret au-dedans de moi avec ivresse. Au printemps de 1939 j'étais un enfant écœurant de docilité et de craintes ; un an plus tard, j'étais enfin le modèle, réduit mais fidèle, de l'homme qu'il me restait à devenir. Les batailles perdues des petits garçons, ces batailles contre rien, ces mêlées noires qu'ils n'ont pas cherchées et qui les terrorisent, construisent mieux l'homme que les longs jardinages sous les serres : un homme tordu, couvert de bosses prématurées, mais enfin c'est joué, on sait à qui on a affaire.

Vidé, poncé, mon cœur chercha de l'emploi.

Je passai seul cet été 39. Le soir ma mère m'offrait des cigarettes blondes en gémissant sur une infortune tôt venue. Pas de vacances — moi qui les avais tant aimées — le monsieur étant sans doute avare. Les seuls plaisirs étaient ces courses nocturnes dans une énorme Chevrolet, pour aller à Mantes ou à Saint-Germain voir des films qu'on eût mieux fait de m'interdire. Les journées passaient, comme je l'ai dit, sur les routes ou les berges de la Seine. Je connus des garnements locaux. Ils m'appelaient par le nom du mari de ma mère. J'avalais avec un horrible orgueil cette annulation de mon identité. Je rongeais mon frein. J'attendais. Quelle époque de ma vie a davantage ressemblé à l'attente ? J'appris à nager. J'avais peur de l'eau. Sombrement, sans plaisir, je me jetai et me rejetai dans le grand bain. Dix « plats » successifs ne me décourageaient pas. Je n'adressai à personne la parole et personne ne me l'adressait. Un soir, vers sept heures, comme j'étais le dernier à l'eau et ne me décidais pas à interrompre la série de ces plongeons que je m'infligeais comme on se donne la discipline, le maître nageur vint me parler :

« Tu as raison d'en profiter, petit, c'est le dernier soir. On ferme. »

Je dus lever vers lui un regard misérable :

« Eh oui, on ferme... Je pars soldat. C'est la guerre ! Tu rêves, ou quoi ? »

La piscine fermée, mon beau-père « mobilisé sur place », la peur et le plaisir des premières alertes vite épuisés : l'automne s'annonçait mal. Je repris mes balades. Heureusement les lycées parisiens se « replièrent » et le spectre de l'internat s'éloigna. Molière, établissement pour jeunes filles des bons quartiers, vint s'installer à notre porte, dans un modeste château d'Hardricourt. À la guerre comme à la guerre : ce fut mixte. Vers le 15 octobre, cahin-caha, nous commençâmes une quatrième bousculée, dans de petits salons démeublés. Le parc était immense. Au premier cours ma voisine fut une fille : elle se nommait Danièle Fossette.

Dans cet amour mon cœur se précipita en tourbillons. Où étais-je ? Même les mots de tous les jours, les mots de magazine et de chanson ne me servaient de rien. Amour, le mot amour lui-même : il m'eût brûlé. C'était de l'eau et j'avais soif, c'était de l'oxygène et j'étouffais, mais l'asphyxie, la soif, il eût fallu d'abord les nommer...

Je ne savais que rester là, nigaud, immobile, au milieu des galopins qui criaient à Danièle une admiration plus accommodante que la mienne. Le dimanche j'allais rôder dans le village que la petite fille habitait. Je connaissais sa maison pour y avoir un soir aperçu, appuyée à la grille, sa bicyclette. Parler à Danièle me paraissait inconcevable.

J'eus pour ami Bernard dont la mère, une femme fardée, avait été chanteuse et pleurait dans son rimmel au fond d'un pavillon des Mureaux. Je me méprisai d'être là. Je m'enfuis. J'organisai une bande et choisis, pour lieu de nos rencontres, une carrière désaffectée sur la route de Pontoise. Je me jetai avec rage dans mon enfance. On se battit : je fus assommé à coups de pierres. Une autre fois je rentrai piteusement, une dent brisée. Puis je connus les enfants du « Moulin », une grande maison de week-end où pour la première fois je respirai un air plus léger. Mais Danièle continuait de sillonner, vêtue d'une veste jaune à carreaux noirs, les routes du Vexin et de mes songes.

Enfin, le trimestre achevé, ma mère décida une

nouvelle fois de changer de vie et nous partîmes pour Paris. Je n'eus le temps de dire au revoir à personne.

*

Paris, l'hiver 40. Voici que commence ce que j'appelle *le désert*. L'aridité, la course à l'amitié vont durer trois années. Elle pourrait dater d'alors, la phrase de Nizan : « Je ne laisserai personne dire que c'est le plus bel âge de la vie... »

Et pourtant, un peu plus tard, un peu plus loin, je dirai de ces années qu'elles furent heureuses. Vide et plénitude tout ensemble, la solitude et l'amitié, les larmes de la nuit avec les fous rires du lycée : il faut en convenir, les choses ne sont pas claires. Peut-être étais-je un peu trop jeune : le plus môme de la classe, toujours ; et le plus môme parmi mes copains. Ma tête et mon corps n'avaient pas tout à fait le même âge. J'étais heureux avec mon corps et triste avec ma tête. Ou le contraire : on se moqua d'Étienne, tellement jeune homme, quand il invita chez lui ce grand ami à peine sorti des choux.

Paris, l'hiver 40, les vitres barbouillées de bleu ou décorées de croisillons de papier. Je me promenais frénétiquement dans la ville. Des quartiers nouveaux, et le cœur me battait. Je ne partageais ces fêtes avec personne. J'avais un appétit énorme de rues, de quais, d'églises, de maisons. Et toujours cette impression de piller la vie.

*

Un soir de 1942, accoudé à la cheminée de ma chambre, le front pesant sur le miroir, je me retrouvai en train de pleurer. Avec toute ma colère, toute ma force, l'énorme machine tournant à vide, je pleurai longtemps : la réserve d'eau accumulée en trente mois. L'amour-propre était intact, la santé convenable. On ne m'avait pas blessé. J'étais *heureux*. Mes amis m'aimaient. Les horreurs familiales s'étaient apaisées. Des rails couraient loin devant moi et je pouvais les suivre. C'est solide un garçon de quinze ans. Ça pourrait marcher longtemps, se battre, se jeter dans le feu, aimer. Et pourtant ça ne sert à rien. J'étais inguérissable, car il n'existait ni santé ni remède. J'avais conscience à la fois de la niaiserie et de la toute-puissance du désespoir qui me poignait. Je pris, de la morve plein le nez, la résolution de rire de cette crise le lendemain, de la raconter, de la tourner en dérision. Je m'écoutais pleurer ; ça ne suffisait pas ; en levant le visage dans la glace de la cheminée, je me *regardais* pleurer. Enfin, au bout d'un très long moment, cela cessa. Le vide succéda au vide, mais un vide sans reniflements ni sanglots. Un énorme morceau de vie a passé sur ce désespoir : le désespoir est en moi, intact. « Vous rirez de tout cela dans dix ans ! » Tant pis pour les pédagogues, dix et vingt ans passés je ne ris toujours pas. C'est même aujourd'hui que je trouve utile d'en parler, de cette nuit de 1942, utile et urgent, urgent d'en purger ma mémoire. Car demain ! Demain mes fils, enfermés loin de moi dans une chambre, pendant que je dînerai en ville ou comme ce soir écrirai, ou dormirai, ou aimerai une dame, tendront eux aussi les bras vers rien, se casseront la tête contre rien, et je n'aurai toujours pas envie de rire. Je dramatise ? Laissons aux imbéciles l'usage de ce joli verbe. L'adolescence d'un homme est un drame, et malheur aux vies qui ne traversent pas ce drame, et malheur à celles qui ne le surmontent pas. On voudrait épargner aux siens ces batailles, mais comme on s'en sait incapable on parle de leur vertu pédagogique... Connaissez-vous rien de plus *formateur* que les batailles ?

Oui : le bonheur.

Ce que je nomme le désert, c'est une vie à quoi manquait le goût du bonheur.

*

Pins autour des villas blanches, salines de Batz, voiles rouges du Croisic : l'exode eut des couleurs et des parfums d'enfance. Sur la plage de La Baule la mer rejetait, entre ses méduses, des cadavres anglais. Ces soldats gonflés d'eau, avec lesquels huit jours plus tôt les filles flirtaient encore, provenaient de bateaux coulés au large par des avions allemands. Ils donnèrent de la gravité à nos longues vacances.

Un crépuscule de juillet, pendant la promenade

des familles sur la digue — cette heure où la peau brunie des jeunes filles devient bleue — j'entendis une conversation. Il y était question du « lycée de Meulan bombardé... Quarante morts... ». Je crois — mais je ne vérifiai jamais — qu'il s'agissait d'un faux bruit. La promenade continua, moi silencieux, cette flèche fichée dans mon aile.

*

Octobre 40 tomba sur ma tête comme un couvercle.

La suite interminable des jours du passé, avonsnous eu vraiment la force de la vivre ? Si je prends une date — celle-ci par exemple : octobre 1940 — et si je veux à partir d'elle reconstituer les heures, les êtres, les itinéraires, les devoirs, le temps dans son mouvement d'impatience et de retards, d'attentes et d'oublis, et le temps à venir, le temps qui ce premier jour était encore à venir, si au lieu de ce qui avait existé, était déjà usé, liquidé, je veux ressusciter cette qualité exacte de lassitude et de passivité qui s'installe en nous par exemple au premier jour d'une saison, ou au lendemain d'une défaite — alors alors seulement l'horreur des jours vécus m'apparaît.

Sur trois ou quatre années, plus de mille jours, la mémoire a effectué son choix. Elle a retenu quelques visages, quelques scènes brèves et parfaites dont le symbolisme l'arrange. Mais les mille matins ? Les mille tombées du soir ? Les dix mille instants de détresse où l'à-quoi-bon parut tout emporter... Les dix mille moments de courage ou d'inattention grâce à quoi nous continuâmes de vivre... C'est aussi cela, le désert : cet incroyable voyage qu'il n'y avait aucune raison de poursuivre, et qui a duré, duré...

*

Personne ne m'ayant fourni d'explications sur les mystères physiologiques qui s'accomplissaient en moi, je m'en ouvris à Étienne. Du haut de ses seize ans, il me rassura. Satisfait que son ami devînt enfin une espèce d'homme, il flatta ma virilité. J'obtins mon premier pantalon long. (Les garçons d'aujourd'hui n'ont plus à batailler contre ces manières de culottes de zouave, baptisées « de golf », dont nos quinze ans furent affublés. Cela était serré sous le genou par une bande élastique ; celle-ci, vite détendue, laissait glisser la chaussette, et bientôt tomber la jambe du vêtement elle-même sur le pied. On obtenait alors une ressemblance avec les pantalons de ski dits « norvégiens ». Vers cinq heures du soir les lycéens des classes de seconde, cette laine en tire-bouchon autour des mollets, n'avaient pas fière allure. Tout espoir d'éveiller un sentiment chez les fillettes était interdit tant qu'on souffrait de cette disgrâce vestimentaire.) Puis je m'en fus chez le médecin de la famille et celui-ci, après examen, manipula mon récent orgueil, afin de le rendre mieux apte à l'usage que ma naissance ne l'avait constitué. Tout cela sans en toucher un mot à ma mère, qui devait penser que le ciel et les copains pourvoient à ces piteuses misères de l'adolescent.

Étienne, lui, trouva des mots de frère. (Je nous revois arpentant la cour de Saint-Louis au milieu des glapissements des joueurs de paume.) Je venais de lui avouer la terreur où me jetaient les premiers soubresauts de ma mécanique sexuelle en train de démarrer. J'avais quatorze ans ; j'ignorais tout... En dix minutes ce dadais trop long, capable ce jour-là de parler bas, leva mes angoisses.

L'attente reprit, exaspérée par le sentiment de ma promotion. Les rues sans lumières, les bicyclettes sans pneus, les tartes sans farine ne mettaient pas de gaieté dans l'existence. Il restait le ping-pong, la littérature. Nous jouions à l'un et l'autre jeu avec une passion égale. Peu à peu, la guerre s'aggravant, nos horaires s'assouplissaient. Il fallait en effet que le lycée ne contînt jamais plus d'élèves que ses abris, dans les caves, n'offraient de places. Les classes se faisaient donc par roulement et nous disposions de longues heures pour marcher dans Paris et bavarder. Ces séances de parlote constituent mon souvenir le plus réel des années 40 à 44.

Le bachot arriva en 1943, un bachot mutilé de son oral dont deux journées d'épreuves épuisaient les pièges.

Il fut convenu que nous fêterions chez Étienne, le soir du second jour, la fin de nos tourments.

Afin que notre plaisir fût sans ombre, on installa un lit de secours dans sa chambre. Nous braverions pour la première fois le couvre-feu. La jeune sœur de mon ami fut conviée, ainsi qu'une personne de sa connaissance qui elle aussi venait de passer deux journées dans la « Maison des Examens » de la rue de l'Abbé-de-l'Épée, cette casemate.

Je l'écris après réflexion, dans le sérieux de ma trente-cinquième année : cette soirée d'enfance — enfin, du sortir de l'enfance — reste un des moments de bonheur de ma vie. Je revois la chambre, chacun de ses détails, la gouache peinte par Étienne à Moussac et ma célèbre « Vue du Pont-Neuf », un moulage grec acheté au Manège du Louvre, les cinquante livres qui nous avaient comblés, les deux divans parallèles. Vers onze heures on éteignit la lampe. Je connus l'impatience d'une bouche de quinze ans. Un tremblement passe encore en moi quand j'écris après vingt années ces quelques mots. Se moque-t-on ? La vie de mon corps se jouait cette nuit-là. Mon goût, pour toujours, se fixait. Mes jours ont passé, passeront, à la recherche de cette enfance.

À minuit, Étienne alluma. Nous clignâmes tous quatre des yeux. Nos plaisanteries elles-mêmes, un peu lourdes car nous voulions faire bonne contenance, restaient innocentes. Torse nu (je ne sais pas pourquoi mais je le vois torse nu) Étienne dévora un saladier de haricots blancs inentamé au dîner. J'étais émerveillé. Nous renvoyâmes sagement la petite fille dans sa chambre, la bachelière complaisante se recoiffa devant le miroir de la cheminée avant de s'éclipser, puis mon ami m'offrit un verre d'eau fraîche. Nous bavardâmes ensuite longtemps.

*

Plus jamais ce ne fut pareil : les heures, les rêves. J'avais fini de traverser le désert. Ma terre promise était peuplée de sauvageonnes qui détournent la tête en secouant leurs cheveux. Je possédais les livres ; il me restait à découvrir — mais déjà je noircissais des cahiers énormes — l'étrange labeur d'écrire. Entre le matin d'octobre 40 où la petite Danièle s'était assise à côté de moi dans le château d'Hardricourt et la nuit de l'été 43, un apprentissage s'était déroulé, d'une tristesse inoubliable. Mais j'en avais terminé. J'étais au bord enfin de ma vie. Le travail, les filles ; ce que j'étais fait pour aimer, et rien de plus, rien de mieux, le-travail-et-les-filles, ma chanson, j'en connaissais enfin l'air.

Beaucoup plus tard la vie se compliquera, mais pour l'instant j'ai seize ans et je commence ma chasse au bonheur.

JE ME RAPPELLE UN MOUSTACHU

Je me rappelle un moustachu, moniteur de je ne sais plus quoi lors d'un voyage d'étudiants, qui suait si abondamment, et d'une sueur si forte, que son veston, aux aisselles, était dévoré de taches en forme de demi-lunes aux abords auréolés de blanc, comme attaquées à l'acide. (Le même garçon, dans des lavabos communs que nous utilisions en Bohême, se savonnait ostensiblement le secret du sexe avec une hygiène un peu tapageuse à mon gré.) Ces tissus brûlés par les humeurs, et l'odeur qui le plus souvent s'en dégage, me terrorisèrent vers mes vingt ans. Moi aussi je suintais beaucoup d'eau, et la crainte d'en marquer mes vêtements m'obsédait. Je songeai même un moment à coudre à la doublure de mes vestes ces tissus imperméables découpés en tranches de melon et baptisés « dessous de bras ». J'en fis l'acquisition, bafouilleusement, chez une mercière. Puis à la brune, enfermé dans ma chambre, j'arrimai ces lambeaux roses dans la zone de mes vêtements où planait un aigre parfum.

Bien qu'incommodes, fuyants, épais, les linges se révélèrent efficaces. Mais ils m'interdirent définitivement toute familiarité : plus question de retirer ma veste en public. La fuite colmatée, j'étais condamné à l'étuve. Les choses allèrent ainsi leur train et l'on fit une réputation à la rigueur bien anglo-saxonne qui me boutonnait même au plus lourd des chaleurs.

Puis, un peu plus tard, mes glandes sans doute pacifiées normalisèrent leur débit. Sans devenir un homme vraiment sec, je cessai de couler comme une source.

Pourtant il m'arrive encore, dans un excès de hâte ou d'anxiété, de mouiller une chemise en cinq minutes. Nous vivons heureusement dans une ère de prospérité où, conjuguées, la chimie et la parfumerie ont à cœur de prêter des senteurs de lavande ou de santal à ces sudations pathétiques.

*

Lors de mes premières fiançailles, on donna un dîner en mon honneur. Je n'en menais pas large. Je me revois, acculé dans un coin d'un salon Empire, un verre à la main, écoutant désespérément la conversation bonhomme, virile, de mon futur beau-père, tandis que mes tempes et mon front, devenus le lieu d'extraordinaires Grandes Eaux, poussaient une sueur que mon mouchoir ne parvenait plus à étancher. On devait entendre les gouttes jaillir ! Je sens encore, posé sous mes cheveux, le regard stupéfait de mon interlocuteur et j'entends sa voix, répétant sur un ton de vague menace : « Je vous préviens, mon cher, dans la famille, ça boit sec, ça boit très sec... »

Je découvrais le bien-fondé de l'expression « suer de peur ».

*

À peine reniflée chez une dame, l'odeur à la fois de vinaigre et de sirop m'écœure. Je n'aime pas mieux ni davantage les corps trop baignés. Homme sans mémoire, je n'ai pas le nez indulgent.

*

Il n'est pas d'usage, je le sais, en littérature ni ailleurs d'étaler ces sortes de petites misères. Moi, je crois les vies plus lourdes de petites misères que de grands sentiments. Ce sont les petites misères, au reste, qui lestent nos vies. Parfois à l'excès. Il peut arriver, comme on le dit pour les avions, qu'elles en aient du mal à décoller.

VERS LE 20 AOÛT 1944

Vers le 20 août 1944 une éruption inconnue m'éclata sur le visage. Il s'agissait de cloques pâles, gonflées de sève, auréolées de rose et qui croûtaient généreusement. Les joues, le front, le menton et les oreilles étaient particulièrement intéressés. On accusa les nourritures surprenantes ingérées ces semaines-là (la « gale du pain », provoquée on s'en doute par une honnête saleté, était à la mode), voire l'eau de la piscine, au Racing, polluée peut-être par un usage prolongé à l'excès. Eau, crasse ou pain : je n'étais pas beau à voir. On me recommanda un onguent à l'oxyde de mercure, extrêmement jaune et d'une fluidité redoutable. Cela devait s'appliquer en abondance. Enduit de la sorte, je présentai l'aspect d'un citron suintant, brillant, qu'on ne savait vraiment par quel bout prendre.

Si l'on ajoute que les gendarmes allemands, la veille, au Bois, avaient failli me voler ma bicyclette — la peur d'être privé de roues, c'est-à-dire de liberté, depuis lors me paralysait — on conviendra que j'étais en piteux état et que l'Histoire me devait bien une compensation.

Cela vint sous la forme de la Libération de Paris.

Pendant deux jours, assis dans le salon, elle tricotant, moi bâillant, ma mère et moi attendîmes des événements que l'on sentait imminents. Nous étions convaincus que l'arrivée des soldats alliés permettrait de réengager une bonne à tout faire. Tel fut le thème de nos conversations.

Enfin diverses fusillades éclatèrent et, comme nous habitions à vingt pas de la place Saint-Michel, nous fûmes parmi les premiers insurgés de Paris. Un drapeau tricolore flotta sur Notre-Dame, d'autres sur la Préfecture, puis un grand nombre de voitures allemandes furent incendiées sous nos fenêtres. Je voulus installer des sacs de sable sur mon balcon afin de contempler à l'aise les batailles, mais un Allemand grincheux, embusqué dans le jardin du Musée de Cluny, fracassa un peu de plâtre au-dessus de ma tête et mit ainsi fin à mes tentatives. Dégoûté, des mitrailleuses ayant d'ailleurs pris à partie la façade de l'immeuble et rendu inconfortable le séjour dans « les pièces du devant », je me réfugiai dans « la petite chambre du fond », sur la cour, et lus le *Journal des Faux Monnayeurs*. Le vacarme était de plus en plus insupportable. La nuit, sur le balcon du cinquième étage, munis de « cocktails Molotov », nous guettions les chars allemands. J'eus par téléphone des nouvelles de mes amis : ils organisaient des bridges du côté de la porte Dauphine et pensaient bien à moi. Je tendis fièrement le récepteur du côté de la fusillade, afin de leur donner un aperçu sonore de mon héroïsme ; Thérèse et Françoise se disputèrent l'appareil. Enfin, m'ennuyant trop, je me glissai dans la rue et pris de jolies photos. Les femmes rasées en particulier, des croix gammées peintes au minium sur le crâne, constituaient de bons sujets pour les amateurs de pittoresque. Devant ces filles tirées de leurs bordels, hagardes, une envie me prit de cracher — mais au visage des patriotes qui les humiliaient. Oh, toute cette boue sur notre liberté... Puis la foule m'emporta, lâche, brûlant.

Les blindés de Leclerc arrivèrent. Il y eut l'incendie de la Halle-aux-Vins, le *Te Deum* à Notre-Dame, les cigarettes américaines, les tireurs des toits. Bientôt les soldats venus du Tchad, campés au Bois, attirèrent beaucoup les regards de nos jeunes filles. Nous fûmes compréhensifs : il s'agissait de guerriers considérables et de jeunes filles libérées.

MES CHEVEUX

Je les portai jusqu'à sept ans à la Jeanne d'Arc. On me dessina ensuite une très catholique raie à gauche, qui engendra cet épi à quoi se reconnaissent, leur vie durant, les anciens élèves de Nos Maisons.

Entre mes huit et mes douze ans ils furent raides, longs, d'un blond approximatif et ils glissèrent une mèche vers mon front. On plaisantait à la maison « la mèche de Didi ». Puis mon goût de l'ordre décida de coller, de plaquer. J'usai le plus souvent d'eau (mon ami Patouillard, lui, utilisait l'eau sucrée dont il prétendait qu'elle aide à friser), mais il m'arriva d'avoir recours aux bâtons de cosmétique ou petits pots de gelée rose. Surmontée de ce casque que l'agitation des jeux brisait et dispersait en baguettes poisseuses, ma tête me donna du souci. C'est un sursaut d'audace, vers 1942, qui me changea la vie : je découvris sous les coups de ciseaux d'un artiste du boulevard Saint-Michel que mes tiffes, raccourcis, secs, libérés de l'empois, se dressaient avec un peu de naturel. Ce fut l'époque de la « brosse longue », ou tête-de-loup, que je m'obstinai vite à vouloir ronde, onctueuse, parfaite. Aucune méthode avouable n'y suffisant, j'en vins, dans la clandestinité de la cuisine déserte, l'après-midi, à faire chauffer sur le réchaud à gaz un vieux fer à friser découvert dans un placard. L'opération se menait en deux temps : 1) une frisure de mouton, 2) un coup de peigne prudent, qui devait dissimuler l'artifice sans aller jusqu'à en ruiner l'effet. Le résultat était satisfaisant, mais fragile. Beaucoup de sueur ou un peu de pluie m'aplatissait le paillasson. D'où la brusque horreur qui me vint de l'effort et du mauvais temps.

Une petite scène me mortifia. Un soir de printemps, comme je sortais du cinéma avec ma mère, nous fûmes surpris par un orage. Nous n'avions guère que trois cents mètres à faire avant de trouver l'abri de notre immeuble. Au bout d'un moment, lasse d'attendre sous un porche, ma mère décida de s'aventurer sous les gouttes. Alors, n'écoutant que ma panique, terrorisé à la seule idée de retrouver dans le miroir ma tête de rat mouillé, je pris les devants, bondissant de porte cochère en auvent, d'arbre épais en cabane de la R.A.T.P., oubliant ma mère abandonnée sous l'averse, oubliant toute pudeur, oubliant toute délicatesse, livré au seul espoir de protéger du désastre ma tignasse bouclée.

Pour une fois ma mère, choquée, ne me trouva point d'excuse. Elle jeta même deux ou trois phrases assez brûlantes pour mon honneur. Je les avalai et ne répondis rien.

Cette anecdote marque sans doute un point extrême. Ce qui arriva par la suite, plus classique, pèse moins lourd.

Les boucles à peine renoncées, il me restait à affronter la tentation de la blondeur.

J'explique ailleurs quelle mythologie se fondait sur ces cheveux jaunes, tant dans ma tête que par la folie des temps. Tenons-nous-en pour l'instant aux faits, qui à eux seuls m'accablent.

Je ne sais plus auquel de nous, Étienne ou moi, vint l'idée de l'eau oxygénée ? À lui peut-être, que ses sœurs instruisaient dans ces coquetteries. Nos premiers attouchements, pratiqués à l'aide d'un tampon de coton hydrophile, furent prudents. Puis, comme il arrive dans ces opérations, la nervosité de l'impatience nous rendit excessifs. En moins d'une semaine du printemps 44, à la stupeur de nos familles et au scandale de nos condisciples, nous fûmes blonds. Blonds de rose, blonds de paille, blonds de citron, blonds comme l'herbe en août.

Loin de nous inquiéter, le résultat — scandale autant que couleur — nous comblait. Seul un outrage public manqua me démonter. L'ami d'un ami, Ledroit, que l'on estimait puisqu'il habitait presque avenue Foch, invita tout le monde, un soir, à l'issue d'une réunion, à venir goûter chez lui le lendemain. Tout le monde sauf moi.

« Forcément, me dit Pianot dans l'escalier, avec tes cheveux roses, on te prend pour quoi ? »

Plus tard, beaucoup plus tard, Ledroit eut des maîtresses — de celles qu'on recrute dans les bars — et Pianot épousa, dit-on, « une étrangère ». J'étais vengé.

Plus tard également mes cheveux, après avoir traversé toutes les nuances du roux, du vert, rentrèrent dans le droit chemin de leur grisaille. Ni longs ni courts, ni sombres ni clairs, ni ternes ni brillants, je parvins presque à les oublier. Parfois encore l'envie me venait de les raser. J'y sacrifiai une ou deux fois, ou bien les brossai sur mon front en mèches romaines, solution hygiénique qui me donnait malheureusement un faciès d'idiot. Cet aspect plaisait à une dame qui me tint trois bons mois dans cette apparence. Puis je me lassai de lui rendre ainsi hommage, et mes cheveux retournèrent définitivement à leur sagesse.

Il n'empêche : je trouve encore dommage de posséder sur la tête ce beau jouet et de ne pas m'en servir.

MES ENNEMIS LES JEUNES GENS

Novembre 1944. Je pénètre pour la première fois, la même semaine, à la Sorbonne et à la Faculté de droit. Mes dix-sept ans ne sont pas fiers : mon meilleur ami, engagé, fait la guerre. L'hiver sera froid dans les Vosges.

Le jour de la rentrée universitaire — ce doit être le 4 novembre — je découvre l'amphithéâtre sans fenêtre et les étudiants en droit de première année. Glapissements, explosion, et très vite un professeur grandiloquent mais muet qui abandonne le terrain. On se retrouve dans la rue et l'on forme une petite foule qui descend la rue Saint-Jacques vers la Seine. On chante, on crie, les peaux se congestionnent ; cela se nomme un monôme.

Nous franchissons le pont Notre-Dame lorsque j'aperçois, marchant non loin de moi, le jeune K. Il n'est pas mon ami mais j'ai pour lui de l'estime : orphelin pauvre, brillant élève, etc. Sa bouche est ouverte, quelque chose de rose et de niais brille sur son visage. À son tour il me voit et n'en paraît pas offusqué. Je marche encore quelques mètres au pas de la troupe, puis je m'écarte. Très vite je fais en sorte de me perdre parmi les passants afin de n'être pas confondu avec les énergumènes. Puis je retourne lentement vers le boulevard Saint-Michel, un cahier dissimulé sous mon manteau, les cheveux en désordre. J'ai honte. Je sue de honte. De retour chez moi, je n'ose pas dire à ma mère d'où je viens.

C'est fini : ma haine des « étudiants » est née : En un jour. Elle ne faiblira jamais. Je passerai des années à construire autour de moi un rempart d'adultes : peu importe lesquels, n'importe qui, plutôt que des jeunes gens.

JE RÊVAIS D'AVEUX ÉLÉGANTS

Je rêvais d'aveux élégants, purgés de ces incongruités — onanisme, cheveux oxygénés, brumes homosexuelles — qui habillent les jeunesses comme Uniprix les jeunes filles. La règle de mon jeu ne l'a pas voulu ainsi. Reste donc, dans cette revue des banalités, à citer — entre autres — le goût du chapardage, qui nous manœuvra de façon assez vulgaire, Étienne et moi, jusqu'aux environs de notre majorité : nous restions en retard pour nos âges. Ce furent donc de menues escroqueries, des abus de confiance (quand la confiance nous paraissait niaise) et même, à la fin de l'Occupation, un flirt avec le marché noir. Je me rappelle mon meilleur ami essayant vainement de vendre du fil de cuivre en bobines à des quincailliers et de fausses lames Gillette à des coiffeurs.

L'été 47, Étienne était alors un « ancien combattant », notre plaisir flamba une dernière fois. Nous vécûmes tout l'été à crédit dans de trop bons hôtels, filâmes à l'aube (mais de scrupuleux mandats familiaux sauvèrent un peu plus tard nos réputations) et surtout, nécessité faisait loi, nous pillâmes un peu les librairies. Je possède encore l'exemplaire du *Soleil de Satan* soustrait à la soupçonneuse attention d'un libraire du cours Mirabeau qui avait pourtant remarqué notre manège... Nous frôlâmes ce jour-là le poste de police et la peur apaisa notre fièvre.

Un an plus tard, un an seulement ! je revins en Provence flanqué d'un ami sérieux (Étienne prolongeait son adolescence du côté de Singapour), affamé de respectabilité, fort chrétien et le cœur tout préoccupé des possibles Fiancées. Que d'eau dans mon vin ! Les épisodes burlesques de l'été précédent, quand nous n'avions dû notre impunité qu'à nos mines de garçons bien élevés et à la présence d'un ample sac de bain (il engloutissait les plus forts volumes), scènes de guet entre les rayons, de cœur battant et de fuites sans vergogne, ces épisodes me parurent infiniment éloignés dans le temps. Je ne me trompais pas : il est des jeunesses qui se rangent tôt.

Les vies ressemblent aux sentiers tracés à travers la savane par les Africains : elles serpentent sans raison apparente. Je suis toujours étonné de constater que ma jeunesse a emprunté, quoique sinueux, des itinéraires aussi classiques. Le « petit larcin » est une étape obligatoire des adolescents, à mi-chemin des Parents Divorcés et de la Première Nuit Blanche ; tous les guides à l'usage des jeunes gens la signalent. Était-ce une raison suffisante pour lui faire ici une place ? Oui, peut-être, dans la mesure où les comédies contradictoires se succèdent si rapidement dans une vie que, de loin, elles paraissent se télescoper. Je ne trouve pas plus de maturité dans mes premiers actes d'homme (d'homme social, d'homme officiel) que dans mes dernières pitreries d'adolescent. Il est d'usage cependant que les unes fassent hausser les épaules et les autres hocher la tête avec satisfaction. Pourquoi ? Cette rage d'endosser l'uniforme et de jouer à l'adulte mériterait, à elle seule, que l'on fît un peu fête aux provocations des gamins, à leurs ultimes sursauts pour échapper au licol.

Deux ans après ces jeux, je devenais « Monsieur Nourissier », en puissance d'épouse et d'héritiers. Était-ce donc la vraie vie qui commençait ? Qui le croira...

EN AVANT, CALME ET DROIT

Les années 45 à 48 furent consacrées, pour l'essentiel, aux chevaux. La Varende devint un bon écrivain et les pays d'Auge et d'Ouche de bonnes régions. Le ton voulait qu'on lût et relût une nouvelle de Morand, *Milady*, et qu'on répétât, la voix posée, le regard clair, un grand principe de morale et d'équitation ainsi énoncé : « En avant, calme et droit. »

Beau programme qui, à la réflexion, m'allait comme une mitre à un plombier.

Des peaux diverses dans lesquelles il m'est arrivé de me glisser, celle du cavalier fut la plus propre, mais la plus étroite. Elle me serrait, comme ces bottes à la Saumur dont Morand dit que le commandant Gardefort « les enfilait au talc et les retirait au savon noir ». Les personnages exemplaires de cette période possédaient la voix brève, le cheveu ras, l'imagination courte. Cette économie de tout prenait le relais de mon ascèse culinaire de l'Occupation et me comblait. Soyons juste : il m'est resté quelque chose de ces diverses écoles de sécheresse. Certaines façons de me vêtir, de penser (« bête comme un capitaine de cavalerie »), et le goût de revenir sur l'obstacle après les chutes. Ces années — de mes dix-sept à mes vingt et un ans — que mes copains usaient dans les surprises-parties, ou bien à exaspérer la démangeaison sociale attrapée sur Saint-Guillaume, je les passai donc entre divers manèges, et à relire à la bibliothèque le monumental traité d'équitation de M. de la Guérinière. L'austérité de l'après-guerre donnait du prix à ces plaisirs. Je fis alors grande consommation de Versailles, Saint-Germain, matins de dimanches, petits blancs secs, Bois, Neuilly, vestons juponnants et sonneries de trompes. Pour un oui pour un non on se bottait et l'on faisait aux jeunes mariés du clan une haie d'honneur de cravaches à la sortie des églises, pendant que les messieurs en habits rouges du Débuché de Paris sonnaient des fanfares gaies. On assistait, l'éperon agressif, aux messes de Saint-Hubert, bénédictions de meutes, concours à l'Étrier, présentations de reprises et bals de cavaliers. De chimériques idiots à l'œil loyal devinrent mes amis. Je me rappelle celui-là, qui avait tripoté son nom pour faire noble, assis à côté de moi à la tribune du manège et contemplant la jeune fille dont j'étais amoureux. Elle était occupée, pour l'heure, à travailler seule un cheval. Il la couvait d'un regard gourmand. « Regardez, Nourissier, regardez-la bien ! me dit-il, regardez-la... Moi aussi ma femme a la cuisse descendue, la jambe placée... Ah ! Regardez-la ! »

D'aussi jolies choses, dans des bouches innocentes, n'étaient pas rares. Moi, sérieusement, je jouais un rôle que mon jeune âge et ma récente promotion au sein de notre groupe rendaient modeste. Je présentais « mes devoirs » aux divers colonels qui hantaient les lieux, talons discrètement joints dans un simulacre militaire. J'étais à cheval chaque jour et certains jours plusieurs heures. Mes cours à peine expédiés, et souvent abrégés, je me jetais dans le métro, descendais à Censier-Daubenton et gagnais à grands pas le Manège du Panthéon. (Celui-ci a depuis lors été détruit et tout son quartier bouleversé. À sa place : une école maternelle. Ne nous attendrissons pas.) J'étais toujours volontaire pour mener des chevaux de la Montagne Sainte-Geneviève à Neuilly, de Versailles à Paris, ou bien le soir au Châtelet, jusqu'à la scène où Tonnerre devenait pour dix minutes cheval de l'empereur. Vers minuit il fallait regagner le manège et j'ai d'étranges souvenirs de ces retours : le pas de Tonnerre sur le pavé de la rue des Irlandais, cette impression d'un autre âge que je fournissais, dans l'ombre, aux enlacés des portes cochères sur lesquels je ne daignais pas poser mon regard.

Je dois aux chevaux de la reconnaissance : ils ont saboté mes études. Monter ou passer des examens, il fallait choisir. J'avais allègrement choisi de monter. Devenu cancre pour ce bon motif, je dus renoncer en moins de trois années à une carrière de brillant sujet. Fantassin, et l'âme fantassine, peut-être serais-je aujourd'hui inspecteur des Finances ? Cette hypothèse laisse mon cœur incertain.

À y regarder de près j'étais installé, avec mes chevaux, en pleine équivoque.

Je passais chaque jour sans transition du lyrisme cavalier et de la sciure des manèges au triste appartement du boulevard Saint-Michel et à la morale alimentaire des miens. Ces changements d'air ont de quoi détraquer une santé.

D'un autre point de vue, « l'esprit cavalier » représentait pour moi une régression mentale. Découvrir La Varende en un temps où je connaissais par cœur Bernanos, Gide et Proust, c'était l'orgeat préféré aux alcools, la bouillie après les viandes rouges. De la même façon, un peu plus tard et à peine le cheval enterré, le catholicisme m'enlisera pour trois années dans ses marais. L'adolescent assez vif que j'avais été fut ainsi coiffé, sept ou huit années durant, par de vraies douillettes. La cause de cette longue autopunition que je m'infligeai me reste mystérieuse. Nostalgie sociale, goût de remuer mon corps, haine de l'argent et peur des vagabondages du péché — cette salade assaisonnée d'un incroyable caméléonisme : tels furent pendant huit ans les ressorts de mon mécanisme intérieur.

Mais je ne jouais pas si bien mes rôles que je ne fusse conscient des escroqueries que je commettais. J'avoue tout net : j'aimais tromper. Je raffolais du mensonge intérieur, de la duplicité. Toute ma vie j'ai été capable de merveilleux retournements, d'adieux brefs et sans retour, une « doublure », un personnage de remplacement parfaitement rodé et invisible n'attendant en moi que le moment de se glisser à la place du vieil homme et de piloter la machine. Les fuites me sont faciles : l'homme qui s'éloigne n'est déjà plus celui qui tournait le dos.

Ainsi, à l'époque des chevaux, un sourire intérieur tempérait la fausseté de mon comportement. Je n'avais guère d'estime pour ces dadais bardés de cuir et de vertu qui jouaient les hommes à si bon compte. L'aventure, je le savais, est plus joyeuse, plus risquée, et ses couleurs moins honnêtes.

Hélas ! cette souple et ferme morale ne gagna rien, en honneur ni en efficacité, à être opposée à une jeune fille nommée Diane.

*

Diane était la plus sage des jeunes filles du Manège. Peut-être aussi la plus belle. Elle possédait un trésor : ces jambes longues qui mettent dans la tête des hommes des images d'animaux rapides. Son visage réunissait les seules beautés invulnérables : le comble de la fragilité — des yeux graves — et le comble de la dureté — les os bien placés. Elle n'avait donc, avec son profil de guerrière, rien à craindre du temps.

Elle était le contraire d'une Parisienne ; on la croyait d'ailleurs, d'autrefois. Tout cela, fait pour m'exaspérer, me subjugua. Je jurai de « l'avoir ». Ce gros mot ne tirait pas à conséquence. Je tombai amoureux et l'amitié, dont nous respections scrupuleusement les usages et les frontières, fut un nom charmant pour désigner ma défaite.

On nous fiança. J'avais dix-neuf ans. Je ne parviens pas à juger niaise cette idylle : elle ne m'allait pas, mais elle avait bonne allure. L'intrusion des familles et les mots apocalyptiques qui se prononcent dans ces cas-là eurent raison de nos sentiments en trois mois. Je fis retraite, et cette retraite reste un souvenir honorable, car elle nous épargna de plus sérieux déboires. Je me rappelle un début de janvier tout poisseux de tristesse.

« Oui, je t'en veux, me dit Jean d'Auteuil, amoureux transi, car tu lui as brisé le cœur. »

On n'a pas peur des mots, dans les manèges...

Diane voyagea.

Je reçus d'elle des lettres d'Afrique, des lettres d'Amérique, et même une lettre du Mariage — pays qu'elle visitait.

Douze ans plus tard nous nous revîmes et nous allâmes monter à Saint-Germain. La morale vestimentaire de mon amie avait molli ; elle galopa nutête et le col ouvert. La chaleur avait bon dos. Sa voix me parut montée de deux tons et Diane ressemblait un peu à un vieil officier. Mais, comme prévu, son visage était intact. J'offris plusieurs fois du thé à cette jeune fille de trente ans. Elle se décrivit encombrée d'enfants qui ressemblaient à son mari, c'est-à-dire à moi, puisque son mari me ressemblait.

Économe de ma mémoire, je ne répondis plus au téléphone. Aimons les images que ne retouche pas le temps.

LE BONHEUR

L'histoire commence aux premières heures d'un jour de janvier 1947, dans la brume, sur le pont d'un rafiot anglais qui va quitter le port de Dieppe.

Nous fichions le camp.

La guerre et les grandes personnes nous avaient tenus six années prisonniers, mais là c'était fini, nous prenions le large. Rien n'aurait pu nous retenir : les murs de Paris nous les avions trop vus. Ils n'étaient pas détruits, eh bien, tant mieux. J'avais fait poser du cuir sous les plus convenables de mes ex-chaussures à semelles de bois, acheté — il paraît qu'on n'en trouvait que là — un veston en tweed approximatif au Carreau du Temple, et rempli une énorme valise des livres indispensables, me semblait-il, à une exploration un peu passionnée. Pour l'heure, la valise hissée à bord à grand-peine gisait dans un coin du bar. Son propriétaire était à la proue, butant sur des chaînes humides, écoutant grincer le treuil qui levait l'ancre, claquant des dents, mais enfin à la proue...

Une seule personne, dans ce froid, avait eu la même audace que moi : une voyageuse en manteau gris, la tête encapuchonnée de fourrure, qui se retourna comme pour m'annoncer son âge : elle souriait et n'avait pas vingt ans.

Le bateau sentait la guerre et l'Angleterre. Cette odeur lourde de caserne et de Virginie, reniflée un jour de juin 40 dans les hôtels de La Baule évacués par les troupes britanniques, quand nous étions entrés, des copains et moi, dans *L'Ermitage* et *Le Royal* déserts, avec les tasses de thé pas bues, les cigarettes écrasées à peine fumées, et dans les chambres d'officiers des photos de femmes, de mômes blondes, des enveloppes marquées H.M.S., des tas d'objets intimes abandonnés dans les tiroirs, les tranches de cake sur des assiettes et partout, dans le bourdonnement des mouches bleues, ce parfum de pourriture, de chaleur, d'hommes seuls, de vie interrompue. Et voilà, à peine le pied posé sur le bateau, à peine respirée la bouffée d'air écœurant à la porte du bar, que mon impression renaissait, intacte. Six années avaient passé, la guerre, toute cette mort, j'étais entre-temps devenu une espèce d'homme, et ce qui me chavirait le cœur dans le petit matin de Dieppe c'était un souvenir d'été brûlant, d'enfance et de débâcle. C'est pour fuir *ça* que j'étais monté sur le pont.

Nous vîmes passer le phare, flotter le drapeau vert, la houle se creuser — puis nous eûmes envie de gâteaux à la crème et de thé. Nous descendîmes. Elle retira son capuchon, secoua ses cheveux, se nomma, me laissa lui trouver une place — un énorme fauteuil de cuir sombre — et lui apporter une tasse. Nous achetâmes des Players — comme si c'était la chose la plus naturelle du monde que d'acheter des Players — et regardâmes la mer et le ciel se succéder dans le hublot, fièrement car nos estomacs étaient robustes. Elle n'était pas étudiante, mais faisait partie du même « Voyage d'Étudiants » que moi grâce à je ne sais quelle protection : j'avais donc devant moi trois semaines à la regarder ôter son bonnet et secouer ses cheveux. Trois semaines ! La vie changea de goût.

Newhaven, ses maisons de brique, l'herbe jaune sur la craie des falaises, les mouettes. Dans le tumulte du débarquement un plus grand tumulte m'occupait. Me faire aimer de Danièle : qu'avais-je d'autre à entreprendre au monde ? La rive étrangère et le visage de Danièle, les voix courtoises qui m'interrogeaient — but de votre voyage ? Durée de votre séjour ? — et la voix de Danièle, le monde enfin ouvert à ma faim et ce petit monde — le langage, les gestes d'une fille nouvelle — à investir, à piller, tout cela composait le matin de Newhaven, avec son ciel blanc que le soleil ne percerait pas, la folie des mouettes et leurs cris rauques, l'attente au guichet des passeports, l'énorme valise à traîner, et cette angoisse, toujours, qui allait devenir ma compagne de voyage : ne pas la perdre de vue, *elle*, ne pas laisser un seul moment les autres (tous ces garçons) s'installer entre elle et moi, ne pas la laisser, elle, contempler seule les falaises ni le port mais au contraire être là, prendre place dans sa surprise, me faufiler dans sa joie, faire partie du premier matin de liberté afin qu'ensuite, toujours, penser à sa liberté, aux mouettes, à Newhaven, ce fût aussi pour elle penser à moi. Et cela à chaque minute de ce premier matin, sans un instant de relâche : c'était ma guerre à moi, ma guerre de garçon, et d'être si jeune me la faisait mener sans ruses, puisque mon but n'était pas tellement de prendre, mais d'obtenir qu'on me laissât donner. Aujourd'hui je me rappelle comme cet investissement m'enfiévrait, combien chaque regard était important, car dans ces moments où rien encore n'existe tout peut être décisif, le moindre mot peut décider de la victoire, et la victoire ne serait pas une affaire de vanité comblée, de plaisir obtenu ou refusé, mais exactement, et je le savais, une affaire de *bonheur*. Peut-être à cause de ce parfum retrouvé de thé, de Virginie, de guerre, peut-être à cause de la mer, ou de la brume dans quoi le jour s'était levé, je sentais combien il était indispensable qu'un peu de bonheur me fût donné. C'était fini la traversée du désert. Je voulais ma terre promise. Ce visage vieux pour moi de quatre heures occupait tout l'horizon. C'était Chanaan, ses sources, son ombre, ses fruits. Pas un visage de jeune fille, non, pas exactement, plutôt deux illusions qui glissaient l'une sur l'autre, chacune dérobant sans cesse l'autre, l'illusion d'une femme, l'illusion d'une enfant, un cœur en tout cas plus incertain que celui d'une jeune fille, un goût de douceur et de danger presque trop fort pour mes dix-neuf ans — mais aussitôt l'autre nuage passait et c'était le rire, les yeux plissés du rire, deux joues rosies par le vent, toute une façon puérile de remuer ce corps aux formes douces, destiné de façon éclatante à l'amour.

... Visiter des bibliothèques, des laboratoires, des amphithéâtres, patiner sur un étang gelé, boire du thé au Club des Étudiants conservateurs, traverser des pelouses givrées, danser des tangos...

Nous apprîmes à bostonner, sous la lumière blanche de salles immenses, coudes levés, dans le sens des aiguilles d'une montre. Nous n'écrivions à personne. Déjà quinze jours avaient passé. Un peu de peur se glissait en moi. Nous partîmes pour Londres.

Nous déjeunions sur des plateaux au Lyon's, mais dînions au Dorchester et au Ritz, luxes que nous permettaient diverses taxations du temps de guerre encore en vigueur, qui sans doute avaient permis aux militaires en permission, entre deux bombardements, de se croire riches. Les magasins appauvris nous apparaissaient comme l'Eldorado. Ces culottes en velours côtelé — on les nommait *corduroy* — et les vestes aux coudes et aux boutons de cuir me rendaient fou. Et puis les rues, les docks, le fleuve... Nous tournions le dos à ces trous qui blessaient la ville dans sa pierre : les ruines, nous ne voulions plus en voir. Des femmes en pantalon fumaient à l'impériale des bus et choquaient Danièle. On lui expliqua les usines d'armement, les femmes devenues ouvrières — encore la guerre. Alors, indécise, un soir, sur la ligne 12, elle alluma une cigarette. Je ne connaissais pas encore Valery Larbaud mais nous traînions des heures dans les rues de Chelsea. Je n'écris rien de tout cela pour faire pittoresque. Je voudrais, au fond, dire l'indicible : la brume sur le fleuve quand on sort de la Tate Gallery, un garçon et une fille lâchés dans la ville immense, et leurs mains qui se tiennent. Un cousin sans doute diplomate nous invita à dîner. Notre sauvagerie lui fit peur : nous avions décidé de partir le lendemain pour l'Écosse, en auto-stop.

« Avez-vous au moins un peu d'argent ?

— Non. »

La réponse était farouche. Allez donc expliquer à un attaché d'ambassade cette soif de galoper... Il nous donna quelques livres, qui filèrent à négocier tôt le lendemain des tricots de cachemire. Il neigeait. Nous partîmes. Derrière nous, par la grâce du cousin, un peu de scandale mûrissait : il avait envoyé vers la France et la famille des lettres affolées. Mais où nous écrire, à nous ?

Le jeu dura des semaines. Il neigeait à Portsmouth. Il neigeait à Exeter. Mais il ne faisait plus que pleuvoir en Cornouailles. Un épicier nous logea pudiquement, dans deux maisons voisines. Nous louâmes des bicyclettes. Nous allions contempler les tempêtes. Parfois, le soir, en traversant une rue, je parvenais à rejoindre Danièle. Elle ne me trouvait jamais assez bien rasé. Nous avions surnommé « le putois » cette fourrure qu'elle portait autour du visage. Sur la route je la regardais, si droite dans son manteau de drap gris, un manteau « bien », fait pour la place Victor-Hugo, et des rivières de douceur descendaient en moi. Puis il neigea encore dans le pays de Galles, dans les Midlands, dans le pays noir. Dans la purée de brume, nous regardâmes fumer les usines de Sheffield. Le soleil nous attendait en Écosse. Plus tard, nous redescendîmes à petites étapes à travers des campagnes de plus en plus vertes. Nous vîmes York, ville rose, puis ce fut de nouveau Londres, grise, énorme, et qui nous rendait heureux. Nous nous quittions à minuit dans un « Youth Hostel », sur le seuil séparant le domaine des filles de celui des garçons. Un soir, du côté de Leeds, un policeman charitable nous avait logés chez sa cousine qui ne disposait que d'une chambre, d'un lit, et le matin à sept heures, après avoir gratté à notre porte, la vieille dame nous avait apporté deux tasses de thé.

Enfin nous nous retrouvâmes ayant épuisé nos sous et la patience de la famille de Danièle. Sommée de rentrer, elle capitula. Le train, Newhaven, la France aux maisons anarchiques... À Saint-Lazare un monsieur séduisant attendait Danièle, qu'elle embrassa. Je ne connaissais pas encore de pères de ce style. On proposa de me déposer. La conversation dans le taxi fut gaie. Je portais, dans tout ce miel, un cœur de vaincu.

Le lendemain, au téléphone, bien qu'inconnue, inattendue, la voix me rassura un peu. À mes questions, toutes ces questions ! elle opposait des « oui » tranquilles. Quand je raccrochai, je commençais déjà de ressusciter.

Nous nous appliquâmes, après notre triomphe anglais, à réussir notre France. Nous partageâmes très vite des amis, nous fûmes officiels, désarmants. Danièle habitait à Sèvres une maison de curé. C'est dans son jardin que le printemps nous trouva. On roula le tennis et bientôt des inconnus y jouèrent chaque matin. Il m'arrivait de rater, à minuit, le dernier train qui pût me ramener à Paris. On me faisait alors un lit. Nous étions en mai, en juin. C'était une maison tout en couloirs et en escaliers. Je me perdais là-dedans malgré la lumière grise de l'aube. Au bout du jardin, au-delà d'un petit mur, se dressait une manière de pavillon chinois. C'est lui que nous apercevions, dans l'axe de la fenêtre de Danièle, son toit changeant de couleur quand le premier soleil le touchait. Puis on entendait le choc mat des balles sur les raquettes.

Étrange maison, étrange famille où l'on posait si peu de questions. Il se faisait là un grand échange de libertés et de silences. On voyait passer devant les portes-fenêtres une jeune femme rousse, aux yeux d'une égale indulgence pour le monsieur séduisant de la gare Saint-Lazare. Il y avait aussi le golf, les parasols rouges sur la terrasse, les premières voitures américaines de l'après-guerre, une dame encore belle aux lèvres amères. Danièle organisa même une ou deux fêtes et nous dansâmes au bord du jardin. Mais la vraie fête était ailleurs : dans une certaine douceur de la lumière à l'aube, dans la docilité d'une fille trop libre, dans mon appétit pour ces sucreries, ces facilités auxquelles une part de moi, si fortement, allait tenir.

*

Qu'on ne me fasse pas plus niais que je n'étais. Je ne prends pas — et gamin je ne prenais pas davantage — cette quincaillerie pour de l'or. Une fille que sa pente inclinait vers les hommes et vouait à passer de main en main, des complicités familiales, les cinquantaines avantageuses, de l'argent, un peu de vichysme à peine dissipé, les Chères Usines : je puis donner ses autres couleurs à mon décor. Un arrondissement de Paris est plein de ce gratin-là, expert aux additions. Mais que m'importait ? Valais-je mieux que ça, moi, pour être honnête ? C'était mon cœur, soudain, que j'aimais ; c'étaient les battements de mon cœur. Une horrible économie cette année-là s'est disloquée en moi. À partir de là je pus naviguer un peu plus loin de mes rives. À partir de là plus jamais mon cœur ni mon corps ne calculèrent avant d'aimer. Avant 1947 j'étais mûr pour le sommeil, la bonne affaire d'amour. Après 1947 il m'est arrivé de laisser souffler du vent dans ma tête. C'est tout. Danièle fit, la première et peut-être la seule, chanter à ma vie un certain air. Pas une grande romance, simplement une chanson facile mais à l'air entêtant, qu'il m'arrive encore de fredonner et dont les années ne me feront pas perdre le goût.

*

Comme les enfants nous fûmes séparés par l'été. La famille en profita pour mener sa contre-offensive. Une villa bretonne, une tante qui connaissait la vie : on allait glisser d'autres chimères dans la tête de cette petite. On nous avait assez longtemps laissés jouer. Nous partîmes donc, chacun de son côté. Sans doute le voulions-nous bien ? De Bretagne en Provence, d'Alsace en Tunisie, Danièle et moi échangeâmes des malentendus. Ses lettres étaient d'une adulte, mais à l'orthographe hésitante. Écrits de travers les mots d'amour sont attendrissants, les mots de froideur comiques. J'eus donc des occasions de me distraire entre mes villégiatures.

J'étais triste ; j'avais envie de me salir un peu le cœur. En Provence, dans la maison où nous passions quelques jours, Étienne et moi nous avions pris au piège une amoureuse. Amoureuse d'un inconnu qu'elle retrouvait le soir aux « Deux Garçons ». J'avais promis de ne pas la suivre, mais vers minuit je guettais, parmi les ombres de l'allée, les deux silhouettes immobiles. Puis la jeune fille traversait une zone mieux éclairée devant la maison, montait à tâtons, se dévêtait et venait me rejoindre. La chaleur était impitoyable et une nuit nous nous allongeâmes à même les carreaux du sol.

Je touchais de la main ce long corps qui trahissait tout le monde. J'étais de nouveau heureux.

Un matin je reçus de Danièle une lettre où des phrases pompeuses parlaient d'un peintre. « Il ne s'est rien passé entre nous » : je trouvai la formule bien pauvre. « Tant qu'on ne leur a pas mis le truc dedans, remarqua Étienne, elles disent qu'il ne s'est rien passé... » Il était mon compagnon : il savait que des mots grossiers lavent les garçons de leur humiliation. Et puis, c'était un matin si gai. Danièle m'avait donné de la force.

Un soir du mois d'août, revenu à Paris et buvant trop depuis un moment, je revis mon amie dans un sentiment de fatigue et de catastrophe. Elle s'était fait une tête pour les drames. Il me semble qu'elle partit tard, tout à la fin de la nuit. C'était la première aube que nous saccagions. (Nous avions été si habiles avec les aubes.) Danièle était perdue et je pleurai un long moment, seul dans la chambre où il faisait froid. Les hommes convenables essaient de ne pleurer qu'une fois dans leur vie pour des raisons de cet ordre : moi, ce fut le matin du 8 août 1947.

*

Treize ans plus tard, à un dîner chez des amis, comme on attendait depuis un moment la dernière invitée pour passer à table, je vis apparaître Danièle.

Une Danièle miraculeuse, puisque toujours âgée de vingt ans. Son œil riait, ses pommettes étaient d'une enfant, son corps paraissait trop bien connaître la vie, elle regardait les hommes — et moi — comme des cousins absolument indispensables : c'était Danièle. On me présenta à cette personne, qui s'appelait Michèle quelque chose, et je fus son voisin à table. Je ne lui dis rien. Je fis simplement attention : sans cesse mes lèvres voulaient la tutoyer, lui parler du jardin de Sèvres. Je fus un mauvais convive : les images se levaient en moi, une après l'autre, et brouillaient tout. Sous cette contrainte, je comptai les années, remis des noms sur les visages, débusquai en moi chaque souvenir. Les jours suivants j'allai traîner dans une certaine rue. Je pris la voiture et montai jusqu'à Sèvres. On avait agrandi la maison, supprimé la terrasse, blanchi les murs : une vraie photo pour *Maison et jardin*. Le pavillon chinois, toute réflexion faite, avouait plutôt des nostalgies basques. Je me sentis alors parfaitement apaisé : le temps avait bien passé. Le temps avait bien rempli son office, qui est d'abîmer les maisons et de vieillir les visages de notre jeunesse. Je ne risquais pas de rencontrer Danièle dans un dîner. Paris n'est pas si petit. Les mariages, ça se sait. Les vies, ça coule. Ce qu'il faut d'oubli avait estompé l'histoire ; ce qu'il faut de mémoire la ressuscitait. Délivré de la crainte de jouer un jeu stupide avec mes souvenirs, j'étais libre enfin de donner à cet enfantillage le nom qu'il n'avait jamais cessé de porter en moi. L'histoire de Danièle, ces quelques mois de neige et de printemps écoulés entre l'aube de Dieppe et l'aube de Paris, se nomment donc ici : le bonheur.

MA TUBERCULOSE

Ce fut la rengaine médicale de mon enfance, l'ange noir qui planait sur mes épaules couvertes de tricots superposés. Malheur au gamin qui toussait sec dans mon voisinage ; la famille aussitôt l'expulsait de mon amitié, décoré de ce beau mot sonore et décharné qui me faisait rêver : poitrinaire.

Entre Chopin et Marguerite Gautier, la société avait depuis longtemps reconnu dans cette combinaison de fièvre, de maigreur et d'ardeur amoureuse la manifestation la plus résolument antibourgeoise qui se pût concevoir. Le bourgeois voulait le calme du corps et de la société, l'opulence du ventre et du coffre, la paix conjugale. Le siècle de Guizot a redouté les quintes plus que les révolutions. Ma famille vivant entièrement dans ses songes d'avant 1900, on me baigna dans cette crainte un peu fabuleuse du sanatorium.

L'été 47, en Corse, Étienne et moi renonçâmes à manger afin de prolonger nos voyages. Nourris d'abricots et de cigarettes, nous exposions des corps de jour en jour plus filiformes à des soleils meurtriers. Une nuit de quasi-délire et mon dos qui cloquait n'arrangèrent pas mes rapports avec la Méditerranée, ma vieille ennemie. Je me mis à toussoter. À Tunis, sur les conseils d'un potard dont l'officine était proche du Tunisia-Palace, j'appliquai entre mes omoplates de l'ouate thermogène, humectée au pastis, car l'été avait tari l'eau des salles de bains. Ce ne fut pas une excellente idée et je toussai de plus belle. Mon dos commença d'occuper une place considérable dans mes réflexions. Un peu plus tard, à Moussac, les douleurs persistant, il fut décidé que j'irais consulter à Nîmes. M. P. me prêta mille francs, car j'attendais un mandat sauveur.

Chez le médecin : le salon d'attente étroit et haut, contrevents tirés, le sol de tomettes rouges. J'étais vaguement humilié d'être là. Il me semblait impossible de poser un diagnostic juste hors du luxe 1910 des médecins de la Muette.

« Moussac ? Ah, ah ! Finis, mon garçon, les bains dans le Gardon ! (Je ne m'y étais jamais baigné : le glas ne m'en parut que plus sinistre.) « Et le plus vite possible la montagne, hein ? »

Sans radio, en cinq minutes, dans un parfum d'ail et tout en me pressant entre deux doigts des points noirs qui devaient gâcher à ses yeux le paysage de mes vertèbres, le petit médecin nîmois me parla de pleurésie.

J'étais partagé entre le désir d'être intéressant et

l'envie de sauver la fin de mon été. J'en avouai le moins possible, mais sécrétai au fond de moi des humeurs pessimistes. Dix jours plus tard, je montai à la gare de l'Est dans un Orient-Express dénué de tout romantisme. À Prague, à Vienne, à Bratislava, on me voyait fondre comme un sorbet. Je revins à Paris — qu'une affaire de cœur (Danièle envolée) m'avait poussé à fuir — solitaire et flairant le sapin. Un charlatan de la rue de Passy m'infligea, pour un prix exorbitant, des piqûres miraculeuses (quelque chose extrait, Dieu sait pourquoi, des tortues de mer...). Elles m'achevèrent. J'étais en pleine comédie : l'irréalisme familial m'avait contaminé. L'idée de consulter un bon médecin n'effleura personne... Enfin les assistantes sociales de la Cité universitaire m'expédièrent en Savoie. Là commence une autre histoire qui n'est pas une histoire de maladie. Les « Pieds Nickelés » continuaient : j'avais probablement des poumons à toute épreuve. Je mis, tant ma peur était forte, un certain temps à me laisser convaincre.

Plus tard on inventa ces drogues qui gonflent le tuberculeux mais nettoient ses cavernes. Je vis ainsi des dames devenir monstrueuses : elles prenaient vingt kilos pour avoir voulu avec trop d'obstination en perdre cinq. Enfin on songea à transformer en hôtels de luxe les sanas de Leysin. C'était fini. Les poumons européens entraient dans le XXe siècle. Grâce à Dieu le cancer les y attendait : les conversations familiales n'étaient pas près de manquer de matière...

UN JEUNE MÉNAGE

Elle était étudiante et je gagnais 26 000 francs par mois. « Où vivrez-vous ? » me demanda ma mère.

Il fallut partager l'appartement. Il fut donc repeint, puis divisé en zones d'influences. Dans l'horreur de l'argent rare, la baignoire fut commune, le réchaud à gaz également. Nous meublâmes une pièce en choses modernissimes, du chêne que quinze années n'ont pas entamé : mes fils ont fait du bureau une table, un autodrome, un fortin ; les fauteuils « cérusés » noircissent dans une campagne. Parfois, le soir, ma femme réunissait des étudiants de son année et, dans la fumée, ça préparait l'Internat. Moi, au bout de dix-huit mois, à peu près fou d'immobilité, avant que le ciment ne prît tout à fait, j'écrivis un roman sur les couples. Chardonne m'envoya une jolie lettre. Pourquoi, comment rebondir ? J'avais de bien mauvais muscles. Mais ne nous hâtons pas. Nous en sommes à 1949, à l'automne, et j'ai vingt-deux ans.

Pour amis d'anciens condisciples de la rue Saint-Guillaume, garçons convenables dont l'un, laborieusement, entamait la longue série de ses enfants. Sur une pelouse de Versailles où se déplaçaient des bébés nous allions parfois, le samedi, sourire à une espèce de photographe divin caché, je suppose, derrière les massifs de lauriers. Comment expliquer autrement notre rage de faire bonne figure ?

Ma femme était très belle. Au milieu de ces Sargasses elle se mouvait comme une frégate que tous les vents gonfleraient. Moi j'étais encalminé. Ajoutons à cela le catholicisme, la conscience sensible, une majuscule à l'Homme et mon horreur du courage. Je me « penchais » sur les misères d'autrui, professionnellement : « personnes déplacées », réfugiés, expulsés. J'avais réussi, dans ma rage de ne pas vraiment travailler, à rouler vers cette voie de garage. Elle était d'ailleurs fréquentée. Les grands cœurs anthropophages, après les guerres, font toujours du butin. La misère d'autrui ! alors que la mienne criait, la pire : joie misérable, imagination misérable. J'étais enduit de fausseté comme d'une pommade.

Notre pauvreté était lourde, une pauvreté toute grise, avec le dessus qui brillait un peu. Les temps sont meilleurs et les petits bourgeois d'aujourd'hui ne connaissent plus cette gêne que l'après-guerre entretenait si bien.

La soupe absorbant encore trop des heures de mon épouse, il fut décidé que nous prendrions nos repas au restaurant, le temps pour elle de préparer et de passer je ne sais plus quel concours. Je n'ai pas oublié l'affreuse chasse au bistrot économique que nous menâmes du côté de la rue de la Harpe. Nous trouvâmes enfin un Grec un peu turc qui consentit à nous alimenter moyennant quatre cents francs par jour. Pour la fête, restait le cinéma. Nous fîmes une grande consommation de films intelligents, vers 1950.

Sur la vertu pédagogique de la pauvreté à vingt ans, comme sur la vertu pédagogique des enfances tristes, j'en connais un bout et qu'on ne m'embête plus avec ça. Richesse et pauvreté, fric et pas fric, sentent également mauvais. Hélas ! la jeunesse, comme la laine, « retient les odeurs ». D'où toutes ces niaiseries que l'on dit, plus tard : c'est vaporiser du parfum. Mieux vaudrait aérer un peu.

Les jeunes gens pauvres sont à peu près aussi à l'aise sur la terre que des pingouins qui voudraient voler. Ils ont mal partout, et d'abord à la fierté, au désir. Ils ont un sentiment précis et tenace de l'injustice qui leur est faite et du morceau de vie qu'ils perdent : le plus vif, le mieux fait pour jouer. Je n'ai qu'estime et gentillesse pour les voleurs de vingt ans, qui sont aussi des volés de vingt ans.

Pour cent soixante-cinq mille francs grattés avec les ongles, j'achetai en avril 1951 une Simca 5 qui avait connu l'avant-guerre. Hélas ! elle ne démarrait pas. Elle ne démarra jamais.

AU CŒUR DE L'ÉTÉ 53

Au cœur de l'été 1953, dans une auberge du bord de la route, à Senlis, un homme et une femme finissent de dîner. Un couple ? On ne saurait le dire exactement. Chacun est arrivé de son côté, chacun dans sa voiture, l'un par la route de Paris et l'autre par celle de Lille. Ils ont des gestes à se dire vous. Ce sont les vacances et le restaurant est désert. Les gens sont ailleurs, sur les plages, dans leurs Italies. Qu'iraient faire les gens dans la forêt au mois d'août ? L'homme et la femme livrent à n'en pas douter une bataille : ils ont des yeux pour ça, et mauvaise mine. Ils parlent avec calme. C'est dans leurs mains et dans leurs silences que l'âpreté se devine. Aucune parole jetée trop fort ne leur échappe, qui pourrait instruire un curieux de leur querelle. Mais non, il ne s'agit pas d'une querelle. Ces gens-là jouent leur vie.

« Tu me prends au piège », dit l'homme.

La femme ne répond rien.

« Tu m'obliges à jouer un rôle dégoûtant, dit encore l'homme.

— L'autre rôle serait plus dégoûtant.

— On n'impose pas...

— ... et impose-t-on *cela* à une femme ? »

Elle l'a interrompu. Il se tait.

La nuit s'est glissée entre les arbres de la forêt. Les allées cavalières, tout à l'heure, seront bleues. S'ils quittaient maintenant l'auberge, l'homme et la femme feraient une promenade à pas lents et tout le monde serait rassuré.

« Je connais quelqu'un, j'ai l'argent, je sais que ce sera bien fait, dit l'homme.

— Je ne veux pas le savoir. Tu me conduiras. Tu m'attendras. Tu paieras. Plus jamais tu ne m'en parleras. Je ne veux rien savoir. »

L'unique serveur s'impatiente. On a éteint les petites lampes à abat-jour de vichy rouge et blanc. À la caisse on dispose sur une soucoupe une addition toute prête. Mais une voiture s'arrête et des Belges à l'accent lourd pénètrent dans la salle. Le bruit paraît sortir la femme de sa torpeur :

« Je suis libre. Tu n'as plus de droits sur moi. Ma vie, mon métier : tout m'appartient. Je ferai ce que je veux.

— C'est de la passivité. »

Mais la femme, à ce mot, a souri.

Quand ils se lèvent, il est clair que l'homme a perdu la bataille. Les Belges regardent passer cette jeune femme si belle et se taisent un instant.

Sur la route, il faut marcher quelques pas pour rejoindre une des deux voitures. L'homme a pris le bras de sa compagne. Il paraît soulagé. « De toute façon rien ne t'aura été imposé, dit-il, et ce que tu feras sera bien. » Elle sourit, toujours sans répondre, s'assied à son volant, tend la main à l'homme et sa voiture démarre.

Cet homme et cette femme sont mariés. Plus jamais ils ne parleront de la soirée de Senlis. Jamais, dans une vie pleine de trous, ils n'étaient descendus aussi bas. Ils viennent de décider que leur enfant naîtra.

*

Place Saint-François, à Lausanne, un garçon de vingt-cinq ans environ entre dans une cabine téléphonique. Il consulte l'annuaire et le laisse ouvert à la liste des médecins de la ville. Il a repéré les « gynécologues-accoucheurs ». Il compose le premier numéro. Il demande un rendez-vous et explique ce qu'il cherche à mots brutaux, précis. Pas de circonlocutions. On lui raccroche au nez. Il compose le second numéro, puis le troisième. Et ainsi de suite. Quand il n'a plus de monnaie, il va changer une pièce de deux francs au kiosque où l'on vend du chocolat et retourne à la cabine. Il entend des voix masculines et féminines, des accents allemands et vaudois, des paroles courtes ou injurieuses. Si un numéro était « occupé », il revient en arrière et le compose jusqu'à ce qu'il obtienne la communication. Quand il a épuisé la liste il sort de la cabine, le visage en feu, le front humide, et les passants se retournent sur lui. Dans son portefeuille on trouverait peu d'argent. Il descend vers la gare à grands pas pour fuir les regards et reprendre contenance. De tous les côtés, de tous les côtés : la rage, la peur.

*

Sur le trottoir d'une rue convenable du XVIIe arrondissement, un jeune homme surveille une porte cochère. L'immeuble a bon genre. Le jeune homme s'est donné beaucoup de mal pour garer sa voiture le moins loin possible de la porte. Il y a presque réussi. Sort une jeune fille. Une très jeune fille. Le garçon se précipite et il soutient la petite pour les quelques pas qu'elle doit faire. Elle est narquoise. Oui, c'est le mot : narquoise.

« Ça va, ça va, on tient encore debout !

— Alors ?

— Il a des Picasso, le salaud ! Et des trucs africains : Dogon, le Bénin, je ne sais quoi. Il a même un assistant. Tu te rends compte ? S'il ne se fait pas piquer... »

Un peu plus tard :

« Arrête la voiture ici. Allons boire un verre.

— Ce serait plus prudent de...

— Ah ! non ! Allons boire un verre. »

Une fois installés dans le bar désert (il est quatre heures de l'après-midi) :

« Un dry, très sec. »

Puis, vers moi :

« Des Picasso ! Et un yacht, j'imagine, et des croisières aux Antilles...

— Tu vas rester allongée deux ou trois jours. Tu n'auras qu'à dire à ta mère...

—... je n'ai jamais la grippe, jamais mal au foie, jamais rien. Ma mère, c'est une vraie fouine. Pas question de "m'allonger deux ou trois jours" Ce soir tu m'emmèneras revoir *Les 39 marches.* »

Ils parlent de cinéma, maintenant. Puis ils boivent deux autres dry et ils ont une conversation très longue, très amoureuse.

LES NAISSANCES

1. Les personnages.

Mieux que les restrictions mentales dont ce serait ici la place, une rapide parabole chronologique éclairera le texte qui va suivre.

Imaginons donc qu'un jeune homme, en 1949, à vingt-deux ans, ait épousé une jeune fille ici nommée Marie-Anne. En 1951 naît leur premier fils : Alain. Quelques mois plus tard une jeune fille, désignée s'il y a lieu ci-dessous par le prénom de Laurence, paraît justifier aux yeux de notre garçon le bouleversement de son mariage. Il quitte Marie-Anne. Mais, à dire vrai, il part sans partir : en 1954 sa femme met au monde un second enfant, Gilles. Puis, dans les premiers jours de 1955, l'aventure du jeune homme avec Laurence (que les mensonges de son amant et la naissance du petit Gilles ont blessée) prend fin.

Tout cela — ces cinq années — qu'il faut imaginer haché de voyages, de querelles, de bouleversements professionnels, de tentations politiques, sans parler du moisissement familial ni des changements de lieux ou d'amitiés...

2. *L'année 55.*

Alors commence — j'ai vingt-huit ans — ce que je nomme « l'année 55 ». Elle reste pour moi un condensé de tristesse et d'échec.

Entre janvier 1955 et avril 1956 mes changements de domicile se multiplient ; je tâte successivement de la chambre de bonne, de la pièce sous-louée, du mauvais hôtel, du bon, de l'appartement coupé en morceaux, encore de la pièce sous-louée. Il m'arrive même, pour deux ou trois jours, d'habiter « chez moi », c'est-à-dire là où vivent mes enfants. Ces haltes ne durent guère ; écorché, je repars aussitôt. Certains de ces passages dans ma maison ne comptent que quelques minutes, le temps d'une seule conversation qui me rejette à mes hôtels.

Ajoutons que cette bougeotte subit toutes les servitudes d'un extrême manque d'argent. Les prix des sous-locations sont disputés franc à franc, les repas sont souvent oubliés. Je dispose à cette époque d'un manteau, de deux vestons, d'une voiture. Ce qui manque avec trop d'urgence est emprunté ou loué. La voiture, instrument essentiel de mon nomadisme, joue alors un grand rôle : c'est elle qui transporte mes deux valises, leur sert de consigne dans l'attente de décisions que je ne prends parfois qu'à minuit. Je continue, pendant tous ces mois, de me rendre chaque jour à un bureau, d'y faire à peu près bonne figure. Je passe mes dimanches dans des « Centres culturels », « Foyers pour intellectuels », etc. J'ai, avec des femmes, des aventures désordonnées — certaines assez misérables. L'amitié a pour ainsi dire évacué ma vie. J'écris alors sous un pseudonyme un livre érotique dont les droits d'auteur m'offrent une voiture neuve et des vacances.

C'est au cours de cet été 55 que je rejoins pour quelques jours, dans un chalet de Megève prêté par un ami, mes enfants et leur mère. La trêve ne dure pas. Un coup de téléphone m'appellera bientôt ailleurs.

Les pages que l'on va lire ont été écrites, dans un seul mouvement, au cours de ce bref séjour en Savoie. J'étais enfermé dans une manière de cave et la rédaction fut expédiée en deux journées. Elle ne correspondait à aucune intention littéraire.

3. *Écrit en 1955.*

Mes enfants, ce sont ces visages levés, des courses dans l'appartement quand claque la porte, des regards qui basculent si vite du rire à la crainte. C'est aussi la contrainte soudaine de mes gestes. Mon sourire à deux sous. Le silence.

Le petit âge des enfants tolère un certain temps

l'embarras des hommes. Les familles disposent là-dessus de plaisanteries. Puis arrive le moment où les enfants parlent et attendent des paroles. Leur seul contact avec le monde des adultes est cette question multiple, infatigable. Des femmes ils attendent les sucreries : baisers, mangeaille. Des hommes ils attendent des réponses. Le sort de ce marché se joue en peu d'années. Que l'homme hésite, se trouble ou se taise, le voilà condamné. Condamné par défaut.

*Faire défaut, fuir, manquer, trahir le pacte charnel de la paternité : ces images m'obsèdent. Mon silence en face d'*eux *n'est qu'une défaillance parmi les autres : l'oubli, la colère, l'injustice, la répugnance avec laquelle je dépense pour eux de l'argent. Il me semble qu'ils devraient se contenter de peu, appétits réduits, vêtements miniatures. Leur vie, je la voudrais tout animale. Je refuse d'y prévoir l'accidentel : maladies, vacances, semelles trouées, envie de posséder un jouet coûteux. Parfois je calcule ce que deviendront ces besoins au fur et à mesure que passeront les années. Comme dans un cauchemar je vois de petits corps enfler jusqu'à la taille des géants, de petites bouches devenir démesurées, ouvertes sur des appétits d'ogre. Je suis bientôt écrasé par ces monstres, cloué au centre de leur ronde, victime de leur chasse à l'adulte, déchiré par leurs mains, leurs lèvres avides. Je me vois pour des années voué au paiement d'une facture interminable où la viande, les médicaments fortifiants, les cahiers, les cartables, les* *coupes de cheveux atteignent des prix astronomiques. Sans parler du prix de la tendresse, de la patience...*

C'est moi qu'ils vont s'approprier. C'est ma voix qu'ils dérobent pour pousser leurs cris, l'espace le plus secret de ma vie qu'ils piétinent pour y poursuivre leurs courses, c'est l'argent de mon plaisir et de ma liberté que leur santé, leur sommeil, leur vanité de petits garçons exigeront que je dilapide. Pour l'instant je n'en suis qu'au silence.

Quand j'ouvre la porte de l'appartement le bruit de ma clef interrompt leurs rires, et, selon les jours, les jette vers moi ou les pétrifie. Se précipitent-ils dans mes jambes : ils paraissent n'avoir jamais quitté un personnage connu d'eux seuls et qui serait leur père. Ils me tendent des feuilles chiffonnées couvertes de dessins, m'installent en trois phrases au centre d'un univers imaginaire et m'attribuent un rôle dans leur théâtre. Il arrive au contraire que ma présence paralyse tout mouvement. « Ils sont sages », me dit-on. Alors se lèvent vers moi les sourires tremblés, des yeux dans leur hésitation du bord des larmes.

La voix de Marie-Anne jette sur ces scènes muettes d'illusoires conseils, des ordres, des explications qui m'ennuient. Une lourdeur pèse en moi, transforme l'homme que j'étais un instant auparavant en un voyageur exténué qui distribue des aumônes à ces mendiants arabes. Je traverse en silence la pièce qu'ils ont remplie de leurs songes, j'évite les planches cassées qui sont des routes, les débris de peluche et de paille qui sont des ours et des chiens, je vais jusqu'au bout de l'appartement et je referme une porte sur un silence coupé bientôt de courses de souris et de murmures.

Je ne connais aucun remède à ce mal. Ses premières atteintes remontent à cinq années et sont engluées dans ma mémoire. Je revois des images, j'entends quelques phrases : certaines que je n'oublierai jamais. Si ces heures, ces mots devaient donner la mesure et le ton du passé, on croirait avoir traversé l'enfer.

Ainsi de la naissance de Gilles.

Marie-Anne avait prévu son accouchement pour une date qu'elle jugeait certaine. Dix jours avant le terme je partis pour le Midi. Ma fatigue, la fatigue de février à Paris, pouvait justifier ce voyage. Mais je ne me souciai pas de justification : je fuyais. Là-bas, les jours passèrent dans une hébétude que rien ne brisait. J'avais fait l'ombre sur toute la zone de ma conscience où pouvaient se former des images de Marie-Anne et de sa solitude. À Paris, une coalition de femmes se formerait et pourvoirait aux servitudes de l'événement. Et puis le taxi, les valises, les téléphones, ces choses s'arrangent toujours. Le dixième et le onzième jours de mon absence passèrent dans une distraction égarée. Je fus tiré du lit le douzième jour par un appel de Paris. Ma mère (elles reparaissent toujours dans ces cas-là) m'annonçait que j'avais un fils. Un de plus. On avait l'intention (me demanda-t-on mon avis ?) de le nommer Philippe. J'exigeai

Gilles. Mais c'était pure forme et la déclaration était consommée. Sur mon passeport Gilles se nomme donc Philippe.

Au téléphone je ne me tins pas très bien. Je pleurais quand je raccrochais. De rage.

Oui, Marie-Anne allait bien. Oui, Marie-Anne était heureuse. Oui, la clinique était confortable. Oui, je pouvais téléphoner à n'importe quelle heure. L'enfant vivait malgré un accouchement difficile. L'enfant vivrait. « Un fils. Il s'appelle Gilles. » Les amis qui m'hébergeaient, partagés entre la sympathie et l'honnête dégoût que je leur inspirais, avaient quitté la pièce en voyant mes larmes. Pourtant j'aurais voulu convier la terre entière à cette estimable partie de colère. Je restai tassé dans le fauteuil, appesanti sur la table que je martelais doucement à coups de poing. Ces enfants à naître ont la vie dure. Le hasard les étrangle, ils libèrent des flots de sang et inquiètent beaucoup les familles — mais ils vivent. Celui-là avait fini par recevoir ses claques, ses gouttes de nitrate d'argent dans l'œil. Déjà l'on regardait curieusement sa mère endormie. On songeait à un faire-part, aux pâtes de fruits, aux fleurs sans odeur.

Je sortis du bureau en trébuchant. J'allai m'asseoir sur la terrasse, au soleil. Je me frottai l'arcade sourcilière d'un geste de maniaque ; on me le fit remarquer. Puis je m'habillai, pris la voiture et roulai pendant cinquante kilomètres. La corniche a de beaux virages. Je m'arrêtai à Nice, entrai chez un fleuriste et suivis le conseil des petites affiches :

« Dites-le avec des fleurs. » Des roses ? Tant pis pour le parfum.

Je fis demi-tour à la frontière italienne et revins à petite allure. Je m'arrêtai à midi devant une gargote où l'on me servit de quoi déjeuner et une bouteille de Chambertin.

*

Assis dans la chaleur de deux heures, à la terrasse du restaurant désert, j'étais désormais, et pour toujours, cet homme de moins de trente ans que deux garçons appelleraient leur père ; ce mari de sept années qui avait fui Marie-Anne à la veille de sa délivrance ; ce blessé gêné qui cachait sa blessure. Quoi qu'à l'avenir je fisse, et le choix n'était pas large, je venais en dix jours de fixer plusieurs traits inaltérables de mon personnage. Et comme toujours, alors que l'on peut retoucher à l'infini les portraits flatteurs, les seules lignes indélébiles dessinaient des aveux honteux, des vérités qu'on ne pourrait plus jamais effacer. Je savais cela. Impossible de gommer. Ma panique avait le goût fatal et fade de ce qui est fixé. Il allait falloir essayer de vivre en bonne intelligence avec ce personnage, non pas exactement nouveau, mais en quelque sorte aggravé. Le même, certes, mais qu'il faudrait être plus habile ou cynique que naguère pour imposer comme un ami acceptable, un compagnon sur qui l'on peut compter. Nous occupons successivement des peaux qui nous collent de plus en plus étroitement au squelette, et jusqu'à l'impudeur. Des complicités que l'on jugeait sûres, depuis longtemps établies, résisteront-elles à ce trait ultime dont la précision nous dénonce ? Ainsi souffre-t-on en même temps de devoir accepter l'homme que l'on devient, et de craindre pour cet homme nouveau qu'il ne rencontre plus que méfiance et sévérité là où l'ancien avait accoutumé de trouver l'indulgence. Un peu moins délicat qu'hier, fuyard, débiteur, vieux jeune homme : allais-je moi-même me supporter sans dégoût ? Et les sécurités dont je m'étais entouré, l'affection d'autrui, le charme d'être un être aussi intéressant, mes gages, mon système, mes défenses : tout allait-il, une fois de plus, tenir ? Pour sentir ce doute grandir, obséder peu à peu les jours à venir, point n'était même besoin de penser à Marie-Anne. Il me suffisait de penser à moi. Allais-je longtemps encore prendre contre moi le parti de ma lâcheté ? Et non content de l'excuser allais-je parvenir, une fois encore, à lui faire fête et honneur ? Qu'arriverait-il si je me prenais en horreur ?

Dans cette immobilité de tout à laquelle la chaleur et les dimensions du paysage prêtaient leur engourdissement, dans cet épaississement de la volonté, il semblait que le moindre de mes actes dût prendre un caractère irréversible. Décider n'importe quoi, je le pouvais, mais pourrais-je ensuite m'évader de n'importe quoi ?

Partir pour Paris, par exemple.

J'y arriverais le lendemain vers midi. Être un

jeune papa dans la clinique de la rue Sarrette. Mais alors il me faudrait affronter Marie-Anne, sa douceur (que je baptisais résignation mais qui peut-être était devenue une espèce de triomphe). Outre Marie-Anne il me faudrait aussi rencontrer ce personnage, toujours lui, du père-en-voyage, François-qui-n'est-même-pas-revenu-du-Midi, François-qui-n'avait-pas-l'air-bien-pressé-de-rentrer. On avait dû parler. Parler énormément. Là-bas aussi j'existais, et pas seulement dans les pensées de Marie-Anne, mais pour les femmes assemblées. Il faudrait faire face, parader. Mes forces me paraissaient intactes, les raisons de mon absence légitimes, mais je ne tenais plus assez à l'estime des alliés de Marie-Anne pour tenter de les convaincre.

En d'autres instants les mêmes images — Marie-Anne à la clinique, allongée, pâle. Marie-Anne écoutant la radio, seule, le soir venu, dans sa chambre blanche ou rose — ouvraient en moi, au remords, des chemins dévastés. Si l'idée me blessait, que j'étais le seul comptable de ce gâchis, je pouvais bien me croire l'instrument d'une vague fatalité conjugale — cette fatalité qui administre le pourrissement des amours, l'ingratitude des époux — qu'est-ce que cela arrangeait ? Enfin, coupable ou victime, malfaisant ou blessé, je pouvais de toute façon plaindre Marie-Anne. Qu'elle souffrît à cause de moi ou de la sottise des choses, sa souffrance me faisait mal et je la partageais. Aussitôt, les évocations de la solitude de Marie-

Anne, de sa faiblesse, qui l'instant d'auparavant m'avaient bouleversé, m'apparaissaient comme autant de pièges, de chantages. Je me rappelais nos marchandages de l'été précédent, la conversation de Senlis : un avortement contre ma liberté, une naissance contre ma bonne conscience. Cet enfant m'avait été imposé, je me le rappelais. J'avais attendu sa naissance dans la peur et l'incrédulité. Puisque le personnage odieux, fiévreux, que j'étais devenu, avait occupé peu à peu toute la scène, je n'avais plus le choix, déjà, entre la répugnance qu'il m'inspirait et la nécessité de le jouer avec un peu de ton. Ma colère, intacte, réapparaissait donc, prête à mordre. Pas de retour à Paris, pas de pardon, pas d'accommodements ni de douceurs ! Les enfants ne sont pas une bonne monnaie pour acheter la conduite d'un homme. Rejoindre Marie-Anne ? C'était retrouver avec elle nos vieilles connaissances : le silence, la manie d'asticoter le cadavre. Dans la chambre blanche ou rose de la clinique seraient assises autour de Marie-Anne toutes les jeunes femmes qu'elle avait été, et que successivement j'avais désappris d'aimer. Comparaître devant cette cour conjugale ? Non, non, pas de procès !

Ce que seraient mes regards et mes paroles si je m'aventurais à Paris, je le devinais. Je connaissais ces retournements : ils sont irrépressibles. J'aurais beau quitter Cannes la tête pleine de résolutions élégantes, me sentir tout ruisselant de douceur — car la douceur me prenait au dépourvu si je songeais au visage démaquillé de Marie-Anne, à son corps enveloppé de bandes et allongé — rien n'empêcherait que les raisons de ma colère, un instant écartées, ne revinssent férocement à la charge. Ces raisons qui me répétaient : tu as été humilié, tu as été joué par une femme qui préfère les exubérances de son corps à son amour pour toi ! Des raisons urgentes comme des envies de me venger, mais en même temps si lasses, si désenchantées... Marie-Anne et moi ne luttions plus à armes égales, je le savais. Elle avait le droit pour elle ; le temps, le cœur, les alliances pour elle. Que pouvais-je (ce jeune homme blafard qui se levait dans le soleil en essuyant son front), que pouvais-je contre la toute-puissante, l'impitoyable Marie-Anne dont le visage se tournait vers un nouveau-né endormi ? Je m'étais exilé.

Ainsi, parti dans un mouvement de pardon fiévreux, je sentirais au long des heures mes résolutions virer du rose au noir, redevenir cette rage, ce désir de blesser. À quoi bon blesser encore Marie-Anne ? Mieux valait lui épargner des coups sous lesquels je doutais qu'elle devinât les bonnes intentions... De deux maux, le moindre était ma torpeur de mort-vivant, mon silence, et cette certitude que Marie-Anne, là-bas, à Paris, devait fortifier d'heure en heure : que j'étais un lâche, mais avec au moins les délicatesses de l'absence.

*

Ma mémoire peut, en remontant le cours de ces années, évoquer vingt scènes dont le souvenir a le même goût. De sorte que cet enfant, puis ces deux enfants, dont je croyais ne pas me soucier, et même avoir écarté de mes pensées la pensée, ces enfants deviennent les guides et les témoins de l'histoire de Marie-Anne et de la mienne. Les voilà au premier rang.

Je crois que le silence installé entre Marie-Anne et moi est notre silence, mais peut-être n'est-il que ma peur d'adresser la parole à l'aîné de mes fils ? L'histoire de notre mariage, histoire d'un homme et d'une femme, la voilà plus véridique si j'introduis entre l'homme et la femme ces deux témoins longtemps négligés. Eux me fournissent, sur l'homme et sur la femme, les cruautés les plus secrètes, celles sur quoi l'on fait tacitement le silence quand on feint d'avoir à raconter une histoire d'amour.

*

Un enfant, le premier surtout, s'immisce dans la vie d'un couple de façon bien théâtrale. Les transports confus qui l'agitent, les vapeurs qui l'oppressent, une femme ne les partage pas. Pour l'homme c'est donc la bombe. Elle éclate dans une scène à deux : l'aveu. Selon qu'il s'agit d'un jeune ou d'un vieil amour, d'un amour licite ou non, selon tout simplement qu'il s'agit ou non d'amour, la scène se déroule différemment. Heureuse ou sordide, il ne s'agit pourtant jamais d'une scène naturelle. Démonstrations, élans ou reproches en sont convenus. Chacun croirait trahir un code éternel en ne respectant pas les nuances de son rôle. Gêne radieuse, poétique ahurissement, reconnaissance, grossièreté. On calcule des dates. Fixer dans l'avenir un terme heureux, rejeter un cadeau douteux, démontrer une maladresse : de toute façon on compte sur ses doigts. Ensuite, la scène se jouant en général allongés, ou demi allongés, l'homme doit lever *les yeux (il s'est glissé au pied du divan) vers sa compagne, des yeux* brillants, *respecter un moment de silence* incrédule, *etc. Le public est amateur d'effets chargés. Viennent ensuite les semaines de la fatigue et des malaises. Belle humeur appliquée de l'homme. Achats dans des magasins spécialisés. Après cela, qui froisse si fort le pauvre honneur masculin, les scènes nocturnes du taxi, et les autres, de la clinique, sont du grand-guignol. Les rites de la chambre blanche ou rose ont au contraire acquis pour les Messieurs une étonnante innocuité : les plus balourds y sont désinvoltes. Avec quel air entendu ils cachent la cigarette qu'ils feignaient de vouloir allumer en dépit d'usages qu'ils connaissent fort bien ! Comme ils savent se pencher sur le berceau et s'exclamer, sur un ton de désolation simulée, que la petite bête est affreuse ! Ces choses-là se font, ces choses-là se disent. De même se moque-t-on des grand-mères lancées à la chasse aux ressemblances, se détourne-t-on lorsque entrent « pour les soins » les infirmières qui marchent plat.*

Cette assurance ne dure pas. La débandade commence dès le retour de la jeune mère.

Je m'étais juré de ne pas en vouloir à Marie-Anne. J'étais un jeune homme trop raffiné pour céder à ces pentes.

Ce sont d'étranges moments. Dans la chambre au sol brillant de soleil une tornade a passé, une tornade ouatée de silence et de murmures pour entourer cette zone de fragilité : le berceau. La valise, la fameuse valise qui attendait depuis des semaines dans un coin de l'appartement les douleurs, la valise est refaite, bouclée. Mais aujourd'hui des paquets l'accompagnent, des boîtes, peut-être quelques fleurs. Sans parler du paquet blanc, de la chose gigotante que se passent les femmes dans un simulacre de maladresse, comme si l'on ne savait pas qu'elles excellent à cette manipulation. Puis le cortège suit des couloirs blancs et débouche sur l'air moite de l'été.

Je voyais sur le visage encore si jeune de Marie-Anne, apparu pour la première fois, le masque extravagant de la maturité, des traits comme embués, les yeux posés sur les objets usuels avec une légère distraction, et les gestes encore mal assurés, cette impression que Marie-Anne était désormais occupée d'autre chose, habitée par un souci opiniâtre comme la vie elle-même — je voyais pour la première fois tout cela. Voilà donc quelle métamorphose s'opérait dans la maison aux tapis de mousse, aux portes laquées et épaisses ? Tel était le mystère, autrement plus profond que la seule physiologie de la maternité. On me rendait une inconnue. La souveraine distraite d'une contrée dont j'étais banni. Ah, la caricature ! Où était la jeune fille que j'avais aimée, la jeune femme qui entrait avec moi dans le plaisir, où ? J'étais chassé d'elle, exclu du songe qu'elle paraissait poursuivre, penchée sur son enfant.

Tout vacillait. Cette sensation de vol, surtout, était intolérable. Je pensai en regardant Marie-Anne : son *enfant. Ce possessif ruinait toute chance de savoir dire un jour avec naturel mon enfant, notre enfant, ou encore, dans un avenir infiniment lointain et morne, nos enfants, notre foyer, alors que si peu de mois auparavant je répétais : notre amour, notre plaisir. Allions-nous désormais nous jeter à la tête ces adjectifs de jaloux ? Et si plus tard Marie-Anne se risquait à me dire : tes enfants, et à eux, ton père, votre père, elle se heurterait au silence qui tombait entre nous ce matin-là, sur le trottoir d'une rue du XIV*^{e} *arrondissement où je croyais voir s'enfuir des ombres qui étaient Marie-Anne et moi au temps de notre bonheur, et s'agiter les personnages de la comédie dans laquelle nous entrions.*

Le chauffeur du taxi nous jeta un regard dénué d'émotion. Il tint pourtant la portière. Je tentai maladroitement de lui arracher un mot de complicité qui m'eût rassuré. J'exigeais des figurants convaincus et convaincants. Était-ce trop demander ? Puisque j'étais résolu à jouer, puisque l'infirmière, la sage-femme, Marie-Anne elle-même étaient parfaites, j'attendais du chauffeur, des passants, tout à l'heure de la concierge et de la femme de ménage qu'ils tinssent leur partie sans défaillance. Je voulais que toute la scène se déroulât dans une belle unité de sentiment. Je comptais sur cette politique du pire pour me faciliter les choses. J'allais en avoir besoin. Au lieu de quoi il me sembla pressentir un relâchement dans la tension des acteurs. L'adieu fut figé, les vœux sans chaleur. Le taxi démarra.

Ce n'est qu'après deux ou trois minutes que je me détournai de la vitre fermée et regardai Marie-Anne : elle pleurait.

Comme venaient de défiler sous nos yeux, dans le vide et l'immobilité du mois d'août, le boulevard Raspail et le lion de Belfort, il me sembla curieusement que Marie-Anne pleurait sur ces paysages parisiens. Les silences et les odeurs de la clinique, que notre mémoire portait encore pour quelques heures, ajoutaient à l'irréalité de la scène. Mais il ne servait à rien de tout embrumer. C'étaient de lourdes larmes silencieuses. Marie-Anne, en serrant contre elle son fils de neuf jours, en retournant vers notre appartement, en rassemblant sans doute les images, les promesses, les souvenirs d'une ville qui s'offrait dans sa fausse innocence de l'été — Marie-Anne versait ses premières larmes de femme solitaire.

« Pourquoi pleures-tu, Marie-Anne ? »

Elle eut l'élégance — elle les avait toutes — de ne point détourner la tête, ni hausser les épaules. Elle eut l'indulgence de ne pas me regarder dans les yeux. De ne pas m'obliger à affronter ses yeux désarmés. Elle regarda simplement devant elle, me laissant répéter deux fois encore ma question avant de répondre, sur le seul ton qui pût me dérouter, un ton de prière :

« Je voudrais que tu sois généreux. »

*

Je ne répliquai pas. Mais déjà je n'étais plus assez aveugle pour que six mots émouvants pussent m'abuser. Je savais quelles ressources de civilité recèle un amour qui finit. Pas question ! La loi de ces agonies est sévère : à la pudeur il faut répondre par une exhibition de mauvais aloi, à la courtoisie par d'interminables réquisitoires. La liberté est à ce prix. Marie-Anne, qui n'avait pas ma science, prit mon silence pour tout ce qu'il n'était pas : remords, émotion, pacte renouvelé dans un instant vaguement solennel. Moi je mesurais la malhonnêteté de mon silence. C'est tout de suite qu'il eût fallu parler.

*

Ensuite ce fut la colonisation de notre appartement par l'enfant. J'enviais les revenus qui paient des nurses et de vastes espaces. Mais contre les atteintes du bébé, multiples, presque indiscernables, l'argent même fût demeuré impuissant. Je découvris dans le langage de Marie-Anne ces altérations que j'avais parfois remarquées chez les tantes, les grand-mères, les vieilles bonnes. J'avais cru que seules les femmes d'âge y étaient sujettes, que les plus jeunes y échappaient par une révolte du goût, un sens encore vif de leur complicité avec l'homme. Mais non. Tous les pièges se refermeraient un à un sur Marie-Anne. À son tour elle affecta ce qui touchait Alain, les habitudes, les vêtements, les besoins d'Alain, d'un coefficient de rapetissement. On ne parla plus chez nous que de petits cris, de petits vomissements, de petites souillures. Je ne sus jamais s'il s'agissait de minimiser les servitudes qu'imposait l'enfant ou si la mère, dans son délire de puissance, dans son espoir que le fragile animal qu'elle avait enfanté lui demeurât éternellement soumis, le réduisait ainsi à une situation larvaire.

Dans des pièces dont le désordre et la négligence avec lesquels elles étaient agencées me scandalisaient, dans un espace saturé de chaleur, d'odeurs nouvelles et traversé de cris, je passais désormais des heures sans parler, incapable de fuir, incapable même, malgré l'intuition d'une drôlerie qui aurait pu me délivrer, de rire de cette mésaventure qui m'acculait à de si folles détresses.

J'accusai des dispositions nerveuses à l'excès, mon pessimisme familial, l'impréparation où me laissait ma jeunesse. Mais non, la vérité était ailleurs : Marie-Anne m'avait remplacé. La maisonnée n'était plus exclusivement occupée de mes caprices, de mes fatigues. On ne s'inquiétait plus comme autrefois de mes migraines. Le tyranneau domestique était trahi par ses esclaves. Une règle nouvelle, pénétrant plus gravement nos vies que ces amertumes de comédie, fixait dorénavant l'ordre de nos jours, les prééminences de personnes et l'urgence des tâches, une règle impitoyable à force de logique et de douceur, qu'une brute elle-même n'eût pas osé désavouer ouvertement, ni enfreindre. Marie-Anne, dans cette révolution, était passée à l'ennemi. À moins qu'elle n'eût pris enfin son propre parti contre moi ? Elle partageait la royauté de l'enfant. Puisque la faiblesse, la fragilité, la docilité étaient au pouvoir, Marie-Anne régnait.

Dans ces cas-là les hommes d'ordre vont voir les filles et ne font pas tant d'histoires.

*

Les heures de notre liberté recouvrée prirent elles-mêmes une allure contrainte. Les gens n'ont pas tort quand ils disent qu'une maternité « épanouit une femme », qu'un enfant « accomplit un couple ». J'entendais enfin ces expressions dans leur vérité. Et je maudissais un épanouissement qui avait tué la petite fille de mon goût ; un accomplissement qui nous avait transformés, mais un peu tôt, en ces monstres que nous fussions sans doute devenus, un jour ou l'autre, plus tard. Mais là, ce n'était pas de jeu. Nous avions été « cueillis à froid ». Nous ne nous étions même pas défendus...

Les zones désolées s'étendirent de plus en plus loin autour du tout petit enfant. Notre vie se déroula bientôt sous le signe de cette émouvante malédiction. Nos repas devinrent comme des maladies, chaque minute de paralysie aggravant cette paralysie, chacun de nous résolut d'abord à faire le premier pas, à s'accuser, à implorer le pardon de l'autre, puis cédant bientôt à la passion tumultueuse de faire mal et de souffrir. Silences, attentes, guet, attaque : nous étions entrés dans le vertige conjugal de la Scène, dans l'inconsciente volonté de réussir des scènes exemplaires.

Sur cette tristesse les années ont passé sans l'user. De la guérilla, du voyage au bout de l'ennui nous fîmes, Marie-Anne et moi, le style de notre vie. Naguère, pendant six mois, nous avions été un couple miraculeux. Nous avions donné de la consistance à la légende des rencontres. Nous avions été des personnes qui s'aiment. Quand nous nous retrouvâmes dans la peau d'époux désunis, de mari sauteur, de femme trompée, notre échec nous parut éclater avec la soudaineté d'un événement. Aujourd'hui l'illusion contraire m'abuse, quand il me semble n'avoir jamais été heureux auprès de Marie-Anne. Ainsi deux mensonges qui s'excluent pa-

raissent-ils s'être partagé le temps de notre mariage. Car ma clairvoyance n'est pas si vieille... D'autres actrices entrèrent en scène. Laurence fut la plus civilisée. Il me semble aujourd'hui que mes aventures elles-mêmes, ces brisures, ces colères obéissaient secrètement à la loi de Marie-Anne. C'est contre elle que j'aimai d'autres femmes. Mais contre elle, c'était encore à cause d'elle. Et la première fois que je parlai avec naturel de « mon fils », la première fois que les mots me montèrent aux lèvres ce fut devant une jeune fille que j'allais aimer. Dans ce premier amour illicite je déposai sans équivoque cette réserve : qu'il était illicite. Ainsi, la chance était bien tuée. Jamais Laurence ne put accepter l'existence de cet Alain auquel pourtant elle ne croyait pas tout à fait... Je serai toujours désormais de ces hommes qui glissent dans la première conversation leurs mots de coupables : « mes enfants », « mes fils »... Ainsi sont imposées des frontières au feu.

*

L'échec admis, Marie-Anne et moi nous en offrîmes mutuellement la représentation comme d'une prouesse. Nous nous l'administrâmes comme une communion, une drogue qu'on prend à deux. Quand nous découvrîmes que nous étions intoxiqués il était trop tard.

L'argument des enfants-qui-forment-un-lien, j'avais toujours professé qu'il reflétait plus de couardise que de sagesse. Mais ne suis-je pas aujourd'hui en train de m'y ranger ? Ne suis-je pas dans la situation de « celui qui pense aux enfants ? » C'est un marché monstrueux. On veut absolument que le bonheur de l'enfance soit à ce prix : pouvoir compter jusqu'à deux — un père, une mère — et l'on se sentirait criminel à refuser le principe de cette arithmétique. J'ai beau répéter que je ne cède point à ces raisons, que celles qui me font prendre ma vie en patience ne sont pas des scrupules de père de famille, saurais-je les énumérer ? Non. Il ne s'agit pourtant pas de résignation. J'écrivais : une drogue. Voilà plusieurs années que nous sommes gorgés de tristesse. Nous en vivons comme d'autres en crèveraient. Elle est un philtre. La paresse y entre pour beaucoup, associée à ses dérivés : le goût de souffrir, le plaisir des révoltes pourries. Nous avons glissé à la torpeur.

Nos querelles, espacées d'abord, séparées par de longs intermèdes de bonhomie, se sont rapprochées jusqu'à se souder l'une à l'autre en une seule attente hargneuse. Bientôt les éclats eux-mêmes ont disparu. Il n'existait déjà plus de raisons à nos colères. Il ne s'agissait que de boire un sirop amer. La soumission. Cent fois j'ai juré d'échapper à l'ensablement, à l'envasement. La mort quotidienne avec ses comparaisons de marécages et de déserts. Cent fois la hargne s'est d'elle-même épui-

sée. Elle est devenue ce laisser-dire, ce laisser-souffrir où se perdent et l'instinct de conservation et l'espoir d'épargner l'autre. Cent fois nous avons descendu la pente, franchi les seuils successifs jusqu'à l'à-quoi-bon qui succède aux reproches. Au-delà du dernier seuil règne une paix où s'engloutissait notre résolution d'échapper à l'enfer. Cent fois nous avons renoncé, accepté, prononcé les mêmes paroles de confusion et d'excuses. Nous nous sommes donné la main, et même, quand le temps a été fini où le plaisir payait ces dégâts nous nous sommes tous deux retirés dans une attente crédule, dont se nourrissait encore l'espoir de recommencer.

Nous n'avons pas été loin, parfois, de voir dans cet acharnement à durer un signe d'amour, exactement comme les parents d'un malade y voient une promesse ineffable de la vie. Mais entre Marie-Anne et moi ce qui voulait vivre, ce qui persévérait à vivre, c'était le maléfice.

La retombée de la colère : cent fois. Le malheur fascine les couples. Notre mésentente était une maladie. Symptômes, premières douleurs, aigu de la crise — à quoi succèdent l'hébétude, le sentiment d'être gavé de souffrance. Et de cette prostration renaissent l'attente, la passivité de la bonne cause, l'ambition du sacrifice. Ces étapes m'étaient familières. Marie-Anne redevenait une jeune femme digne d'estime et qui éveillait mon désir. L'avenir me paraissait de nouveau promis à la patience, à l'au-

torité sur soi-même. Je voyais des maisons, des jardins. Les yeux pleins à ras bord de charité. Ces comédies avaient la puissance d'un narcotique. Après la haine, la réponse au courrier du cœur. Nous redevenions un jeune couple qui fait des projets de vacances, dresse une liste d'invités, achète un fauteuil rue Bonaparte, fait preuve d'une douce fermeté. Tels étaient les sentiments les plus florissants : ferme douceur, résolution enjouée, notre cœur double, velours et acier. C'était la vertu des femmes reconnue à l'alliance, dans leur démarche, de la grâce avec la fierté ; c'était le succès de l'homme annoncé par la bonne humeur tempérant l'autorité. C'étaient la blague, le truquage. C'étaient la grimace qu'on se fait dans le miroir, l'histoire qu'on se raconte.

*

Nous eûmes une longue patience.

Plus tard je conduisis Alain à l'école. J'arrêtais la voiture sur le boulevard. Je descendais le premier, puis j'aidais Alain à descendre. Il avait quatre ans, cinq ans. Il me saisissait par la main pour traverser la rue, puis la lâchait et courait vers une porte cochère. Je le suivais à travers un dédale de courettes jusqu'à la salle où se tenait le jardin d'enfants. Il me quittait alors sans me dire au revoir, tiraillé entre ses deux timidités, pour entrer dans la classe où jouaient déjà vingt enfants. C'était un tout petit garçon aux pas hésitants. Le voisinage des autres gosses le faisait paraître plus fragile. J'avais soudain les larmes aux yeux : ses jambes frêles, ses yeux sérieux. Je le voyais brusquement comme un être de chair soumis aux brutalités, aux maladies des hommes. J'avais peur pour lui, comme certain jour où le voyant dévaler un sentier plein de pierres j'avais dû me contraindre pour ne pas m'élancer au-devant de lui et le retenir, le serrer contre moi, protéger son corps dont la minceur m'inquiétait. Alors je sentais dans mes genoux la meurtrissure des cailloux, en moi la terreur de la chute, à mes yeux la chaleur des larmes, et ce sanglot étouffé c'était l'oppression de la solitude dans la poitrine d'un enfant. À moins que ce ne fût ma propre solitude à dix pas d'Alain qui m'avait oublié, qui ne devinait rien de la fièvre ni de la faiblesse de l'homme dont il avait abandonné la main, et sur lequel il apprendrait bientôt à ne pas trop compter, qu'il apprendrait bientôt, en si peu d'années, à admirer, puis dédaigner, qui lui deviendrait étranger, de l'empire de qui il croirait avoir à se « libérer ». Je repartais. Mais je n'étais plus exactement un homme seul. Je n'étais plus libre de penser à ma vie comme un propriétaire à son champ. C'était un espace partagé, l'enjeu d'une bataille sans victoire. C'était une chair marquée de cicatrices, une route entre les herbes, un paysage sur quoi planait la première ombre de la nuit. La docilité des images me rassurait. Je les avais sifflées et elles étaient là, jappant autour de moi. Une vie qui pouvait encore se comparer à un champ, à une chair, à une route, ce n'était pas tout à fait une vie perdue. J'allais la reprendre en main.

(Août 1955.)

4. *Naissance de Paulina.*

Je ne me sentirais pas le cœur à l'aise si je n'ajoutais une page à celles qui précèdent.

Tant de colère m'occupant la tête, de mauvaise foi, de dureté — sans parler de la façon de me gratter — tout cela est donc sorti de moi... Je ne sais quand ni par quel orifice. Voilà qui nous rendrait modeste dans le compte rendu de nos états d'âme.

Chassés furieusement de mon cœur, mes fils bientôt le réenvahirent. Ils y campent en vainqueurs. Je suis plein d'amitié pour leur mère, et les cadeaux de Noël m'occupent un bon moment chaque année. Ce texte fiévreux — je veux dire exactement : maladif — valait d'être considéré pour ce qu'il porte d'eau au moulin des infortunes de la jeunesse. À l'âge où d'autres cassent les vitres je voulais, moi, casser mes enfants. Je les avais mis au monde trop tôt, avant d'avoir commencé mes nettoyages de jeunesse. Je ne le leur pardonnais pas.

Les années ayant fleuri un peu mes jardins, je traverse désormais les événements de ma vie dans un sentiment de plus grand confort. Témoin ce jour de février 1962 dont les couleurs feront contraste avec tout ce brouillard.

Un détail, sur l'heure, me parut important : le matin ayant été froid et glissant, on avait posé des chaînes aux pneus des trolleybus de Lausanne. Puis, le soleil se levant, la neige avait fondu, mais les grosses voitures bleues continuaient de rouler avec ce bruit de fantôme à leurs roues. Quand un trolley longeait les rails des anciens tramways, l'acier des rails et celui des chaînes, dans un cliquetis de mors, jetaient des étincelles. Je me rappelle exactement ce détail : les flammèches claires, au ras de l'asphalte, sur l'avenue Benjamin-Constant. Le soleil de l'hiver était posé partout. (En hiver le soleil est gai.) Avec l'ami qui me tenait compagnie nous descendîmes jusqu'aux rives d'Ouchy. Nous bûmes du thé dans l'hôtel de Byron et marchâmes un peu. Des plaques de neige fondaient sous les cèdres, dans des jardins pour reines en exil. On voyait des oiseaux, une neige extrêmement touristique sur la rive française du lac, un chien occupé à battre des records de saut. C'était un de ces jours où les animaux sont vos amis.

Dans une clinique du haut de la ville les médecins s'occupaient d'un événement banal mais avec lequel, cet après-midi-là, mes pensées rusaient. J'avais mis du temps à découvrir de quelle façon les hommes pensent à la souffrance d'une femme.

Je voudrais qu'un jour ma fille imaginât cette douceur des choses au jour et au lieu de sa naissance. Sans doute suffira-t-il de lui dire : « Les trolleybus lausannois, pourtant si convenables, crachaient du feu sous leurs roues... » Comprendra-t-elle ? On ajoutera la dignité des cygnes, l'ombre de Byron. Je voudrais qu'on pût aussi lui dire : « Il avait commencé de se réconcilier avec le monde. »

UNE INTENTION LITTÉRAIRE

Je manifestai pour la première fois une intention littéraire dans la cour du Collège Notre-Dame de R., en 1938. Le professeur de lettres des cinquièmes, un certain M. Petit, reçut ma confidence. Il fut bientôt l'unique lecteur du poème écrit en collaboration avec un garçonnet binoclard joliment nommé Quentin de Quatre-Barbes. La pièce, en vers réguliers, avouait une forte influence d'Edmond Rostand. Puis nous déménageâmes et mes instincts créateurs se trouvèrent entièrement sollicités par le ping-pong et la bicyclette. Il fallut attendre 1940 et mon essai sur l'état militaire pour que la littérature reprît pied dans ma vie. Elle dut alors mener, contre le jeu de paume, la chimie, la peinture à l'huile et le modelage, l'incessant combat que je raconte ailleurs. Puis ce furent les fillettes, les cravates, les voyages, l'établissement conjugal. Enfin, en 1951, je publiai un roman.

Tout le monde éprouvant un jour ou l'autre le besoin de se vouer à la littérature, le foisonnement des écrivains est moins surprenant que le plus grand nombre encore des non-écrivains. L'engrenage doit se bloquer quelque part. Je crois deviner où : à cette articulation entre l'adolescence et la première maturité, quand les jeunes hommes, pour être considérés comme des égaux par les messieurs, se laissent pousser, comme une moustache, le bon sens. Un garçon destiné par les usages et le goût des siens à vivre en rase-mottes, et qui soudain proclame son intention de devenir un écrivain, manifeste, reconnaissons-le, un peu de folie. Puis, plus tard, pour confirmer sa détermination et en venir aux actes, il lui faut faire appel à de plus fortes vertus : la frivolité, l'obstination. Je place au premier rang la frivolité. Elle exige du petit bourgeois une force herculéenne. En effet, si persévérer à écrire demande un labeur de paysan, s'y mettre n'est pas une démarche bien difficile. Bon élève et bardé de diplômes, l'idée ne me fût sans doute pas venue de fabriquer des livres. C'est la grisaille des jours et l'envie de leur donner de la couleur qui me décidèrent à écrire. L'ennui inventa la littérature. Ensuite — ensuite c'est une autre histoire. De lourds personnages — opiniâtreté, courage — vêtus en tâcherons et les mains calleuses, se mettent de la partie. Un écrivain est un artisan un peu bête, miraculeusement sourd aux voix qui lui crient que son entreprise n'a aucun sens. Ce qui est intéressant, dans la littérature, c'est le turbin, le bricolage. Ou encore la discipline, l'énorme quantité de patience nécessaire. Le jeune homme n'imagine même pas ces austères séductions.

Au fond, peut-être industriels et banquiers se posent-ils les mêmes questions avec le même embarras ? Toute vie qui ne progresse que par bonds, décisions arbitraires et coups de dés, paraît inexplicable. À chaque instant de son travail l'écrivain affronte un nombre incroyable de chances de faire fausse route. D'autre part, il peut rester indéfiniment immobile sans que personne le presse de se remettre en marche. Si l'on suppose que la vanité et le besoin d'argent ne sont pas des moteurs capables à eux seuls de l'animer, il ne devrait d'écrire qu'à des impulsions extrêmement vagues, insaisissables... Un écrivain officiel, patenté, peut fort bien *oublier* d'écrire. Des œuvres se tarissent ainsi, par distraction dirait-on. Il faut beaucoup de persévérance et de naïveté pour dévisser le capuchon de son stylo chaque matin. Voilà qui me frappe donc plus que tout dans l'activité littéraire : sa fragilité. Ou encore sa gratuité. Compte tenu de quoi chaque livre m'apparaît vraiment comme l'enfant du miracle. On arrache ces petits exercices à un néant dont rien ni personne n'exigeait qu'on les sortît.

Ce qu'il entre de pari dans la rédaction d'un livre, la part de jeu un peu fou : rien d'autre ne me paraît valoir qu'on s'échine à ce point.

Les écrivains galèjent, qui prétendent aimer cela. Rien n'est fastidieux comme l'écriture, rien n'épuise comme elle. On peut aimer la nervosité, le silence de la nuit, le soulagement d'en avoir fini, ce qu'on boit et ce qu'on fume chemin faisant, — mais aimer écrire, ce serait du vice.

Au-delà du décor, du moment, ce que l'on peut aussi aimer c'est une vie à laquelle le travail littéraire impose son vide, sa règle. Tout à l'heure je disais : « paysan ». L'écrivain connaît ses fermes isolées, les saisons interminables et les routes boueuses...

MENSONGES

Mensonge n'est peut-être pas le mot le plus exact. Mieux vaudrait dire double-jeu. Je pris très tôt l'habitude, dans ce qui me tenait au cœur, de jouer en secret ma chance sur deux tableaux avec une égale loyauté sur l'un et sur l'autre. Ma sincérité était en effet totale, puisqu'elle s'appliquait à mon bonheur ou à mon salut, et non aux moyens de mon bonheur ou de mon salut. Si je courtisais Pierrette tout en essayant de séduire Sophie, de quoi m'eût-on accusé alors que seul mon désir — posséder une fillette — était réel, profond, que je marchais les yeux fixés sur mon désir ? Je trompais Sophie ? Je trompais Pierrette ? Non, puisque l'une obtenue l'autre cesserait aussitôt de me voir rôder autour d'elle.

Cela devint vite une habitude en profondeur, une façon de vivre. Mener de front deux parties, c'était ma sécurité. Ce que les alpinistes appellent « être assuré », qui permet de jolies gymnastiques. Je prenais davantage de risques dans chaque tentative puisque je savais pouvoir retomber, sinon sur mes pattes, au moins dans une nouvelle posture qui sauvegarderait toutes mes chances. J'étais le contraire d'un « gagneur » (terme sportif). Au moins ne voulais-je pas être un perdant. Rassembler toutes mes forces, foncer, prendre aveuglément un parti, telle n'était pas mon affaire. Je montais des mécanismes d'une extrême subtilité afin d'être prêt, l'échec survenant, à « reprendre ailleurs mes avantages », formule qui exprimait et comblait à la fois ma morale.

Ces procédés eurent plusieurs conséquences : me déshabituer de la vérité, me préserver de souffrir, marier en moi le plaisir de la manœuvre à celui du secret. Bientôt je fus incapable de reconnaître à la vérité une supériorité morale sur le mensonge, je cessai de craindre les blessures que l'on risque dans toute vie psychologique un peu remuante, et surtout le plaisir, presque tous les plaisirs devinrent pour moi inséparables des fausses pistes, du cœur battant, de la duplicité.

Cette dernière conséquence fut la plus sérieuse. Une vie double devint la condition nécessaire à mon équilibre. Je me sentais à l'aise et stable sur deux chaises comme d'autres le sont sur une seule. Ma vraie route, ce furent dix ans durant les chemins de traverse, les raccourcis, et ma démarche la plus naturelle les allées et venues. Deux maisons, deux familles, deux adresses, un métier de rechange, des idées prêtes à relayer celles qui avaient cours — tout cela me parut bientôt le comble de la commodité. J'allais d'un bord à l'autre dans un sentiment d'euphorie. De naturel. Ce n'était pas le bonheur, mais c'était un état qui permettait au moins de durer. Je pris du temps pour comprendre que c'est là un désordre banal et que finalement tous les messieurs qui mettent leur secrétaire dans ses meubles me ressemblaient. Pourtant, peut-être était-ce plus compliqué ? Tout venait d'une incertitude profonde, du peu de goût que j'avais pour moi-même. Mon jugement était faible, j'hésitais à choisir entre deux vies. Je discernais bien les défauts et les ridicules de chacune. J'étais sévère. Au fond, tout cela se valait. Puisque éternellement la République était belle sous l'Empire, le plus commode n'était-il pas encore de servir à la fois et l'empereur et le président ?

C'est à cette époque que je pris l'habitude des brusques départs, de la poste restante, des « abonnés absents », des intrigues parallèles, des domiciles incertains. Tout ce qui pouvait brouiller mes pistes m'était bon. Je ne supportais plus l'idée que l'on sût où j'étais, avec qui, pourquoi. Je devins un virtuose de la démission, du travail de sape. Une manière de saboteur. Il n'y avait à mes yeux rien là-dedans d'immoral, puisque c'était alors, en moi, l'un qui se retournait contre l'autre, ou l'autre contre l'un. Il m'arriva d'écrire dans un journal (que je n'aimais pas) des méchancetés contre un autre (qui m'employait). Il m'arriva de dévaster la vie d'une femme que j'aimais pour faciliter celle d'une autre que je n'aimais plus. Il m'arriva de rompre avec des personnes que je n'estimais pas pour en satisfaire d'autres que je n'estimais pas davantage, etc. Tout cela d'ailleurs sans nul souci de mon intérêt. Car c'est souvent l'utile ou l'agréable qui était sacrifié à l'inutile, au déplaisant. Il ne s'agissait pas de gagner quoi que ce fût, mais de suivre les règles d'un jeu absurde qui régnait sur moi despotiquement. Parti d'une forme de prudence j'en arrivai en moins de dix années à conduire ma vie au mépris des plus élémentaires précautions. Quand j'en pris enfin conscience je m'arrêtai, ahuri. Mais il était déjà bien tard pour arranger les choses. Les dégâts étaient considérables. Je n'aimais pas grand monde. On ne m'aimait plus guère. À force d'avoir voulu courir deux proies je me retrouvais entouré d'ombres.

Tout cela s'est tassé. La chance, comme on dit, m'a servi. Je me suis assagi. Ma vie s'est installée dans ses meubles. On sait désormais où me trouver. Je ne suis plus un habitant de la nuit. J'ai pris l'habitude d'être épaulé par la tendresse comme je l'avais, naguère, d'être adossé à la solitude. Des vents de réconciliation et de droiture ont soufflé : ce bon air m'a rendu la santé. Il me reste des années passées les visages furieux qu'il m'arrive, consterné, d'apercevoir, et surtout de petits accès de fièvre, des sursauts de gaieté ou de nervosité quand soudain la nostalgie me reprend de me cacher et de mentir, comme ça, pour rien, pour voir ou pour le plaisir de cuisiner au fond de mon trou ces plats doux-amers qui furent ma folie.

Ces crises exceptées, je prêche à longueur de semaines les vies rectilignes et la vérité, la Vérité royale, tyrannique, dont j'explique à qui veut m'écouter qu'elle est une affaire en or.

J'AI MAL AUX MAISONS

Homme à femmes, homme d'argent : bien que le sens de ces expressions ne soit guère équivoque elles ne me portent pas à rêver. Je ne mets pas de chair sur ces hommes-là, ni de noms. Au contraire, il me suffit d'inventer l'*homme à maisons* pour que quelque chose en moi frémisse, entende l'appel et s'y soumette. Point de doute : les maisons, je les aime. De passion. L'amour serait peu dire, qui baptise aussi bien les raisons de la raison que celles du cœur. Je n'aime pas les maisons comme on fait les femmes ou l'argent — pour les posséder, en jouir, en tirer du plaisir ou de la considération. Non, je les aime dans le désintéressement le plus total, comme le dormeur aime les rêves. Je ne préférerais pas, le cas échéant, la mienne à celle des autres, ni la plus belle à la moins belle. Dans chacune, je suis prêt à reconnaître et à aimer un caractère secret, esquissé parfois, mystérieux. Ce n'est pas en moi un snobisme, un besoin — c'est un goût. C'est par goût, par inclination que l'on penche vers ses convoitises avec la terrible lourdeur du désir. Telle est, devant les maisons, ma religion. Elle paraît si simple — et si partagée — que je devine sous roche des malentendus. Précisons donc.

*

Je suis né pourtant dans une maison. Mais la mort de mon père, la vie, etc. — bref on la vendit. J'étais gamin : afin de pouvoir vendre on « m'émancipa ». On fit de moi un adulte avant l'âge, en somme. Cette fiction juridique n'est pas si fausse : il faudrait être une très grande personne pour résister à ces traumatismes ! J'exagère : ce fut seulement sordide et un peu bête ; l'entrevue dans une niche à robins, et les deux notaires qui se disaient « bonjour confrère », « confrère bonjour », sur un ton sec et triste ; l'acheteur qui avait chaud et fumait du bleu. J'en pris une horreur — qui n'a pas cessé — pour les marchés, les tractations, les contrats, l'éternel péché des ventes et des achats. On posa devant moi un tas de billets et j'ouvris l'œil. « La part non déclarée », murmura-t-on. Je pliai la liasse dans une poche de mon manteau. Le notaire de la famille nous ramena sous la pluie en « 402 ». Je me rappelle l'arrivée à Paris, les abattoirs de la Villette. La maladie n'était pas près de guérir.

*

Les maisons de mes petits amis, dans l'enfance, ont toujours supplanté la nôtre en charme et en mystère. Celle des V., en particulier, me comblait. C'est là que nous construisions une tente de Bédouins sous le billard, un prodigieux ascenseur à cordes et à poulies dans la cage de l'escalier. Je me rappelle le jardin ; le soleil y faisait des dessins tremblants. Nous traversions ce tableau impressionniste dans une torpédo à moteur électrique, jouet merveilleux que Citroën inventa vers les années 1930, et je ne vois rien qui le vaille parmi les ambitions et les conquêtes de mes fils.

Plus tard je conservai l'habitude et le goût des murs d'autrui, cette aisance à me couler dans des usages et des passés étrangers. Invité, locataire, emprunteur, je continuai de nourrir mon rêve à la sauvette. Entre mes quinze et mes trente ans, je vois cette passion comme une resquille pathétique, multiforme, honteuse et glorieuse à la fois. Les Intages, Moussac, la Porte sarrazine, Brinville, Mézières, les Ravines, la Pommeraie... Certains maîtres de maison soupçonnèrent l'amour coupable que trahissaient mes apparitions. À d'autres il ne vint pas à l'esprit que cet hôte d'un soir ou d'un week-end pût conserver même le souvenir des routes, du portail, de l'allée d'ormes, de la pelouse et du verger. Habitants des murs, ils ne savaient pas ce qu'ils étaient pour moi : des habitants du temps. Ce temps dont les mauvaises chances de la naissance, du feu, de la guerre et de la géographie m'avaient privé comme je l'ai dit, je le récupérais, je me l'appropriais par une approche tenace, humble, dans ces maisons où les pendules avaient battu longtemps pour d'autres morts que les miens.

*

À force de jouer ce jeu d'ombres avec des architectures bien réelles, j'en vins vite à perdre de vue l'exacte frontière entre l'imaginaire et le vrai, les lieux où se passent mes étés et ceux où se passent mes livres. S'il m'arrivait, en marge de la feuille où j'écrivais par exemple une nouvelle, de dessiner une façade, un parc, de dresser un plan, ce n'était pas d'une « méthode de travail » qu'il s'agissait, mais d'un simulacre obstiné, presque désespéré, détaché, je le jure, de toute littérature. D'où cette vogue, dans mes pensées, de maisons à demi inventées ; elles règnent sur mes jeux ; c'est dans leurs murs que j'enferme les histoires dont je suis le héros, les songes où je m'octroie de la gloire.

Je les ai parfois construites, ces maisons, sur une phrase entendue, parfois à partir d'une image. Ainsi du château-du-père-de-Jérôme, d'un rose Louis XIII, fraise écrasée, la grille noble. Je ne suis même pas si sûr de son existence ; vendu, pillé peut-être par des soldats ? Ou bien fermé, en voie de ruines, des hirondelles dans les salons, il est en tout cas sorti de l'univers des vies réelles. Ainsi d'un mas perdu entre les pins au-dessus de Ramatuelle, que je revois toujours dans la nuit d'une fête, avec de la musique, des flambeaux et, je ne sais pourquoi, le tango d'une mère trop ardente dans les bras ennuyés de son fils. Sur la terrasse, deux statues couvertes de coquillages comme des épaves de la mer ou les inventions d'une vitrine de Balenciaga. Ainsi d'une maison savoyarde, grise et noble, mais enlaidie d'ifs taillés et de boursouflures rococo, qu'habitait une antiquaire à visage de souris. Dans la cuisine où nous étions entrés une femme donnait à manger à une enfant-pomme, ronde et rouge, composant sur ce fond de noyer sombre et d'étains un édifiant tableau dans le genre de Le Nain. Ainsi de cette grande ferme non loin de Montfort. Elle appartenait à une dame dans la noblesse de bouche. On y élevait, je me rappelle, à la lumière artificielle jamais éteinte, des poulets vite obèses et vite tués. Empêchées de dormir, les bestioles mangeaient. Cette fabrication de chair pâle, ce *blanc* malade m'avaient levé le cœur. Un petit garçon s'ennuyait dans un coin de la maison, que les invités ne remarquaient pas. Un chauffeur attendait l'heure de le reconduire à son collège. Sur la pelouse, des dindons jouaient avec les chiens.

*

Les maisons, c'est comme les cravates : il y a les bonnes et les mauvaises. Les unes et les autres classent ou déclassent sans recours leurs propriétaires. Point de règle : l'intuition. La néo-bourgeoisie parisienne, en inventant sa folie des maisons de campagne, s'est condamnée au bon goût ou à la solitude. Ce que constatant, des habiles ont pensé à composer des manuels de « savoir-maison ». Leur forme la plus commune est mensuelle et sur papier qui brille. Nous nous y arrêterons un instant : il y a là de quoi rire.

Les villages d'Île-de-France (et parfois l'éruption a essaimé jusqu'à trois cents kilomètres) sont semés aujourd'hui de petites bâtisses aux murs grattés ou recrépis, chaulées, repeintes, rénovées, briquées, tachées de vert bouteille, toits écrasés sous les lucarnes dites « en chien assis », portes d'écuries surmontées de lanternes achetées place de Furstemberg ; petites choses misérables relevées à coups de millions de l'ordure où les avaient maintenues des paysans de La Bruyère nourris d'herbes et de racines ; granges devenues « livings » et soupentes boudoirs Charles X ; moulins pour étoiles en voie de refroidissement ; fermettes pour avocats surmenés ; vieux murs en pignon sur des routes crottées, tomettes approximativement provençales achetées à prix d'or à des revendeurs de vieux ; écuries pour les amis ; porcheries pour les bonnes ; laiteries pour les enfants — bref les Français ont découvert la simplicité bouleversante. Le fruit de leurs noces avec le brut, le rural, le silencieux, c'est la prolifération des *la-maison-française* ou des *plaisirs-de-France*. (Ah, que de France !) qui, après, les déserts du Gâtinais, du Hurepoix, du Vexin et du Mantois (oui : le Mantois !), gagnera demain jusqu'à la Champagne pouilleuse, jusqu'au neurasthénique blé beauceron.

Cette fièvre s'est développée parallèlement à la fièvre de l'antiquité. « Toute l'avenue Foch est Louis XV », disait une héroïne des *Amants* ; et Mme Castaing semble avoir dessiné les « Bons magiques » de Mme Elle. Le snobisme a pris, de haut en bas, sa forme domestique : on meuble, on trouvaille, on ose, on follement amusant. Les Français ne veulent pas faire les Danois, dans du bois pâle et de fonctionnelles coquilles d'homme.

En moins de dix ans on a épuisé l'Anglais, le Charles X, le Napoléon III, le Nouille. Le Régence tient bien ; le Directoire est ferme. Cette prodigieuse ambition de se meubler a déchaîné et entretient une littérature charmante ; sa cocasserie culmine dans les légendes d'illustrations des revues pour tables basses.

Je rêve sur le sort étrange de cette mode. Nul doute : elle a pour le moins un sens historique. Que la luxueuse inquiétude de notre bourgeoisie se soit découvert cette nostalgie d'établissements campagnards ; que le snobisme l'ait annexée ; que le résultat en soit l'introduction dans la vie quotidienne d'un style d'artifice et de théâtre ; n'y a-t-il pas là de quoi remuer un peu la sauce aux idées générales ? « Ça fait très couture », dit la vendeuse résolue à fourguer ses drapés invendables à une dondon subjuguée. Le « ça fait très décoration » règne déjà du boulevard Barbès à l'agence immobilière de Chatou-sur-Epte.

*

Il me semble — comment formuler cela en sauvegardant assez d'humour ? — il me semble que ce goût des murs n'est pas sain. Je m'explique. On sait comment, de loin, déceler dans les villages français l'existence d'un château, ou d'une de ces fortes et anciennes maisons anoblies par baptême dans le langage du lieu : aux arbres. Une futaie, des « arbres d'ornement » ceints de murs : telle est du nord au sud la marque du prestige, du pouvoir depuis longtemps établi. Or, il faut deux cents ans à un chêne, et sans chêne point d'honneur immobilier. Rien à faire contre le temps : on ne peut pas l'acheter. C'est ce que veulent ignorer nos releveurs de fermettes. La période de puissance d'une classe se repère, longtemps après son déclin, à l'abondance et à la réussite de ses constructions. Ainsi des châteaux et des « maisons-bourgeoises ». Mais *re*-construire, *re*-crépir ? N'y sent-on pas de la gêne ? Le goût de l'ancien n'est jamais que le goût de l'ancien neuf. Une société sûre de son fait, confortable, construit du neuf. Elle ne restaure pas, elle ne retape pas, elle ne détourne pas de vieilles baraques de leur fonction (le travail) vers une autre (le week-end). Cette équivoque est malsaine. Une société vacille quand le goût du bricolage, de la maçonnerie, y devient si vif, si général, et remplace la passion de dresser de nouveaux murs.

Il y a là une dérobade, du labeur vers le loisir, de l'avenir vers le passé — un passé que l'on annexe par une manière de ruse. À bien y réfléchir, on se sent un peu de tristesse. La beauté des formes, les trouvailles du matériau et du décor, ce n'est plus aux maisons que notre temps les applique, mais aux turbines, aux moteurs, aux avions, aux usines. Tout ce à quoi j'ai choisi de rester étranger.

UN PHARMACIEN DANS LA FAMILLE

Aragon, dans un texte de 1959, s'expliquant sur l'hypothèse qui voudrait que son Aurélien constituât un portrait de Drieu la Rochelle, écrit ceci : « ... Me relisant ces jours-ci (...), j'ai trouvé une phrase fort suspecte, touchant Drieu. C'est quand Aurélien dit à sa femme de ménage : "Madame Duvigne, vous n'avez pas de pharmacien dans votre famille ?" Parce que Drieu avait un oncle pharmacien, et que ça l'agaçait qu'on le sût. Pis que d'avoir couché avec la bonne pour le beau monde qu'il fréquentait. Ai-je inventé cette question à Mme Duvigne pour camoufler le pilotis ou pour le souligner ? Ma foi, je n'en sais rien. (...) Il est mort, je n'ai jamais dit un mot de lui, depuis. Ce n'est pas que je lui pardonne un mal qui ne me concerne pas seul. C'est autre chose. Il y a Aurélien entre nous : *qui n'avait pas de pharmacien dans sa famille*. »

J'avais lu ces quelques phrases sans y porter grande attention, conservant plutôt dans ma tête le souvenir de tout ce que m'avait dit Aragon, un après-midi d'hiver, à la campagne, à propos de Drieu (à l'époque probablement où il écrivait ce texte de *J'abats mon jeu*). Je les retrouve dans la biographie de Drieu qu'un Américain vient de publier, et je rêve longtemps sur elles. Il faut dire que je me trouve dans cet état de surprise un peu gênée où me plonge tout retour à Drieu, à ses livres, à sa vie : surprise comme d'avoir été indiscret, d'avoir parfois, trop souvent, sans le savoir, occupé des situations, des velléités et jusqu'à des phrases que je découvris plus tard avoir été précisément celles de Drieu. Je ne tiens pas à m'étendre là-dessus, qui est une affaire entre ses livres, son ombre et moi. Ce mort célibataire n'a déjà que trop de fils abusifs. Mais simplement, une fois de plus, l'intuition d'une complicité amère sentie malgré le temps, et ces abîmes.

Disons par exemple que, moi aussi, *j'ai un pharmacien dans ma famille*.

L'ASPECT GÉNÉRAL EST D'UNE LUNE

Le visage est mou, long, vaste. L'aspect général est d'une lune, ou d'un poupon gigantesque. L'œil, petit, est d'un gris bleu, ou bleu gris, peu sûr et froid. Une jeune fille avait inventé de me vêtir de tricots outremer, d'un ciel intense, qui par reflets donnaient un peu de vie au regard : l'uniforme gris a ruiné jusqu'à l'idée de ces artifices. Le nez : rond, gros du bout, relevé en trompette ou en pied de marmite. N'insistons pas. Tout le profil vaguement chevalin (un cheval qui serait rond) est fait de retroussis, de courbes et de fuites. La bouche ne gaspille pas le sourire, ni le menton l'audace. Le cou maigrit ou s'empâte au gré des nouilles, du chocolat, de l'alcool. Plaqués à l'eau jusqu'à quinze ans, les cheveux ont fait — je l'ai conté — leur révolution par la brosse. Diverses brosses : la drue, militaire. La longue, seyante mais à la merci de l'oreiller. La fausse, qu'un coup de vent rebrousse et ruine. Puis sont venues les nostalgies :

mèches en ogive, à la pianiste viennoise ; matelas frisotté sur la nuque ; lourdes ondulations du fond de l'hiver. Seule victoire des cheveux : leur chute précoce à la proue du crâne, la belle calvitie en V régnant sur le front dès l'adolescence. Le front infini, beauté des laids. Pour ce qui est du reste, l'oiseau a commencé de se déplumer, en tonsure, vers ses trente-cinq ans.

Le visage pavoise volontiers. Il met, dans la congestion, bonne mesure. C'est comme un vertige. Combien d'occasions de bonheur négligées dans ce bourdonnement des oreilles, ce picotement du sang en fureur à fleur de peau ? L'âge a un peu assagi les flux et reflux de la terreur secrète, les désordres de la chimie intérieure, mais à peine. L'habitude vient, simplement.

Devant la glace à trois faces, le visage ne trouve pas plus de salut dans le profil que dans la nuque. Seul un certain plongeon de trois quarts, front dégagé, joues creusées par l'ombre, l'œil lointain, parvient à rassurer le propriétaire du visage. Provisoirement.

La moustache, qui pousse roussâtre, a été essayée sans succès.

Les lunettes sont apparues, ont disparu, sont revenues. Elles ont été successivement d'écaille, fines, lourdes, translucides, réduites à des griffes de métal. Elles ont passé certaines années sur le nez, d'autres dans la poche. Cela se décidait au gré des amours. Il est arrivé que l'on conduisît la nuit sans leur secours, qu'on ne distinguât plus, au cinéma, l'héroïne du shérif : c'étaient des temps de passion. En fait, elles n'ont jamais été acceptées.

La barbe est rouge, clairsemée. Parfois un poil hésite, se love et, au lieu de percer, poursuit sa croissance en rond, comme anxieux de retourner aux secrets des sources capillaires, voire de pousser à l'intérieur de la joue, dans la bouche où se ferait ainsi l'amorce d'une forêt.

Il n'y a rien à dire des oreilles, des lèvres ni des sourcils.

Les dents, plutôt jaunes, sont gâtées dans la proportion d'un tiers.

On trouve ailleurs les détails qui manquent à cette esquisse.

UN MATIN COMME LES AUTRES

À quelle profondeur du sommeil le coup a-t-il porté ? Peut-être savais-je déjà que le jour commençait ? Peut-être n'en avais-je pas encore fini avec les rêves. Peut-être était-ce l'ombre, seulement l'ombre. Le cœur a battu, très fort. La colère, l'angoisse ont battu, une débâcle du muscle et du sang. La violence, la contrainte ! Ma haine de la violence et de la contrainte ! Tout cela les yeux fermés, immobile, le temps peut-être de deux appels de la sonnerie, le temps de vérifier qu'il s'agissait bien du téléphone et non d'une des deux autres sonneries qui pouvaient retentir à ce moment du jour, le temps d'épuiser le refus de mon corps, son espoir sauvage de surdité, de nuit, d'ankylose, — puis j'ai risqué le premier geste.

C'est un battement du bras, large et précis, pour ramener l'appareil sur le tapis et l'attirer vers le lit, le tenir ainsi tout vibrant — ne le bousculons pas trop, ne « coupons » pas — le poser à côté de ma tête sur le drap, décrocher. Avant de décrocher j'ai prononcé une ou deux paroles dans le vide afin de retrouver ma voix. La nuit perd la voix. Puis j'ai parlé. Grande précaution, souci de bien articuler, de paraître dispos, vivant — les yeux toujours fermés — et aucune voix ne répondant à la mienne s'est assurée, embellie, pour deux ou trois nouvelles paroles prononcées sur un ton d'interrogation courtoise. Mais rien encore ni personne ne se manifestant, ni aucun de ces chuintements d'un mécanisme en train de jouer, des idées désordonnées — l'erreur, la mauvaise plaisanterie, l'espionnage policier, l'ancienne amoureuse — se sont formées, puis à peine formées se sont défaites en moi, dans le vague du sommeil, la colère déjà revenue, le plaisir de me sentir encore préservé. Il y a eu du bonheur. J'ai entendu le déclic, très lent m'a-t-il semblé, coupant ma communication avec rien. Mais je n'ai pas osé éloigner de moi l'appareil. Je l'ai gardé posé à côté de ma tempe, la main effleurant l'écouteur, mon corps tout entier occupé par l'anxiété non d'un nouvel appel (êtres vivants, mots, etc.) mais de l'éclat possible d'une sonnerie. Le cœur, les yeux, la nuit : je ne pourrais pas résister une nouvelle fois à la blessure aiguë de la sonnerie. Quelque chose en moi éclaterait, hurlerait. Je ne pourrais plus supporter de l'entendre battre, vertigineusement m'approcher. Quoi ? Qui ? La mort. Telle qu'elle est contenue dans chaque battement d'un cœur. La mort.

J'avais peur. J'ai décroché. J'étais prêt à lui parler, à la mort. Le petit gémissement de la tonalité m'a apaisé. J'ai laissé un moment l'écouteur allongé contre mon oreille, jusqu'à ce que les battements du cœur fussent ralentis. Mais alors une voix a commencé de réciter « il n'y a pas d'abonné au numéro que vous avez demandé veuillez vérifier à l'annuaire le numéro de votre correspondant il n'y a pas d'abonné », — et j'ai raccroché. Un peu de vie avait quand même pénétré en moi. Le cœur, par instants, battait encore en tumulte, comme si souvent, et des pensées, comme si souvent, accompagnaient son galop, des pensées, des images de maladie et de fin de la vie, un certain air de vieillesse, la mort de quelqu'un dans une mise en scène solennelle — les yeux toujours fermés — mais surtout la peur, et l'ennui d'avoir peur, l'espoir d'un sursis. Sursis d'ombre. Sursis de chaleur. La mort qui précède la vie luttant contre la mort qui interrompt la vie. J'ai tendu le bras, touché puis suivi du doigt le fil électrique, serré frénétiquement mes paupières, allumé la lampe. Alors la lumière, comme une rumeur de foule furieuse, a heurté mon front. J'ai entendu en moi des couleurs. Mes yeux ont eu mal, ont brûlé. Une seconde j'ai redouté que la lecture de la veille n'eût été trop longue — avec les yeux derrière les lunettes sur lesquels il faut parfois appuyer les doigts pour les reposer et gagner quelques pages — ne m'eût installé au creux de la tête une de ces migraines qui explorent au réveil, vigoureuses de toute une nuit de patience, et des nausées dans le corps. Puis les yeux se sont entrouverts. Lire l'heure. Éteindre la lampe. J'ai lu l'heure. J'ai éteint la lampe. Je me suis laissé aller sur le dos avec un peu de joie. De chercher précautionneusement en moi si la nuit n'avait pas recouvert quelque blessure — amour-propre, échec — dont le maléfice intact, d'un coup réinstallé dans ses pouvoirs, eût usé prématurément la journée à venir. J'ai donc éveillé chaque région de moi, celles surtout où pouvait s'être endormie une raison d'avoir mal, d'être humilié, du côté du travail ou du côté de l'amour, mais je n'ai rien trouvé qui ne fût à peu près en ordre — sinon ce cœur disloqué, mais voilà peut-être qu'il s'apaisait — en ordre dans la maussaderie, la mauvaise volonté des premières heures, ai-je pensé. En ordre.

Puis un agacement de la veille vers minuit, une démangeaison, une petite lassitude ont surgi du noir : ce bruit dans la voiture, hier, au retour, ce frottement, cette lenteur que je n'avais pas su nommer. Et l'ennui de ces tôles fragiles et compliquées, de ces instruments toujours un peu déréglés. L'ennui de toujours devoir penser à des ferrailles. Le sentiment que les ferrailles souffrent, boitent, toussent et qu'il va falloir les soigner. Alors : le garage. Les garagistes aux chapeaux sales. Les mécaniciens aux mains énormes. Leurs silences. Ces espèces de médecins. Leur confier la malade. Elle avait besoin de graisse en différents points, de projections et de pulvérisations d'huile, besoin surtout d'attention, de regards, d'être contemplée dans ses secrets, par le ventre, hissée sur un pont pendant que je parlerais d'elle à un homme en bleu, choisissant mes mots, suggérant des faiblesses précises mais point graves, soucieux surtout de ne pas altérer l'optimisme avec lequel il convenait de parler d'elle avant qu'elle ne subît un examen méthodique et objectif. Terreur et prix de l'hôpital. On allait exorciser l'angoisse que toujours elle suscitait en moi. Oui, j'allais très tôt la conduire avec une lenteur inhabituelle, jusqu'à ce garage jaune et rouge du boulevard R. où l'on me « connaissait de vue », et là, après la consultation que j'ai dite, l'abandonner pour quelques heures, à la fois veuf et allégé d'elle, heureux de la sensation d'occuper de façon nouvelle mon corps, traverser le boulevard d'un pas vif, et peut-être m'attaquer à la liste toujours innombrable des achats urgents. Ou bien flâner ? Ou bien acheter des livres ? Hésiter devant la vitrine — rouge et jaune elle aussi — d'une librairie située à l'angle de la rue de Grenelle, contempler les photos de morts illustres, de Prix Nobel, les « originales » toujours un peu jaunies, ou plus loin les éternels fauteuils Directoire chez un antiquaire gris, plus loin encore la mode, le bric-à-brac (boules de couleur, chevaux cabrés, palmiers de zinc, vases Médicis barbouillés de blanc), et le guéridon ovale en merisier au milieu de tables demi-lune et de bahuts douteux, les jésuites, les truites joueuses dans un vivier, les livres, dont on parle étrangement collés à même une vitrine par des ventouses de caoutchouc, le salon de thé pistache où jacassent des jeunes gens niais auxquels j'ai ressemblé, de la santé suisse (un de ces éditeurs qui paraissent vendre du lait), dessins d'enfants, portes cloutées, petites dames aux cheveux gris penchées sur des tapisseries à rénover, exposées aux regards comme hier les remmailleuses de bas — mais le métier a disparu — encore des portes, les fenêtres de la garçonnière louée un mois en 1955, des murs, un tailleur qui inspire peu de confiance, un garage, la recette-perception de l'arrondissement — ce trottoir « pair » de la rue de Grenelle emprunté souvent voici quelque douze années quand je venais rendre visite au père B., ou, plus loin dans le temps, quand je sortais de l'école et accompagnais R. jusqu'à sa porte, ou encore les fins d'après-midi du début de l'année (ce sont des images aux couleurs de février ou de mars) avec Monique. Monique marchait à mon bras. Nous sortions de « chez Basile ». Nous avions pris le thé. Nous décidions de paresser un moment avant de retourner à la bibliothèque. Nous redoutions les rencontres et pourtant nous ne quittions pas ce quartier où nous étions sûrs d'en faire. Après avoir feint d'en être navrés nous les commentions avec gourmandise, supputant les bavardages qu'elles entraîneraient et les froissements qu'en subiraient nos réputations. Nous avions inventé une certaine façon de nous donner le bras, ma main gauche dans la poche droite du manteau de Monique, ouverte, étendue, posée au pli que forment l'aine et la cuisse, ce pli qui s'ouvre et se referme à chaque pas — Monique était grande et marchait à mon pas — ma main comme étonnée de cette caresse, inventée par hasard un soir de grand froid et depuis lors renouvelée, interdite, imposée, enfin acceptée. Tout cela familier comme d'hier, pris dans le sentiment d'une longue répétition, d'une habitude, mais en vérité fixé, si j'y porte mon attention, au souvenir d'une ou deux soirées, celle par exemple où nous refîmes plusieurs fois le tour des deux pâtés de maisons, empruntant tour à tour le boulevard Saint-Germain, les rues de Rennes, de Sèvres et de Grenelle, passant plus vite devant les portes de l'école — et nous étions entrés dans cette chocolaterie de la rue de Rennes appelée je crois « Yesco », pour y choisir des bouchées, jouant à les choisir, jouant à être ces jeunes gens un peu sots, amoureux, bien élevés, faisant des caprices et des manières au milieu des bocaux de bonbons au miel, des boîtes de pâtes de fruits et de truffes, des vases en cristal sur les étagères grises, oui jouant, pleins de complaisance et d'une fièvre appliquée (puisque au fond nous ne nous aimions pas), illustration des années qui ne servent à rien, des jeunes gens qui ne servent à rien, mais un parfum de fraîcheur traîne malgré tout autour de cette image, avec l'ombre rapide de six heures et les lumières étoilées dans le froid, la grimace que fit Gilbert S. en nous croisant, le souvenir d'un baiser un peu fou que nous échangeâmes au cinéma « Normandie », d'une nuit passée à d'exténuantes caresses jusqu'à ce que l'aube nous trouvât, gênés, peut-être heureux, moi sans doute égaré par une faim mal assouvie, elle soumise, effrayée, belle. Nous ne trouvâmes alors, pour retourner vers la rue de Londres où Monique habitait, qu'une voiture de police dont les occupants eurent pitié de nous et nous conduisirent jusqu'à la gare Saint-Lazare. (C'étaient des années bien proches encore de la guerre.) Nous frissonnions. Une de ces voitures disparues depuis lors, en forme de baquet, des Renault bleues aux sièges de bois vernis, sans vitres, et il y faisait froid. On nous déposa cour du Havre et je me rappelle l'heure : cinq heures vingt-cinq. Je me rappelle aussi le goût du sang dans ma bouche, et ma peur, car je revenais de la montagne et croyais alors à la tuberculose. Je compris un peu plus tard combien nos baisers avaient été profonds, lorsque Monique me parla elle aussi de ce goût de sang. Mais un instant, au moment où je levai les yeux vers la pendule lumineuse et lus cinq heures vingt-cinq, comme les agents nous disaient au revoir avec des plaisanteries, une seconde je crus à la maladie, à cette mort romantique dont le goût me venait dans la bouche et presque aussitôt un mouvement se fit en moi, impétueux, fervent, un mouvement pour dire oui, crier oui, accueillir la maladie et la mort — alors que ma peur en était si vive — et le oui disait aussi ma reconnaissance pour la jeune fille, une effusion qui m'eût facilement porté les larmes aux yeux, un instant d'accomplissement, d'acceptation profonde du monde et de ses lois, à cause peut-être du parfum de caresse que les doigts de ma main droite conserveraient quelques heures encore, ou du poids du long corps à mon bras, de la voix sourde qui me répétait « tu sais, ce sera mon secret, mon secret, mon secret » — et très vite ce serait oublié, fini, emporté avec les regards détournés et les haussements d'épaule de notre âge, mais la voix sourde, les épaisses lèvres entrouvertes, ce sang si chaste dans nos bouches, cela traverserait le temps. Et ne le savais-je pas ? Exactement dans cet instant où je lus l'heure — c'est ce jour-là que je découvris des traces de rouge sur le cadran lumineux de la pendule —, où riait un agent à casquette plate, où démarrait la voiture dans la grisaille du matin, où se substituait peu à peu dans le corps de Monique, à la lourdeur de la tendresse celle du sommeil, un sommeil enfantin auquel elle avait failli céder plusieurs fois au long de la nuit, mais dont l'avait toujours préservée une audace plus suppliante de mes mains — ne le savais-je pas ? Rue de Grenelle, donc, et dans une lumière, une température, une impression générale des choses que je pourrais, ce même jour vers six heures du soir retrouver, puisque c'était le même moment de l'année, mais mon pas serait différent — et mon visage. Mon visage. Alors j'ai refusé le mot, la question. On garde jusqu'à la mort son visage. Qui prétendrait qu'il change ? J'étais bien là, et le temps était là. Quinze années. Dior venait d'allonger les jupes. Nos étudiantes portaient depuis l'automne les corolles plissées que tout de suite j'avais aimées. Plus aucune mode ne me toucherait ainsi. Monique, sa jupe était de velours parme, très lourde, à plis lents. Et son manteau : une fourrure brune, sans doute modeste. J'ai voulu m'asseoir mais le froid m'a découragé. Ouvrir les yeux. Revenir du voyage. Rien n'était plus important que l'épaisseur de la fourrure, le pli que fait la jambe en marchant, là où les doigts jouent à la fois dans la soie du linge, la tiédeur du corps, là où sans doute bat une artère ou une veine — les lèvres la découvriraient — rien n'était plus important. J'ai ouvert les yeux. Comme je redoutais la sonnerie de la pendulette j'ai déplacé son aiguille centrale. À l'avarice de la lumière au travers des rideaux j'ai su que le temps était couvert. Mais il ne pleuvait pas. C'était une bonne nouvelle, un confort point négligeable. Depuis de nombreuses années ma robe de chambre est disposée le soir sur mon lit d'une certaine façon, de sorte que pour la saisir et l'enfiler je n'aie que peu de gestes à accomplir. Je les ai — non pas exactement accomplis, mais reconnus. J'ai ouvert les rideaux, fermé mes yeux et crispé tout mon visage sous la lumière, ouvert la porte en la soulevant légèrement car elle frotte la moquette et la blesse chaque jour un peu plus profondément ; un arc de cercle plus sombre est déjà dessiné, une cicatrice pelucheuse. Je me suis agenouillé à côté du radiateur. Comme chaque jour j'ai négligé de respecter un léger délai entre le moment où l'on place une allumette devant la veilleuse et celui où l'on doit tourner le bouton du thermostat. Cette imprudence me cause toujours une angoisse ténue, qui se dissipe lorsque retentit l'explosion mouillée du gaz qui s'enflamme. J'ai allumé les deux lampes — sur le bureau, sur la commode — avant d'aller jusqu'à la salle de bains. J'ai accompli ces divers mouvements comme un homme dont les membres seraient de ce monde et la tête prisonnière d'un autre. Comme un homme qui marcherait une main posée sur ses yeux. Le chauffe-bain lui aussi pousse une petite explosion, mais plus grave. Lorsque l'eau a été chaude je m'en suis aspergé le visage à deux mains, j'en ai baigné mes yeux. Je me suis brossé les cheveux. Alors seulement j'ai regardé le miroir. Sans doute plusieurs instants ont-ils passé. Il ne convient plus ici de parler du visage. J'ai constaté que la peau était saine, un peu terne comme chaque matin, mais saine, ce qui allait faciliter la journée. Je me suis félicité de l'avoir très vite baignée d'eau chaude, ma peau, faute de quoi je l'eusse trouvée grasse sous mon doigt, brillante à l'œil. Il importe, je le sais, de ne pas la regarder ni la toucher — le front surtout — avant d'avoir pris cette précaution. Je me suis brossé les dents. Une nouvelle fois j'ai regardé le miroir. J'y ai vu un être presque vivant, les yeux sévères, qui soulevait les lèvres sur ses dents et fermaient plus étroitement le col de sa robe de chambre. Je suis retourné dans le salon. De la tiédeur, à peine, y flottait. Tentation de lire le numéro du *Monde* de la veille. Mais une fois assis devant ma table, la vue des objets m'a détourné du journal. Je savais comment un quart d'heure, peut-être davantage, pouvait passer ainsi, dans la rumeur abstraite de la lecture, et ensuite il serait un quart d'heure plus tard et tout serait un peu plus lourd.

À la cuisine j'ai allumé le réchaud sous une casserole d'eau et disposé sur un plateau une tasse, une soucoupe, deux cuillers, un paquet de biscottes, le sucrier, une boîte de café en poudre. L'eau étant versée dans la tasse j'ai porté le plateau au salon. Je me suis assis. Un regard me surveillant depuis une quinzaine de minutes ne m'eût pas pris un seul instant en défaut, je le savais. En défaut de quoi ? Je dirai : de *précision*. J'étais habité par le souci d'accomplir scrupuleusement chacun des gestes exigés par ce moment de la journée, de n'en omettre aucun et même de les accomplir largement, avec autour d'eux une marge de sécurité, un certain luxe de temps et de soin. J'indique ici ce sentiment de scrupule et de nécessité, car il n'est pas le résultat d'une analyse menée après coup. Il faisait partie — ce matin-là par exemple — des gestes, de leur ordre, de leur succession, gestes, ordre et succession fixés par l'habitude de façon rigoureuse. Une nécessité intérieure tirait de moi ces gestes, plus impérieusement que ne l'exigeaient le simple usage, la raison utilitaire. Faim, soif, coutume du petit déjeuner par exemple n'avaient presque rien à voir avec le mécanisme dont j'occupais dès mon réveil le méticuleux mouvement. Je savais qu'il ne s'agissait guère de faim ni de soif — ni plus tard d'ordre, d'hygiène ou de soin — mais de l'acceptation d'un esclavage lentement et savamment instauré, d'une règle, d'un bricolage un peu monstrueux comme peut en concevoir la solitude ou l'angoisse pour étayer une construction qui s'effondre de toute part, un secret en somme comparable à la recette chrétienne des cloîtres avec ses heures immuables, ses nuits interrompues, les chants, les prières, une certaine façon de marcher, de manger, de prier, de se vêtir, de se taire — la vieille science des âmes, le mal exorcisé par un horaire, l'écrasant ennui de la répétition et de l'obéissance —, et la liberté peut-être au fond de l'écrasement, la source de toute trahison, la grande fuite, la pensée échappée au corps et à ses nuits, la revanche. Ce n'est pas, si je note au passage ces sensations et le paysage vers lequel elles m'entraînaient, si je le note ici, commodité ni artifice. C'est que — scrupule et nécessité — la sensation m'a touché très clairement au moment où j'ai porté la tasse à mes lèvres : il y avait très longtemps que je buvais chaque matin mon café dans une de ces tasses — du Limoges blanc — et non plus dans un des bols prétendus bretons que j'avais utilisés pendant deux années. L'hypothèse d'en revenir aux bols bretons, un instant abordée, m'a inquiété : une sécurité risquait de s'y trouver compromise. Les plus minces habitudes, les plus banales, à la condition d'être mécaniquement observées, nous offrent une médiation. Tout cela déroulé dans ma tête avec peut-être plus de nonchalance, mais la ligne générale était bien celle-là. Ces réflexions, à vrai dire, je les habite. J'ai l'air en les transcrivant de les dérouler comme une algèbre. Un système extérieur à moi et qui me servirait à résoudre des problèmes. Rien de plus faux. Il faudrait noter simplement, et sans commentaire : minceur de la porcelaine sur ma lèvre, goût du café (connu au point qu'il me donne certains matins la nausée et que je dois renoncer à le boire), usure de ce rectangle de moquette qu'exploraient mes yeux pendant que je buvais — et admettre que ceci avait pénétré cela, réflexions, souvenirs légers, sensations du moment, impressions conjuguées d'angoisse et de paix. Il faudrait admettre que tout cela était consubstantiel. Et je n'avais de lucidité, justement, que pour le plus difficile à formuler, ce qui existe à peine, se dérobe : ce sentiment d'être le lieu d'un combat, un combat stupide mais de son issue dépendrait, en somme, mon salut. Puis j'ai cessé d'être à l'intérieur de ces pensées et de ces gestes. Je m'en suis aperçu. Une sollicitation a paru me tirer loin de là, une force, comme l'écho d'une lointaine volonté.

J'ai attendu. Attendu — mais le terme d'attente convient-il à ces intuitions qu'aucun temps ne mesure ? — la sonnerie du téléphone, et comme souvent il arrive elle a presque aussitôt retenti. Le cœur, aussitôt. Le téléphone. Le cœur. Le téléphone sonne, le cœur bat, et les deux sensations sont devenues, les années aidant, une seule sensation, un seul rythme que je ressens plus précipité encore qu'il n'est, plus impérieux, exigeant de moi une immédiate intervention, la hâte, la voix attentive, la soumission — exigeant par exemple ces pas maladroits mais rapides pour passer du salon à la chambre, les gestes de me pencher, prendre l'appareil, me relever, et ainsi debout, immobile enfin, la voix elle-même comme immobile, enfin de me soumettre à la première défaite du jour, à la première intrusion, au premier rappel à l'ordre — l'autre ordre, l'autre loi, l'autre principe — me soumettre, accepter déjà, là au pied de mon lit, au plus creux de mes secrets, accepter pêle-mêle ma colère et l'habitude de l'avaler, accepter l'autre voix, enjouée, questionneuse, qui prononce mon nom, une femme, n'importe quelle femme, mon amie dit-elle, et son amitié, son besoin de moi, mon besoin d'elle, sans blague ? accepter cette phraseuse, cette fausse mère, cette sœur prétend-elle, cette fidèle habitude et déjà sa vie, déjà ses états d'âme, ses langueurs, sa santé peut-être ou son argent, ou ses hommes, ses malaises et le besoin oui *besoin* de me voir, il y a si longtemps, n'est-ce pas absurde, injuste, trop bête ? Oui, dis-je, oui bien sûr, oui pourquoi pas, oui le plus tôt possible, oui demain, oui ce soir, oui à la vie à la mort, tu ne crois pas si bien dire — Tu as une drôle de voix — Tu te fais des idées — Je ne t'ai pas réveillé au moins — Si comme chaque fois — Je suis — Oui en effet — Impardonnable mais tu vois c'était si lourd, ce silence, si injuste, il fallait — Je comprends bien — Savoir — Ces inquiétudes — Inquiétudes pas seulement, aussi l'affection, la mémoire, on peut tenir aux êtres — Aux quoi ? — Aux gens. D'une façon que tu n'imagines même pas. Je me demande parfois si tu n'es pas — Si si du cœur, du cœur j'en ai énormément — Si tu comprends, si tu pèses exactement le poids des mots — Les êtres, les mots, c'est trop, beaucoup trop — Oh si tu préfères ta solitude — À quoi ? — À quoi ? — Préfères à quoi ? — À la vraie vie, aux échanges, un peu d'angoisse peut-être mais tant de joie, de chaleur, la vie quoi, le vrai jeu, pas se retirer, pas l'esquive, s'esquiver n'est pas jouer, comprendre cela, au moins cela le jour où — Ne dis pas le jour où. On croirait la mort — Tu crânes mais au fond — Oui je sais le fond, la stérilité, la peur de sauter, reculer toujours et fuir, les comportements de fuite, m'en auras-tu assez parlé. Je veux dire tordons le cou aux idées générales, parlons tiens, par exemple, parlons de ce coup de téléphone, pourquoi — Ce soir — Ah ! ce soir — Bon je comprends. Peut-on savoir qui ? — Des gens. Chez des gens. Mais tard. Et puis le travail. Mais demain si tu le veux et des baisers, toujours des baisers, j'embrasse je t'embrasse je vous embrasse fort très fort oui vers huit heures chez toi huit heures huit heures et demie si bien sûr un peu habillée je te déteste en petit tailleur gris on en a marre des petits tailleurs gris non moi en tout cas j'en ai marre. Plutôt neuf heures moins un quart on ira oui où tu veux — Un ange — Un ange. Je t'embrasse. Voilà. Un vrai ange en effet. Pour l'instant un ange debout, son appareil noir à la main, le visage marqué comme par une maladie, un tumulte, une fatigue énorme venue de longtemps et de loin, sans parler de la rage, de la stupeur. Éviter le miroir.

Éviter même en profil perdu, en silhouette fuyante, en ombre. Éviter. Éviter aussi de compter. Compter le temps, les minutes, le temps saccagé, les minutes pillées, dérobées par les amies amies amies femmes folles et aiguës, réciteuses de mots, voleuses de temps, maladroites avec leur tendresse comme d'autres avec des armes, mais comme les autres dangereuses, meurtrières, leur bonne volonté brandie comme un couteau. Éviter. Éviter de mordre. Éviter de me voir et de crier, d'avoir envie de crier, de supplier, de me moquer, de fuir. Les fuir. Me fuir. Une fuite triomphale, inventive, joyeuse, toutes portes derrière moi claquées.

TOUT A COMMENCÉ PAR LE MENTON

Pour moi, tout a commencé par le menton.

En combien de temps un homme grossit-il ? Certains enflent lentement, l'âge venu. À d'autres le ventre pousse comme une fluxion, ou comme un heureux événement : en pointe. À moi l'épaisseur est venue par les joues, en six mois, vers 1960. Je m'en suis aperçu en regardant trembler les bajoues des autres. Alors j'ai porté la main, entre mon col et mon visage, vers cette chair surabondante et qui plissait. J'ai inventé une certaine façon de me hausser le cou, de contracter la mâchoire. Parfois la nostalgie me prend de vieillir *sur l'os*. Je passe alors des heures les mandibules bloquées, le visage guerrier, ma conversation rendue forcément un peu raide par l'effort pour imposer le carré à tout ce qui, en moi, voudrait glisser tranquillement au rond.

Et puis le reste a suivi : nuque policière, tétons de père de famille, et ce vaste volume qui fait qu'un thorax mérite enfin d'être appelé un tronc. Profil devant les miroirs, après le bain : estomac gonflé en forme de poche ; fragilité, niaiserie du ventre, comme d'une maternité de quatre mois.

Une épouse, dans ces moments-là, à côté de l'homme, c'est bien commode : « Moi, je t'aime mieux comme ça, plus fort. (Mot d'une pudeur magique.) C'est ainsi qu'un homme doit être. Je déteste les vieux adolescents... » Ma mère, elle, si elle n'était pas muette, ne me raterait pas : « Tu as remarqué ? Tu épaissis... »

Il ne faut d'ailleurs rien dramatiser. C'est venu plutôt comme une prospérité, la fin des batailles. Certains jours je m'installe confortablement dans ce corps élargi ; j'y ai mes aises. Mais à d'autres moments j'enrage. Et les rêves... Finies, les petites filles ! Finies les marches avalées quatre par quatre, les pantalons de toile claire ! Et puis bientôt j'enrage d'enrager : souffrir de sa gueule ou de son coffre, c'est bien la façon la plus sotte. Vieille morale, rengaine : on mérite toujours sa gueule. L'estomac mou, les pectoraux en éponge, les joues de bébé : je les ai donc mé-ri-tés ? Probable. Que de péchés commis en peu d'années !... Comme j'aurai peu joui de cette mécanique ! Ah ! elles auront peu servi, les longues jambes maigres qui auraient pu plaire aux Dames et aux Messieurs !

L'HABITUDE DE DOPER LE CHEVAL

Je pris, voici quelques années, l'habitude de doper le cheval. Quand on a tâté de ces commodités elles vous suivent. En peu de temps l'usage des pilules devint inséparable du travail, de la conversation. Sans cette canne pour marcher, je boitais bas. Bientôt la confiance que je leur témoignais ajouta aux drogues un pouvoir que la chimie n'avait pas prévu. Elles agissaient donc selon deux puissances, l'une exercée sur mon corps et l'autre dans ma tête. (Je ne suis pas homme à passer sous une échelle ni à croiser des couverts ; je me sens volontiers primitif dans les petites choses. Je m'inventai donc ainsi des cérémonies dont les rites, bientôt, me devinrent indispensables.)

J'utilisais tour à tour, ou alternés selon un ordre précis, l'Ortédrine, la Maxiton, la Corydrane, l'Optalidon, le Mératran et même un médicament destiné à dégoûter sans tristesse les obèses de leurs mangeailles : le Cafilon. Je passe évidemment sur les divers thés, cafés et alcools dont j'usais largement. Plus intéressants sont les barbituriques, qui me baignaient chaque soir l'organisme afin de lui rendre goût au sommeil, et l'éther, dont les fantaisies à bon compte m'occupaient certaines nuits de tristesse. Mes autres tentatives — comme fumer en société, bêtement — furent accidentelles. Les usages que j'évoque, au contraire, perfectionnés longuement, remplirent un tout premier rôle dans ma vie entre 1954 et 1958.

On le voit il ne s'agissait en rien d'*intoxication*, des drogues au sens où l'entendent les faits divers des journaux, mais d'une sorte d'ivresse chimique destinée à rendre la vie supportable et le travail possible. Quiconque a fait l'expérience de rester devant sa feuille — un article à écrire par exemple — trois heures durant à ne tirer de soi que des bégaiements, puis d'absorber trois pilules et de fabriquer dans l'heure son texte et ce texte était bon, et l'allégresse de l'écrire était grande, quiconque a ainsi mesuré sur soi le surplus d'intelligence que recèlent les drogues, sera pour toujours, et tant pis pour lui, convaincu. Je dis « tant pis pour lui » car la sujétion se fait vite étroite, dont dépend toute création, et bientôt toute vitalité. On substitue en soi à sa nature supposée une autre, nerveuse, instable, plus déliée dans ses inventions et ses démarches, dont l'évanouissement si l'on renonce un jour aux pilules vous laisse pour longtemps appauvri. Alors on recommence. On devient sensible à cet esclavage un peu ridicule. On en cache les rites.

Mais on continue. Le moyen d'accepter de tout ralentir en soi ?

Le pouvoir des pilules apparaît en effet d'abord comme une accélération. Accélération des gestes, de la démarche mentale, des rythmes intérieurs. Puis devient sensible l'augmentation des volumes : il tient davantage d'actes dans le même temps, de pensées dans la même phrase. Le sentiment de trop-plein, de disponibilité devient vite exigeant et l'on doit offrir des débouchés à cette fiévreuse économie intérieure. En cet instant — car le sentiment est fugace — l'erreur à éviter est la perte de substance et de temps, l'abandon à cette oisiveté vive et gaie dont il semble qu'elle durera toujours. Toute impulsion inutilisée sera perdue. Il faut donc jeter immédiatement ces troupes surexcitées à la bataille. Une page à écrire, une conversation à mener doivent se trouver alors à portée d'activité. Les mots, les arguments, la respiration même de la phrase ou du débat sont là, précis, efficaces, à quoi il suffit d'ouvrir une voie. L'inaction dans ce moment béni, voilà le péché. On se retrouve en train de tourner dans l'appartement, de mettre en ordre des papiers, d'accomplir très vite de menus gestes serviles, de liquider les corvées les plus sottes en un tournemain. Puis, après une demi-heure de cet éréthisme, de cette dérisoire royauté sur les objets, on sent peser soudain sur ses épaules, dans la solitude surtout, une envie de s'allonger ou un espoir d'agressions. Malheur alors à l'ami inattendu, à l'épouse égarée dans cette région interdite : ils subissent les sarcasmes et les reproches, ils entendent des mots d'une cruauté impudique et calculée. On est dans cet instant — cette pente de la griserie en train de décroître — dangereux et précis. C'est le moment de la haine. On se sent investi par des envies de vengeances, de comptes à régler. En revanche, si l'on a pris soin de s'installer au sein d'une activité — mondaine ou créatrice, peu importe — c'est le moment où l'excitation du groupe, de l'alcool, du travail déjà et si vite accompli, prend le relais de l'action chimique et la prolonge. On peut alors demeurer plusieurs heures dans une euphorie utile, à la condition de ne pas interrompre, quel qu'il soit, le mouvement commencé. Il faut coûte que coûte parvenir au bout du chapitre, à la fin de la soirée. Si l'on est occupé à séduire une femme on doit presser le siège jusqu'à la victoire, sous peine de se retrouver tout poissé d'amertume et de dégoût, en train d'accabler de colère l'objet que l'on convoitait le quart d'heure d'auparavant.

J'insiste sur ce point, que la drogue ne facilite pas les choses, mais les crée. C'est une certitude difficile à faire avaler. Prenez une page composée sous l'empire de cette puissance ; elle n'est pas meilleure, elle est différente. Ce n'est pas la page que l'on eût écrite dans la sobriété, affectée d'un certain coefficient de vitesse ou d'aisance, mais *une autre page*, ouverte sur des perspectives jusqu'alors insoupçonnées, enrichie de pouvoirs secrets. Il est vrai que les drogues offrent accès à des chambres inconnues de la maison. Qu'elles ouvrent droit à des privilèges détenus par elles seules.

L'usage de ces méthodes est régi par des lois strictes. Chacun pour soi les cherche et les précise. Il y faut des tâtonnements, de la patience.

C'est ainsi qu'il y a intérêt à rester à jeun pour absorber les pilules, et qu'une tasse de café brûlant en décuple l'action. Dans le vide matinal du corps, cette chaleur liquide et cette réaction (au sens où l'on parle de la réaction du tournesol à l'acide) exercent toute leur efficacité. Manger, après cela, écrase et dissout la magie. Le grand air la dissipe. Le paysage de la fenêtre a tendance à la noyer dans ses joliesses. La drogue est une magie fermée. Un peu de claustration maladive, artificiellement nocturne, un espace réduit et chaud, une activité minutieuse : telles sont les conditions idéales du « rendement ». (Puisque encore une fois je ne mis jamais de gratuité dans mes tentatives, et n'utilisai leur ivresse qu'au bénéfice de mon travail ou d'obligations sociales éternellement boiteuses.)

Dans l'excès les dangers sont de plusieurs ordres.

Outre la colère, que j'ai dite, ou bien un désespoir massif si la dose a été insuffisante, les conditions défavorables, le principal péril se manifeste par un état second, assez vite atteint. Lorsque, le plaisir et la réussite aidant, on a imprudemment multiplié les doses, réitéré les prises, on se retrouve inutilement soumis à des courants trop vagues et puissants à la fois pour être facilement canalisés.

Un intense remue-ménage intérieur s'accomplit alors à vide, qui débouche bientôt sur de longues marches hallucinées, ou bien sur une apathie à peu près totale. Arpenter les rues, rester assis comme une bûche, l'œil vague : c'est l'alternative. Le premier choix est plus fréquent. Parfois, si l'on a passé la nuit à travailler, c'est l'aube. Son irréalité ajoute au flou et au désordre des pensées. Parfois aussi, si l'on a commencé très tôt le voyage, c'est le milieu de la journée, et au contraire l'activité des rues, la hâte des personnes et l'abominable présence des visages créent un malaise insupportable. On est sorti des usages, des lois. On est d'une espèce étrangère. Après son crime, le meurtrier doit ressentir pareille solitude.

À des étages plus éloignés encore, plus enfoncés dans l'autre univers, se manifestent les hallucinations auditives, les appels chuchotés, les voix sourdes qui demandent de l'aide. Il m'est arrivé, parvenu à ce stade, la nuit, de sortir de chez moi et de partir à la recherche de l'animal fabuleux, ours à voix humaine accroupi dans la cour de mon immeuble, qui m'avait supplié de le suivre et qui se dérobait, de rue en rue, à ma sollicitude.

Souvent ces pratiques ne sont que des techniques de l'échange intellectuel, des façons, espère-t-on, de mieux vivre. En usent ceux pour qui les heures paraissent plus lentes et lourdes que de raison. Je me rappelle aussi, dans une chambre d'hôtel de la rue Vaneau, ma première conversation avec Roger V. De temps en temps il appelait sa femme qui se trouvait dans la pièce voisine et lui demandait successivement : un comprimé de Maxiton, une heure plus tard un café très noir, une autre heure plus tard deux dragées d'Optalidon puis, avant de sortir, il se confectionna un whisky très fort. Ainsi armé — et ses poches, j'imagine, pleines de tubes — il pouvait affronter les risques et les plaisirs de la soirée avec autant de confort qu'il en avait usé dans notre bavardage.

Ces habitudes ne vont pas sans entraîner quelques conséquences physiologiques. Ordinairement l'appétit — c'est officiellement prévu — disparaît, le visage maigrit, les poches des yeux se marquent et bleuissent. Bientôt le cœur commence à cogner, une douleur vague s'installe au centre de la poitrine et l'équilibre nerveux se détériore. Tous les euphorisants imposent ce que leurs fabricants nomment des « effets secondaires » : somnolence, dépression. Il arrive que la dépression soit profonde. Plus haut vous êtes monté, plus bas vous dégringolez. Alors, et même n'en eût-on plus besoin, on continue de se droguer afin d'alléger les lendemains attristants de ce confort indûment acheté. Plus on se drogue et plus on doit se droguer si l'on ne veut pas subir l'affreux contrecoup des deux ou trois jours qui suivent le jour de bonheur. Il devient, par peur de l'angoisse — qui est lourde et résiste à toute raison — bien difficile de s'arrêter. Le voyage peut ainsi durer de longs mois.

*

L'éther, drogue de pauvre, succédané de la drogue, n'entre pas dans ces catégories d'excitants au plaisir ou au travail. Il ne peut constituer que l'aventure d'un soir de détresse, un tourbillon triste comparable seulement au plaisir solitaire de l'adolescence. La façon la moins écœurante d'en user — car le problème est d'éviter ces nausées que son ingestion provoque, cet ignoble parfum intérieur qui vous installe un hôpital dans l'estomac — consiste à en imbiber largement une poignée de coton hydrophile que l'on pose sous son nez, les deux mains en conque le soutenant afin d'aspirer largement, par longues bouffées, jusqu'à ce qu'une volée de cloches, dans la tête, vous rejette sur l'oreiller. On se brûle facilement les narines et l'art consiste à doser exactement l'amplitude de l'inspiration : assez pour dériver, pas trop afin de n'être pas incommodé. Au bout de quelques secondes on doit recommencer, puis recommencer encore. On évapore l'éther d'un coton gros comme le poing en une dizaine d'inspirations. Alors, avec des gestes d'une rapidité et d'une précision oniriques, on saisit le flacon, on le débouche, on le renverse dans la boule de coton, on rebouche, repose et recommence. Cela vingt fois, trente fois, jusqu'à ce que la bouteille soit vide, la découverte, toujours la même, s'aggravant, s'approfondissant un peu à chaque respiration.

Le charme et l'intérêt de la sensation naissent sans doute de sa répétition, et même de son identité extraordinaire à plusieurs jours, mois ou années d'intervalle. Chocs sonores, sons de bronze, voix : tout commence ainsi. Puis vient un sentiment de toute-puissance, de science totale de l'univers. Ensuite (mais ces mots qui expriment le temps et la succession dans le temps sont probablement faux en cette matière, tant pis) : ensuite dans une glissade vertigineuse se forme la certitude de tout connaître, d'avoir tout compris sauf un certain point d'ombre qui sera élucidé à coup sûr lors de la prochaine plongée... Alors réapparaît la toute-puissance, la souveraineté absolue sur les mondes — puis la faille une nouvelle fois devient sensible —, puis l'espoir, puis la science, puis la faille, puis l'espoir... Et ainsi de suite pendant un temps qui paraît infini mais qui peut-être n'use que quelques minutes du temps réel. Ensuite seulement, mais déjà dans une confusion de tout où la mémoire a bien de la peine à retrouver son fil, surgissent les phantasmes, hallucinations, phénomènes de dépersonnalisation qui sont le but réel de toute l'entreprise. Alors on se trouve devenir musique, geste, lascivité orientale ou amoureuse, ou bien arbre, feuillage, couleur verte perdue dans de l'azur...

Il arriva, une des dernières fois où je tentai l'aventure, que mon chien, endormi dans un coin de la chambre, éveillé par je ne sais quelle panique, se dressa et se mit à hurler à la mort. Je fus tiré de l'enchaînement maniaque des gestes — coton, flacon, oreiller. Coton, flacon, oreiller... — par ce glapissement qui retentissait dans la nuit de la maison. Ma folie tomba. Le chien, terrorisé, me regardait. Je ne pus le caresser : il se terra sous un meuble. Je retombai sur le lit, seul.

LES INSOLENTS

La vraie insolence ne calcule rien. L'expression « insolence calculée », pourtant en vogue, me stupéfie. Calculer l'insolence, c'est en faire une cuisine.

On est insolent à vingt ans, quand on sort pour la première fois son stylo de sa poche. On oublie que tous ces écorchés dînent en ville et qu'un soir ou l'autre, dans dix ans, à la Trinité ! on sera leur voisin. On est insolent quand on ignore encore que l'on va vieillir, ou quand on s'attend à mourir. C'est pourquoi l'insolence des jeunes gens et celle des vieillards sont faciles. Être mûr et mordre, c'est le plus rare. Certains voyageurs, riches de valises et de silences, sont revêtus parfois de cette vertu. Elle leur est mal pardonnée par les propriétaires.

L'homme de trente ans se sédentarise. Il apprend la cautèle et la rancune. Du vinaigre bouillonne dans ses vaisseaux.

L'insolent ignore la haine et ne possède pas d'ennemis : il boit du vin à leur santé avant qu'il ne fermente. Ce coude levé exaspère les sobres, flatteurs par vocation.

Toute littérature qui consomme de l'insolence est destinée à peu durer. Les belles carrières creusent leurs fondations profond, et dans les terres graves. Les couches géologiques de la bêtise, du confort, de la philanthropie et des nobles causes sont ainsi traversées de murailles, sur lesquelles seront bâties des tours couvertes de gloire et de décorations.

En même temps le mot lui-même, voyant et batailleur, est agaçant, convenons-en. Je me bouche le nez quand une voix pieuse le prononce. Pour l'aimer il faut détester son contraire. On a le choix entre *soumission, pitié, platitude*, qui sont des mots couchés au sol le ventre en l'air, espérant le chien ou la main.

Il est difficile d'être tout à fait insolent, car il faudrait être également tout à fait solitaire et tout à fait désintéressé. Ni amis ni désirs : c'est presque trop demander. Les insolents s'accordent donc des complaisances, affichées avec une extrême provocation afin de donner le change. Rien de plus amusant que ces sucreries des grands bretteurs : la droite française fourmillerait d'exemples. Il ne faut pas s'en indigner mais en sourire. Matamore en train de lécher les reins d'un niais de son bord me réjouit : j'aime l'esprit de famille.

À force de traîner ici et là, l'insolence en arrive à se faire faire un enfant par un militaire ou un banquier. Ensuite il faut bien élever le petit et

Rivarol devient Ponson du Terrail. La facilité possède de gros seins d'où coule un lait fortifiant. Les insolents littéraires finissent dans des garages : à *Ici Paris*, au cinéma. Des rides leur viennent, et de ces renvois aigres qu'ils n'osent plus signer de leur nom.

*

Dandysme : mot réinventé tous les vingt ans par les fils de concierges.

L'ORDRE

Il m'arrive, avant de me mettre au travail, alors pourtant que les heures ne sont pas nombreuses devant moi, d'user une fraction de mon temps à des occupations en apparence absurdes. Je pourrais dire, d'une expression un peu ménagère : je mets de l'ordre. Dans quoi ?

Parfois il s'agit seulement de la table. Il convient de l'épousseter, d'en proscrire les papiers parasites. Les objets dont la présence est tolérée sont ensuite disposés en tas réguliers, de forme simple, et parallèles ou perpendiculaires les uns aux autres. Les stylos et crayons sont eux aussi rangés en lignes, à portée de main, ou bien dressés dans un pot d'étain réservé à cet usage. J'organise un paysage d'horizontales et d'angles droits. Cette sommaire mise en place suffit parfois à m'entraîner au travail. Mais le plus souvent je suis rejeté au bout de quelques instants à ma passion de rangement et de propreté. Je ne supporte plus de rester assis à ma table. Je crois sentir derrière moi, dans le désordre des meubles, le laisser-aller selon lequel « traînent » vêtements et objets, une menace. La menace ne peut être conjurée que par une action immédiate et minutieuse. Il arrive ainsi qu'un article à écrire, par exemple, m'entraîne à d'interminables travaux et bricolages. De toute urgence il me faut alors changer de place un tapis, un sous-verre, ou bien nettoyer attentivement la moquette, veiller au bon fonctionnement des lampes, voire expédier quelques corvées de courrier, signer des chèques, payer le gaz, etc.

Je ne crois pas qu'on me rendrait service en cherchant à me décharger de ces servitudes. Sans doute ai-je besoin de la hâte scrupuleuse avec laquelle, dans ces moments, je rédige des lettres, vérifie des adresses, essuie la poussière des meubles. Parfois, une angoisse en appelant une autre, je pousse plus loin mes expéditions : jusqu'au bout de l'appartement. Une besogne longtemps négligée m'apparaît alors d'une urgence absolue. Aucune paix ne régnera dans ma tête aussi longtemps que le clou ne sera pas planté, le pied cassé recollé. Au bout d'un temps plus ou moins long, le corps tout entier réchauffé d'une fièvre délicieuse, le front parfois moite de sueur, je recouvre enfin ma disponibilité au travail. Deux heures ont parfois fondu à ces folies.

Mais « folies », c'est vite dit. Il faudrait comprendre.

On a évidemment beau jeu à caresser le symbole, dire que dans ces moments-là je « mets de l'ordre dans la vie », que ces serpillières domestiques me servent à éponger l'angoisse. Et c'est vrai, l'explication la plus banale est encore la meilleure.

La difficulté réside plutôt dans l'absurdité d'utiliser comme médecine une action commode mais qui ne saurait avoir de fin. C'est le tonneau des Danaïdes. La vie dépose inéluctablement le long de moi ces ordures que je m'épuise à chasser. La non-vie, seule, respecterait l'ordre dont je rêve. La cigarette que j'allume deviendra dans dix minutes mégot, cendre, fine poussière, odeur forte et froide qui me rempliront, je le sais, de lassitude et de colère.

Les périodes de meilleure santé morale, ou de rapidité dans la succession des tâches, viennent à bout de ces rites ; au contraire les jours de dépression, d'oisiveté, multiplient les occasions de faire appel à leurs alibis. L'angoisse se nourrit alors de situations nouvelles ; l'ordre n'est plus seul en cause, ni la propreté des surfaces ou la docilité des objets ; le cauchemar commence à tourner autour de la fluidité des horaires, de la vulnérabilité des matières exposées à mon regard. Le scrupule de l'heure juste, l'exaspération devant le flou des comportements labourent avec sauvagerie ma tête. Ce sont les moments où un retard de dix minutes m'apparaît impardonnable, où la maladresse d'une serveuse, l'inexactitude d'un renseignement reçu me plongent dans de glaciales fureurs. Les enfouir en moi ne me délivre pas mieux que les laisser exploser. Je ressens et j'accepte la nécessité abominable de cohabiter, pour un temps indéterminé, avec ma détresse et ma colère. Mon visage se fige, mon corps se paralyse. Impossible de parler. M'interroge-t-on ? Je ne réponds plus. Je suis tout entier occupé par le désespoir d'avoir été volé à moi-même. Le sommeil, seul, trouve grâce à mes yeux. Je suis capable alors de dormir vingt heures, de me coucher et de m'anéantir à n'importe quel moment du jour. Pudeur, respect humain, délicatesse sont oubliés. Je suis l'ennemi de tout et de tous. Ou plutôt tout et tous conspirent à me livrer cette guerre. Les drogues, l'alcool parfois, m'ont tiré de ce trou, que mon goût de la catastrophe creusait sous moi davantage encore.

Moins agressive, mais peut-être plus radicale — et d'essence déplorablement métaphysique — apparaît la méditation sur la fragilité des matériaux.

Il arrive qu'une torpeur me submerge et rende inutile et confus tout mon rapport au monde, à simplement constater les dégradations infimes mais constantes que subissent — par exemple — les pierres de la maison ou les métaux de la voiture. (Je choisis à dessein le décor et l'objet les plus familiers.) Je sens l'eau de la pluie couler sur les ardoises, les lisser, les polir, les disjoindre et sans doute s'infiltrer vers la charpente du toit. Mon œil tombe sur la fente dans le ciment, la lézarde dans la peinture, l'oxydation du chrome ou du cuivre. Toute ma sensibilité s'exaspère à mesurer cette infatigable érosion du monde par le monde. À partir de ces blessures il est clair que les matériaux considérés, attaqués sans relâche, épuisés de l'extérieur par l'usage et de l'intérieur par la chimie, sont entraînés par le temps vers un vieillissement et un anéantissement qui annuleront — qui annulent déjà — le pouvoir que devraient précisément détenir et conserver les objets usuels : assurer notre sécurité. En proie à cette perpétuelle mort des objets, ma terreur de la mort humaine ne trouve plus de *choses* à quoi fixer un rôle de décor stable. C'est le repère emporté par le glissement du terrain, le médecin tué par l'épidémie. Éternels bricoleurs, obsédés de l'heure, maniaques de la mécanique sont dévorés par des maux de même nature.

L'automobile occupe une place de choix dans cette sensibilisation des hommes d'aujourd'hui à la précarité des objets. Une voiture neuve, c'est l'équilibre miraculeux entre la consommation (qui dévore) et la propriété (qui voudrait s'enraciner dans l'éternel). Le petit bourgeois, contemplant sa voiture neuve, croit avoir souscrit une assurance contre le temps. Son trésor est fait d'acier, de tôle, de laque, matières dures ou qui revêtent l'apparence et le brillant de la dureté. Rien sur ces surfaces ne paraît pouvoir *marquer*. Mais à peine le véhicule est-il en route que le supplice commence : la boue qui gicle s'attaque au cœur mécanique de la voiture, la fumée de la gauloise absorbe le parfum de virginité plastique ou animale des sièges, les cahots, chocs, trottoirs, cailloux mettent en cause le fonctionnement même des organes. Commence alors pour l'automobiliste une période de terreur nerveuse et de désespoir. Il pilote son véhicule à travers une jungle ; tous les périls le guettent et les mufleries, les maladresses, les agressions imprévues de la ville, du climat, sans parler de cette unique et multiforme agression du temps, qui les résume toutes et qui très vite, presque dès la première minute, par estafilades, trépidations, bruits, points de rouille, a commencé de fabriquer minutieusement la mort du bel objet symbolique.

Il m'est arrivé, en de certains moments où l'angoisse — ou plutôt cette façon de percevoir dans mon propre corps les blessures métalliques que cuisinaient et raffinaient les heures — devenait trop forte, d'arrêter ma voiture au bord de la route et là, les yeux fermés dans ce silence fait de soupirs et de borborygmes des véhicules brusquement au repos, d'attendre que s'apaisât en moi cette rumeur maladive du temps, qui était le vrai malaise contre quoi j'avais à me débattre.

Mais il arrive aussi assez souvent que ces phantasmes se dissipent, deviennent à peine concevables, comme les terreurs nocturnes au soleil. Il arrive même que la morale et les brutalités du « marche-ou-crève » succèdent chez l'automobiliste aux angoisses quasi cardiaques que j'ai dites. C'est que le malaise n'est jamais constant. Le bon sens et la santé l'emportent.

Resterait à savoir où est en vérité le bon sens ? Toute obsession qui contraint l'homme à considérer, fût-ce un seul instant, la présence sensible de la mort telle que l'expriment les fragilités des objets et des corps, me paraît digne d'être entretenue.

La cocasserie de certains appels ou de certains signes ne doit pas nous tromper sur leur utilité. Et je considère comme de la plus quotidienne utilité que les faux-semblants optimistes dont les usages nous gavent soient peu à peu mangés par les ombres.

UNE COMÉDIE

Les créateurs proclament volontiers leur refus de tout lien (épouse, maison, mais surtout enfants) susceptibles — disent-ils — de les gêner dans leurs expériences et dans leur liberté. On voudrait écrire ces mots — expériences, créateur, liberté — dans une encre spéciale, de couleur attendrissante ; ou bien les agrémenter de points d'ironie et de guillemets...

D'autres organisent autour d'eux une vie quasi patriarcale, dont les femmes aux cheveux longs et les gosses hurleurs garantissent l'authenticité charnelle, la santé psychologique, etc. Ils deviennent alors — on voit beaucoup cela chez les peintres — des sortes de naturistes ; marmaille et tribu font partie de leur solide paysage humain ; ils sont le contraire des esthètes, des décadents. (Nouveaux guillemets.) Il arrive enfin que des artistes disposent pour leurs rejetons de nurses et de jolis mariages, ce qui nous ramène à la bourgeoisie et m'éloigne de mon sujet. C'est la première catégorie qui m'intéresse : les réfractaires. Elle correspond idéalement, selon nos sensibilités, à une image, par exemple, de l'écrivain. Si les écrivains célibataires sont rares, les écrivains sans enfants (après tout c'est ça le point important) sont nombreux. Il ne fait à peu près aucun doute qu'ils ont eu raison de choisir cette solitude, solitude que des dames traversent sans vraiment l'habiter, et si cohabitation il y a et qu'elle devienne un peu lourde, les lois ont prévu cela. Jeune homme, bourré de lectures explicites sur ce sujet (des *Jeunes filles* à *Drôle de voyage*), j'étais dans le camp des loups solitaires. Les valises, les voyages, les hôtels m'avaient décoré une morale conforme aux canons littéraires, prête à servir. Or, qu'est-il arrivé ? J'ai déployé quatorze ans durant une constante rage de mariage et je me retrouve à peu près couvert d'enfants.

Sur les mariages, je n'ai guère envie de m'expliquer. Mes vérités là-dessus, bien que laborieusement conquises, sont banales et de toute façon ne m'appartiennent que pour moitié. Je dirai seulement que le mariage peut préserver une sorte de dignité, de solitude digne. C'est d'ordre qu'ont besoin les livres.

Restent les enfants.

Ma vie s'était peu à peu défaite, puis refaite à l'écart d'eux au point que des gens qui pouvaient se dire mes amis ignoraient jusqu'à leur existence, ou bien l'avaient reléguée si loin dans leur mémoire qu'elle ne faisait plus partie de leur idée de moi. M'arrivait-il de dire devant ces gens-là « mes enfants », ou « mes fils », je surprenais des regards si ennuyés que je tournais court, détestant mélanger les genres.

Chaque été, je tentais un peu le sauvetage de ma paternité. J'arrivais, empêtré de valises destinées à d'autres départs et de bons sentiments, inspectais une maison qui ne me plaisait pas, subissais le récit de jeux qui ne m'amusaient pas et filais au bout de trois jours, exaspéré, misérable. On paie toujours ses lâchetés et le prix de la mienne — ou, si l'on veut être indulgent, de mon absentéisme paternel — fut d'être tellement sensible à ce manque dont souffraient mes fils, non pas manque de quelque chose de mieux que la tendresse qui leur était par d'autres donnée, mais manque de moi, simplement, manque d'un homme, d'une certaine voix et d'un certain pas qui sont la voix et le pas d'un homme, et dont les petits garçons ont impitoyablement besoin. Ce vide, il ne tenait qu'à moi de le combler, mais je préférais, prétextant justement l'irritation qu'il me causait, trouver en lui une raison supplémentaire de m'esquiver. Tout cela bien entendu n'ayant aucun rapport avec les sentiments. Jamais je ne mis en doute mon attachement à mes garçons, attachement très caressant, sensation d'être à l'aise à côté d'eux, ami de leurs visages et de leurs corps, bref un plaisir satisfaisant.

Le cœur fonctionne donc normalement.

Je me demande parfois si, dans ma fuite, il fallait voir la classique conséquence des mésententes, liaisons, divorces, etc., ou bien un fruit un peu tardif des semailles littéraires que j'ai signalées. N'ai-je pas, des années durant, sacrifié mes fils à l'idée que je m'étais faite de la liberté d'un écrivain ? (Et bien entendu cette liberté j'en usai sans courage plutôt qu'à travailler. J'étais un écrivain pour rire.) La question reste et restera posée en moi. Si j'ai agi ainsi le remède était plus redoutable que le mal, car le remords organise plus de tumulte dans une tête que des enfants ne font de bruit dans un appartement.

En somme, si j'éprouve le besoin de me reprocher quelque chose c'est moins d'avoir agi ainsi (c'est trop évident) que d'avoir agi ainsi *pour rien.* À mon problème toutes les résolutions extrêmes convenaient. Seule mon attitude, toute d'équivoque et de mauvaise conscience, me paraît un peu dégoûtante. Faux célibataire, faux vagabond, père déchiré, éternel sous-locataire dont le passeport et le courrier ne portaient jamais la même adresse, je me suis fait pendant près de dix ans le pitre d'une comédie de « l'homme traqué », dont je ne recommande pas le style aux jeunes gens.

UNE JEUNE FILLE

Ses bas, d'abord, des bas de laine noire, je n'ai vu qu'eux. Dans la rue, en plein jour, quand j'en aperçois de semblables, ils remuent en moi un vague scandale. Mais là, chez les T., à onze heures du soir, leur inconvenance m'émouvait.

La petite fille s'enroulait autour d'un homme : une plante accrochée à un arbre.

Les jambes noires, donc, la jupe étroite et grise, du cachemire noir, un collier d'argent, le visage en triangle pâle dont les cheveux tirés n'adoucissaient pas les os. Je n'ai pas trouvé ses yeux : levés, ils contemplaient l'arbre. Peut-être l'arbre m'a-t-il tendu la main ? Je ne l'ai pas remarqué. Je venais de retirer mes lunettes (elles s'étaient couvertes de buée lorsque j'étais entré dans le salon des T.).

Je me suis écarté. La chaleur m'avait déjà saisi par les oreilles et me frottait les joues. Il fallait faire se lever des gens assis sur les marches si l'on voulait monter jusqu'au buffet. Et dire bonsoir oui la neige était bonne mais si peu de soleil la Suisse il n'y a quand même que ça. J'ai bu deux verres, en écoutant T. Il a l'air d'un rat collectionneur et anglomane. Les habituelles femmes à peau nocturne. Je n'aime pas les robes. Belles ou laides, elles arrondissent le corps ou en apprennent trop sur lui.

« On a un de tes auteurs, ce soir, m'a dit T., tu l'as vu ? »

Alors je suis redescendu dans le salon. La petite fille avait posé sa tête sur l'épaule droite de l'homme. Ils écoutaient Normand. Quand elle s'est retournée c'est la pâleur de son visage qui m'a surpris. Je m'étais arrêté à mi-chemin. Elle n'avait aucune raison de me regarder. Ses yeux étaient noirs, naturellement. L'homme à son tour a remué la tête et m'a vu : c'était Vosges. Ce Vosges dont le prénom est Hubert. (Au fond, j'en étais sûr depuis le début.) Je n'avais qu'à aller vers lui, me laisser secouer la main, entendre :

« Vous ne connaissez pas Noëlle ? » et toucher la petite patte glacée, humide. Je vis tout de suite la sueur briller sur le front, l'ombre sous les yeux. Elle ne souriait pas.

« Elle a envie de vomir, me dit Vosges. C'est la chaleur. Et puis elle ne supporte pas la vodka. »

La petite fille s'est détournée, le visage fuyant d'abord, puis le buste, sa main traînant un peu sur le bras de son père. Elle a enfin risqué trois pas lentement.

« Elle va vomir. Après, cela ira mieux. »

Nous la regardions s'éloigner. Elle a refermé sur elle la porte du couloir.

Après quatre ou cinq minutes elle est revenue, la démarche à peine mieux assurée. Ce n'est pas son visage que mes yeux ont cherché : il est muet. Mais son corps, lui, son corps me parlait. La minceur va sans dire, et ce n'est pas elle qui me touchait, mais au contraire l'opulence inattendue des hanches, un certain accord entre la longueur des jambes, l'étroitesse du vêtement, la douceur de ces formes rondes et lentes. Ses mouvements, plutôt, étaient lents — cette façon qu'elle a eue de se couler de nouveau contre son père — mais on eût dit que leur lenteur était une qualité secrète du corps, une grâce. Elle s'est réinstallée dans cette grâce et m'a observé. Sa joue posée sur l'épaule de Vosges. De ses deux mains elle lui tenait le bras, et comme elle s'était soudée à lui sa hanche gauche paraissait plus souple, sa taille plus marquée. Immobile, droite, elle était rendue à son petit âge. Mais ainsi ployante, brisée, elle dessinait une silhouette de femme peinte, aventureuse, d'odalisque posée parmi des turqueries. Elle me regardait.

Je retins les paroles amusées qui me venaient aux lèvres. Elle n'eût pas souri, je le savais, et je craignais de la part de Vosges une balourdise plus lourde que celles, innocentes, qu'il débitait.

« Vous devriez aller près d'une fenêtre et l'entrouvrir », ai-je dit.

D'une détente elle s'est redressée, ses cheveux un peu en retard sur son geste, l'air ennuyé, mais elle s'est approchée de la porte-fenêtre. Sa gorge était d'une très jeune fille, les seins hauts. J'ai écarté les rideaux, repoussé les volets. Elle frissonnait.

« Êtes-vous rose, parfois ? Rougissez-vous, l'hiver, dans la rue, quand vous avez couru ? »

Elle a secoué la tête.

« J'ai une drôle de fille, a dit Vosges, une vraie muette. »

Caroline est venue. Elle a poussé des cris parce que nous allions glacer son salon. « Regarde, a-t-elle dit, j'ai la chair de poule... » Mais la peau de ses épaules était brune et lisse. Avec trois émeraudes montées en pendentif ses doigts jouaient trop nerveusement. Vosges a remué la cuiller dans un énorme compliment. « Il est embêtant, a remarqué Caroline, il ne parle plus que de son livre. Il te l'a donné ? Tu l'as lu ? » J'ai fait non de la tête.

Noëlle a posé ses doigts sur mon bras. Nous nous sommes écartés :

« Vous pouvez me montrer où se trouve la salle de bains ? »

J'ai voulu la laisser seule. « Entrez avec moi », m'a-t-elle dit.

« Allez-vous être encore malade ?

— Non, mais je me sens laide.

— Tu as le front brillant... »

J'ai cherché de l'eau de Cologne, du coton, et je lui ai rafraîchi les tempes, le front, les ailes du nez. Elle avait fermé les yeux et s'était assise sur le bord de la baignoire.

« Pourquoi ne répondez-vous pas à mon père quand il vous parle ? »

Elle n'avait pas ouvert les yeux. J'ai brossé légèrement ses cheveux, puis les ai peignés. Ils crépitaient et se dressaient sous le peigne.

« ... Ni à moi ?

— Quel âge avez-vous ?

— Dix-sept ans. Je fais de la danse.

— Vous faites *vraiment* de la danse ? »

Elle a levé les épaules. Sous le chandail sa poitrine paraissait glisser, vivre doucement, deux poissons sous les herbes. J'ai touché ses paupières du bout d'un doigt, afin qu'elle les levât. Comme je bouchais le flacon d'eau de Cologne elle a remarqué, d'une voix sérieuse, que ma main tremblait. Caroline est entrée. Noëlle s'est faufilée entre nous. « Merci », a-t-elle peut-être murmuré. Caroline a ressemblé à une actrice belle depuis très longtemps.

« Ce que tu peux être drôle ! Vosges avait l'air furieux. »

Elle m'avait pris le bras et me dévisageait. Je voyais de près ses grands yeux de folle, battus, brillants, enlaidis de bleu.

« Vosges m'emmerde.

— Bien sûr... »

Elle a pris des cigarettes dans une boîte posée à côté de la baignoire, en a allumé deux, m'a tendu la seconde. Elle était savante et banale comme une citation. J'ai pensé aux pouvoirs de la petite fille. Caroline me guettait.

« Sabine va bien ?

— Elle est restée quelques jours à Crans.

— Vous vous engueulez toujours ?

— Toujours. »

Caroline a haussé les épaules, mais les yeux bien levés, elle, et plantés dans les miens.

« Ils sont ennuyeux, ce soir... »

Je me suis levé.

« Idiot ! Pas toi... »

Elle s'est approchée et m'a embrassé légèrement. Elle souriait.

« File chercher ta môme, va ! Je vais me recoiffer. »

J'y suis allé, mais Vosges et la petite fille avaient disparu.

LES GESTES...

... Celui-ci, le premier, ou qui devrait toujours l'être, pendant le baiser, debout, de la main d'une femme dans la vérité du plein jour et de la station debout, qui provoque immédiatement le comble visible et sensible du désir — le premier, mais rares sont-elles à l'oser, à cause du jour, à cause de cet appel simple et brutal qu'il crie, à cause de l'imbécile gêne de l'homme qui soudain n'a plus que la ressource de l'ombre, de la violence ou de l'allongement pour dissimuler sa folie — mais pourquoi dissimuler ? — le premier geste, l'honnêteté même, venu sans doute « de la nuit des temps », à moins que ne fût récemment conquise cette liberté de la main féminine rapide, bousculant l'appareil des rites masculins et courant d'une caresse immédiate à l'hommage qu'elle suscite afin qu'on le lui offre, comme du feu enflamme une herbe chaude à en brûler.

*

... Celui-ci, au plus profond de l'acte, quand l'homme voudrait dire sa nostalgie de mille viols, de mille assauts à subir autant qu'à imposer, sa nostalgie au fond d'être à la fois soi-même et l'autre, couteau et blessure, épieu et déchirure, celui-ci, de la femme, à défaut de combler adoucissant la grande attente que j'ai dite du seul simulacre, scandaleusement précis mais dérisoire, insuffisant, mais aussi attendu, magnifique, espéré par l'homme à la tête qui bat, le seul à sa portée dans cette étroite combinaison homme-femme à quoi cette vie, volontairement, économiquement, s'est vouée.

*

... Celui-ci, dans la voiture arrêtée tôt le soir au bord du trottoir d'une rue passante, alors que le baiser des lèvres crée ce qu'il faut d'intimité tolérable pour à la fois attirer et détourner les regards, celui-ci de la main féminine qui cherche l'homme, le dresse, le rudoie et le comble, la plus belle moitié du plaisir se prenant alors dans la lumière des vitrines, les yeux fouilleurs d'ombre, le bruit des pas sur la pierre, l'imminence du scandale et l'humilité de l'office à quoi est alors réduite la compagne.

*

... Celui-ci dans la voiture encore mais cette fois arrêtée la nuit au bord d'une route en un lieu isolé, la rumeur des autres moteurs et la lumière des autres phares découpant la solitude, l'ombre, le silence en terreurs parfois brèves, parfois lentes et comme suspendues — celui-ci, du visage incliné sur les linges par la main féminine d'abord ouverts et dévastés, du visage aveugle aux lèvres qui paraissent hurler, du visage égaré dans un paroxysme de plaisir ou de servitude —, qui le dira ? Seuls le savent les plis secrets du corps — du visage entièrement attentif à son étouffant baiser.

*

... Celui-ci, de la femme pour ranimer la force de l'homme qu'un précédent plaisir a brisé, geste patient, presque maternel, qui doit savoir vite s'effaroucher, se faire léger ou généreux, indulgent, pitoyable, geste toujours attendu mais redouté et s'il est osé on le déteste, s'il ne l'est pas on désespère — geste de l'excès de tout : science, désir, bonté, un peu plus tendre qu'un appel, un peu plus blessant qu'un refus.

*

... Et ceux, innombrables, par lesquels elle annonce, à l'intérieur de la grande paix, cette guerre exquise à laquelle l'un vaut l'autre, et l'un et l'autre y succomberont, et par-dessus leur défaite les gestes innombrables, phares nocturnes, voix chercheuses, continueront d'appeler à l'inépuisable faim féminine les hommes, les hommes, les hommes...

MA PEUR DES COUPS

L'auteur de ces lignes doit le confesser : il a horreur des ramponneaux. Plusieurs sentiments ont animé et fortifié cette pétoche et m'ont jusqu'à présent gardé des coups, dont le plus honorable fut l'espoir de conserver pour des galanteries la médiocre façade que le créateur m'avait faite.

Horreur du corps à corps, des sueurs mêlées, du sang rouge qui dans ces moments-là vous monte aux yeux et vous rend fou. À cette horreur je dois, par les compensations d'un mystérieux équilibre intérieur, de me mettre tout le temps dans des situations impossibles. Agressivité, peur : ce sont les deux grimaces du même visage. J'ai besoin de me faire des ennemis ; leur colère me donne l'illusion du courage.

Chez les hommes politiques je n'admire rien, hormis le courage physique. Toute vie politique en effet se réduit un jour ou l'autre à cette question simple, compréhensible par tous : se dégonflera ou pas ? Vous rencontrez des messieurs éloquents dans les dîners ; il faut vous rappeler que leur sort finira toujours par se jouer sous un préau d'école parmi les hurlements, ou bien à la tête d'un cortège sous les diverses douceurs que font pleuvoir les polices. Arrive-t-il plus haut, très haut, c'est alors sa peau que risque l'homme d'État. À peine êtes-vous le maître que des gens très convenables ne rêvent que d'en payer d'autres moins convenables, pour vous assassiner. À la façon dont un homme traverse ces situations, au style de sa prudence, ou de sa désinvolture, ou de sa trouille, on le jugera sans erreur. La fascination, qu'elle a d'abord exercée sur moi, puis mon horreur de la politique (une horreur séduite, curieuse) viennent sans doute de là : je ne me sentais pas des épaules capables de porter ce fardeau. En même temps, je déteste le côté du manche et je ferais tout pour ne pas m'y trouver. Je veux bien être là où tombent les coups, à la condition qu'on m'y laisse cultiver ma circonspection.

C'est en quoi la guerre — une vraie guerre, une guerre à fusils, non l'écrabouillement futur — m'a tellement manqué. J'aurais su enfin à quoi m'en tenir sur ma lâcheté et même, comédien comme je suis, j'aurais pu donner le change. Je serais capable d'héroïsme pour dissimuler ma peur — procédé banal probablement, fabrique en série des héros.

Je me rappelle comment, les jours de la libération de Paris, je courus d'un coin de rue à l'autre et m'installai là où l'Allemand canardait les guerriers parisiens : je m'auscultais, je comptais les sauts de mon cœur. La conclusion fut qu'il est assez facile d'écouter siffler les balles, mais difficile de cesser d'être un lâche, les deux phénomènes, étrangement, n'étant pas de même nature.

Foule, meetings, réunions publiques, etc. : je m'excite à en mouiller ma chemise, je fais le curieux, je galope. Mais je ne sais pourquoi, même quand je galope en avant j'ai encore l'air de ficher le camp. En vérité le peureux fuit toujours : parfois en avant, simplement, ce qui ne signifie absolument rien.

BOURGEOISIE

Je voudrais qu'on lût dans mon titre ce qu'il est : une déclaration d'amour, et non de guerre. Et si amour sonne un peu fort disons estime, inclination. J'ai parlé ici d'*un petit bourgeois* pour deux raisons. D'abord parce qu'il s'agit, à la lettre, d'un petit garçon bourgeois, comme on dirait un petit paysan ou un petit Sénégalais. Ensuite, et ceci contredit déjà cela, parce que rien n'appartenait dans mon enfance à la vraie bourgeoisie, mais plutôt à sa frange, à son écume, à sa parodie et à sa nostalgie : exactement à ce qu'on nomme la petite bourgeoisie.

Derrière moi, qu'y eut-il ? Des artisans et des paysans du côté paternel, de petits robins du côté maternel. Donc pas de quoi fabriquer un bourgeois, dans la composition duquel entrent la ville, les charges anciennes, de longs établissements et les biens au soleil. À ma naissance j'appartenais à cette catégorie sociale mouvante qui avait conquis déjà les préjugés de la bourgeoisie mais pas encore son ton, ni même sa fortune. Il est amusant de constater que les nouveaux venus pénètrent dans une classe par ses petites portes : scies de langage, conformisme. Autour de mon berceau, et soigneusement tenues en main par mon père, les fées pouvaient me vouer à Normale (professeur, plus la politique radicale) ou à Polytechnique (hypothèse qui comblait les vœux de ma famille). Ma paresse et le laisser-aller dans lequel je fus élevé me détournèrent par hasard de ces voies droites, qui m'eussent mené là où je ne suis d'ailleurs pas, selon des itinéraires laborieux, semi-provinciaux et traditionnels.

Même au plus chaud de mes tentations progressistes — c'est-à-dire à vingt ans, puis de nouveau à vingt-cinq ans — je ne mis jamais en question mon goût pour le style de vie de la bourgeoisie. Ce que je détestais, c'étaient les bourgeois sans style, c'est-à-dire les flemmards, les lève-tard, les bagnoleurs, les héritiers qui ne triplent pas le capital, et par-dessus tout l'affreuse vulgarité d'un certain argent. Le style Côte d'Azur, qui m'a toujours levé le cœur. Au fond sérieux comme je l'étais, je n'admirais que les bourgeois de Guizot et de Philippe Hériat, la plaine Monceau, le XIXe siècle. D'autre part n'ayant rien à hériter, rien à défendre, et n'ayant jamais entendu autour de moi un mot contre le front populaire, la « clique à Blum » ou les congés payés, je fus tout de suite familier avec les idées de gauche. Pas de révolte là-dedans, pas de méchant père à cocufier avec la Sociale. Simplement du bon sens. Mais tout ça bien entendu à la condition qu'on ne me chiffonnât pas sur des points de détail : cravates, hôtels, etc. Enfin, n'ayant jamais été communiste, n'étant pas comme on dit « passé par le communisme », je ne compris jamais la haine maladive que les gens de la gauche libérale vouent aux communistes. Cette haine, pour moi, c'est du chinois, et qu'on ne m'embête pas avec Budapest, car en fait de lâcheté, de silence et de raison d'État, j'en connais qui pourraient en recevoir un paquet sur la tête. J'en arrive ainsi à ce *no man's land* où je me sens à l'aise, que traversent des amitiés apparemment contradictoires, et sur lequel ne règne en vérité que l'amusement de voir les gens mentir. Les grands bourgeois libéraux et les marquis roses sont d'excellents dîneurs en ville, mais je supporterais mal qu'ils voulussent m'interdire de bavarder avec Staline. Il y a aussi le reste : d'un côté les Gaillard, les Mollet, de l'autre les ex-patriotes de Déat, de Doriot, de Bucard, de Darnand, de Poujade... Eh bien, à propos de ceux-là, disons d'abord que chez les hommes publics le manque de caractère déçoit et l'astuce exaspère. Quant à ce qu'il arrive lorsque le « caractère » conduit à brûler des livres (pour commencer) et des Lévy ou des Bloch (pour finir), nous sommes là dans l'ignoble, dans ce qui ne mérite aucun nom. Je pressens un argument : la bourgeoisie française, pourrait-on me faire remarquer, a été la complice de ces crimes. Non, je ne le crois pas ; pas la bourgeoisie en tant que classe. La participation à ces crimes n'a pas respecté les divisions sociales. Le racisme est un crime plus ancien que la définition des catégories sociales, et d'essence mystérieuse. Quant à la violence, nous savons que personne à ce chapitre-là n'est pur ni innocent.

Enfin, je le reconnais, un peu de pessimisme s'exprime ici. Je ne veux pas savoir à quoi sont vouées nos sociétés dans les cinquante années qui viennent. Les humains pullulent et je n'aime pas le bruit. Il est probable qu'un certain ton de vie, certaines perfections des formes, les arts que nous aimons, sont promis — et non du fait de la politique, non du fait des révolutions ! — à la disparition et à l'oubli. Nous savons désormais que le grand soir n'aura pas lieu et que les bouleversements de l'avenir ne ressembleront pas à la marche du brave peuple de Paris sur Versailles. Ce ne sont pas non plus « du pain et des roses » que l'on offrira à tous les hommes, mais un enfer rationalisé dont les prémices sont abominables. Dans ces conditions, que nos bons sentiments ne nous tourmentent pas. Je trouverais idiot de me joindre aux fossoyeurs de ce que j'aime. Ceux que cette opinion choque sont des rêveurs anachroniques. Ils datent déjà d'avant-hier malgré cet avenir qui leur dégouline des lèvres.

À CÔTÉ DE LA FÊTE

Je voudrais traverser cette minute de vérité sans glisser à la chiennerie qui guette ici ou là, et je le sais, mon propos.

Je ne parle pas du plaisir afin de rendre la confession croustilleuse. Ni pour donner aux fantaisies de mes glandes l'importance exorbitante, presque cocasse, que le prophète viennois a mise à la mode chez les nouveaux riches de la psychanalyse. Si j'avais quelque chose à écrire sur la place qu'occupe le plaisir dans les vies ce serait plutôt pour en marquer l'exiguïté, la modestie. Les gens font très peu l'amour... Encore faut-il faire sortir du rang tous ceux qui vont au lit par devoir ou pour l'honneur : dans cette rectification des rengaines, on voudrait être juste.

On pourra ricaner à propos de ces deux mots : « modestie », « exiguïté ».

« Parlez pour vous !

— Eh bien oui, précisément je parle pour moi, et que les ricaneurs gardent leurs secrets dans leur pantalon. »

Sexuellement, l'homme bascule vers son déclin dès les environs de sa vingtième année. Mais l'honneur oblige : les Casanova de la bourgeoisie luttent avec diligence et efficacité pour repousser la ligne de faîte au-delà de la quarantaine. Pourquoi pas ? Chacun écoute sa vérité dans les battements et les silences de son corps. La main de fer avait oublié son gant de velours, qui me transmit, une nuit de 1960, ce que je jugeai être un signe du dieu des cardiaques. Il est déplaisant de se recroqueviller ainsi, d'attendre que passent les secondes, de ne pas oser bouger, de songer que le téléphone est dans la pièce voisine : autant dire au bout du monde. On sort de là, au matin, définitivement transformé.

Bref, la route, qui paraissait jusqu'alors montante et allègre, se dérobe assez vite sous nos pieds. C'est une loi générale. L'ayant rappelée, il est instructif de remarquer combien l'homme mouille peu son pyjama. Des songes s'éloignent, des chaleurs, des douceurs triviales ou poétiques que l'on croyait installées à jamais dans la maison. Si l'on se retourne sur les fillettes au hasard des rues c'est dans un sentiment nouveau : une violence amère et qu'il convient de trouver « déchirante ». Je ne dis pas que règne le matou, non. Le poil reste dru, merci. Je veux dire simplement que l'on renonce un certain droit sur le monde. On ne se sent plus légitimement fondé à lever les petites. L'envie de les avoir cède la place à l'envie de rêver voluptueusement sur ceux qui les ont, les ont eues, les auront, et de se faire à l'aide de ces images un mal exquis. Un peu de vice n'a pas remplacé la santé de naguère, mais le mouvement s'est crispé, le cœur, si le corps y est encore, le cœur n'y est plus. Ou bien c'est à la mémoire qu'il s'exerce, aux cruautés.

(À force de mesurer l'éloignement des choses, et comment elles s'estompent, filent entre les doigts, peut-être les vieillards finissent-ils par mourir tranquillement, contents de quitter enfin ces chambres d'où l'on a déménagé tous les meubles ?)

L'éloignement, donc, et l'amenuisement du goût, le plat qui refroidit... Quoi d'autre ?

Le plus difficile peut-être à connaître et à avouer : l'ennui. Il existe là-dessus une phrase de Flaubert à Maupassant : « Vous vous plaignez du cul des femmes, qui est *monotone*. Il y a un remède bien simple c'est de ne pas vous en servir. » Avec leur muflerie moustachue, leur odeur d'homme, ces mots sont exactement dans le ton du milieu de la vie. Quand l'équilibre est rompu entre la fièvre d'avant et la tiédeur d'après, aucun des artifices de la sagesse ni de la tendresse ne sauverait plus le corps de l'homme de son désespoir. Qu'on pardonne donc à ce pathétique que j'aurais tant aimé éviter : c'est dans cette lumière de demi-deuil, de douceur un peu lasse qu'il conviendra de lire ce qui va suivre.

J'ai l'impression d'être passé à côté de la fête. Au fond, avec le plaisir, on essaie toujours plus ou moins de capitaliser. Je ne crois guère aux folies d'un instant, aux explosions qui abolissent le temps. Dans les paysages de la descente de lit et le silence de la première cigarette, l'homme cherche la satisfaction du devoir accompli. Coucher, c'est espérer faire provision de bonheur. La formule magique ne serait pas « une de plus », mais la constatation quasi artisanale d'un enrichissement, d'un entassement. Entassement de quoi ? J'ai envie de répondre : de sécurité. L'homme qui couche n'est pas un collectionneur mais un accapareur, un anxieux qui a « peur de manquer ». De fortes réserves le rassurent un peu.

Je dois avouer, dans le sens de cette comparaison, que je me sens terriblement pauvre. Chargés de leur petit bagage mes rêves n'iront pas loin. Où bradait-on ces belles occasions que j'entendais vanter ? Mes souvenirs d'amour sont plutôt chiffonnés, et la mémoire les compte aisément. Certains vieux amoureux peuvent vivre sur leurs revenus ? Moi, le capital lui-même n'y suffira pas.

Alors de deux choses l'une : ou bien, par convention et respect humain, les hommes fignolent un paradis et se montent la tête — ou bien je suis un fichu maladroit. Mon principe étant de faire la part belle à l'interlocuteur je pencherai pour la seconde hypothèse : ma nigauderie. J'écris pourtant à la première personne et l'on me permettra de glisser mon désenchantement dans des formules générales.

Le plaisir, en gros, ce n'est pas très intéressant. Surfait. Littéraire. Rabâché. Je ne suis pas sûr qu'une vie qui en ferait l'économie s'appauvrirait. Vivre au-delà de ses vingt-cinq ans les yeux fixés sur ce cinéma exprime, pour le moins, de l'infantilisme. Je n'ai rien contre l'infantilisme. Les quinquagénaires fanatiques sur la dactylo, que l'on rencontre dans les auberges discrètes, soulèvent en moi les doses convenables de compassion, de sévérité, de bonne humeur. Je préfère seulement interdire à mon imagination l'accès de leur chambre quand ils en ont refermé la porte. Un homme d'âge, avec ses plis partout et cette fragilité de sa peau, comme d'un bébé, occupé à besogner une fausse blonde de vingt ans : je ne recommande pas le sujet aux âmes sensibles. Or, l'homme couvert de femmes qui ne tempère pas sa passion d'un peu d'humour est inéluctablement en route pour cette avant-dernière étape.

(On l'a peut-être senti, depuis quelques instants je pimente un peu. J'en remets. C'est qu'il s'agit de faire passer une purée assez lourde. Me prendre à la lettre aggraverait le ridicule où je me mets et amuserait la société, sans permettre malheureusement de mieux saisir ce que je tente d'exprimer, qui n'est pas simple.)

Le plaisir, ou plus justement la vie pour les dames, à côté des dames, a occupé le plus clair de mon temps et de mon goût pendant quelque quinze années. De cette fièvre j'ai tiré plutôt les plaisirs de la fièvre que les plaisirs de l'amour. Cela fait réfléchir. J'ai préféré les batailles aux victoires et n'ai pas détesté les défaites. Assez vite, j'ai compris que les sièges étaient mon affaire, avec leur stratégie épistolaire et téléphonique, et non les redditions. Les assiégées déploient un charme que les captives perdent vite. J'aimais caresser de la mémoire et de la main ces bergères dont on nous privait à l'école. Je détestais les hommes : j'aimais les femmes. De toutes les pièces des maisons c'étaient les chambres mes préférées, et je me sentais fait pour l'amitié des robes, la familiarité des ours trônant sur les lits. Ensuite l'amour venait comme une facture à payer. D'accord, d'accord, j'étais mauvais payeur. Aime-t-on jamais payer ?

J'aimais donc les femmes, j'aimais me regarder, m'écouter au travers d'elles, elles étaient d'excellents compagnons pour la traversée, mais sans doute n'aimais-je pas l'amour. Quand on constate en soi de ces anomalies on en tire généralement un système.

Autre hypothèse (qui n'exclut d'ailleurs pas ma sottise) : je me serais presque toujours trompé de porte. Examinons cela.

Les garçons ? Ah ! j'y ai pensé, bien sûr, j'y ai pensé ! J'ai parfois patrouillé sur la frontière de leur pays ; mais l'envie de la franchir ne m'est pas venue. Les tâtonnements de l'adolescence ne furent pas concluants : je me crus fondé à éliminer de moi cette tentation.

Restent les petites filles, et certains décors ou assaisonnements de mon bonheur sur lesquels la règle de ce récit va m'obliger de m'arrêter un moment.

À seize ans j'eus ma première « maîtresse », qui avait quinze ans et dont j'étais le premier

« amant ». L'entreprise ne fut pas mirobolante, mais son goût d'enfance, d'acidité, de secret me marqua pour toujours. Une heure de lucidité ou trois années passées sur le divan du docteur L. m'apprendraient sans doute ce que je soupçonne déjà et consigne ici : que les deux moments essentiels de mon histoire furent, à huit ans, la mort de mon père assis à côté de moi et, à seize ans, l'exploration amoureuse que j'ai dite. Du côté de la mort et de l'amour mes cartes m'étaient dès lors distribuées et je jouerai jusqu'au bout ma partie avec elles. Ce n'était pas un jeu brillant, ni mauvais, c'était comme ça, voilà tout.

J'ai toujours essayé de reconstituer idéalement mon premier théâtre. Certains hommes raffolent des lourdes rousses maternelles, ou bien des sèches au ton qui fouette, ou des locomotives sensuelles, ou des intelligentes qui se moquent, des expérimentées dont l'œil tourne, des vieilles au corps rompu — moi je n'ai jamais aimé que les petites filles. Les *femmes*, je ne puis vraiment pas prétendre les avoir désirées. Les robes ? Oui. Les femmes non. Leurs voix, leurs lois, leurs douceurs ? Oui, je l'ai dit. Mais leurs machines physiques, non. Seules les petites filles me donnaient de la fièvre.

Je les voulais enfançonnes, flexibles, d'esprit impur et déluré, embarrassées d'épaisses familles, mais vierges bien entendu. Toutes ces conditions ne sont pas faciles à réunir chez une seule personne. Je tolérais donc, plutôt que de toucher aux principes, qu'on me mentît sur un point ou un autre (le dernier, par exemple). L'essentiel, au fond, qui peut-être est banal, était le sacrilège. Enfin, le sacrilège véniel qui consiste à froisser pour la presque première fois ces petites boules de linge et de superstition. Les familles (mères, sœurs aînées) jouaient un rôle important : elles représentaient à la fois le risque social et la complicité sociale. Dans les maisons rôde toujours le danger des portes ouvertes à l'improviste. Mais dans les familles règne aussi l'art de refermer précautionneusement les portes. « Surtout pas d'histoires », et le génie d'en faire, se partagent en cette matière les habitudes de nos milieux. J'étais là-dedans comme un poisson dans l'eau.

À cet âge elles croient savoir s'habiller, mais elles ne savent pas. Elles se poncent la peau, torturent leurs cheveux, éculent leurs talons, usent le matin les tailleurs neufs et se vêtent le soir comme pour nettoyer une cave. Elles sont menteuses, méchantes, tutoient des copains à blouson de veau et prétendent — mais c'est faux — savoir gratter la guitare. Elles laissent fermés en plein jour les rideaux de leur chambre et leur vie est posée à côté d'elles, sur la moquette. Elles ne mangent pas. Elles s'y connaissent en peinture et en tricots de cachemire. Elles se prennent pour des biches sauvages mais sont des esclaves soumises. Elles se prennent pour des esclaves soumises mais sont simplement les futures créatures du XVIe arrondissement, incertaines avec la bonne et impitoyables pour l'homme. Ah ! non, vraiment, elles n'ont pas d'avenir ! J'aimais ça.

Et puis il en existe de meilleures... De plus civilisées, surtout, que des mères à l'œil fatigué ont mieux préparées à la bataille. Celles-là détestent les compromis. Il y a beaucoup de courage à l'intérieur de ces jeunes cervelles. Il faut voir leur air têtu, dans les hôtels, quand on monte. Leur héroïsme de bélier, le matin, quand elles regagnent dans le froid l'appartement familial quitté la veille pour dix minutes. Ce sont les bons soldats de la guerre que j'aimais, ses grognards de dix-huit ans au profil ferme.

Il est aussi permis de penser que j'aimais les fillettes par peur des comparaisons.

Je me rappelle cette personne âgée de cent ans, en étoile au milieu des draps, son œil goguenard et mécontent s'apprêtant à me fusiller, et sa douce voix :

« Tu sais, tu es un mauvais amant... »

Comme si je ne l'avais pas toujours su ! Bien sûr j'étais un mauvais amant. Mais au terme des gymnastiques que m'arrachait cette personne je me retrouvais son créancier autant que son débiteur... Voilà une vérité dont devrait bien se parer la satisfaction de notre partenaire. L'amour avec des trentenaires m'embêtait comme un voyage organisé. Si j'y prodiguais aussi peu de plaisir que j'en tirais, ce ne devait en effet pas être le Pérou.

Avec mes gosses malhabiles nous finissions toujours par être contents l'un de l'autre. Quant à

« malhabile », il faudrait encore réunir un congrès pour en discuter et s'entendre. La surprise devant les premiers gestes d'une enfant émerveille un homme, le blesse sans recours. Je retire tout ce que j'ai pu écrire contre le plaisir : pour telle première fois je me damne et je meurs.

J'ai raffolé des portes dangereusement ouvertes, de la proximité des gêneurs, des voitures arrêtées en pleine ville. J'ai raffolé des inconforts, du risque de scandale, des caresses hâtives, du plaisir volé aux circonstances et aux lieux, des gestes un peu affreux. J'ai raffolé de tout ce qui lève ensuite en moi de l'étonnement : « Elle a donc osé *cela* ? » Oui, elles osent. Elles osent presque tout, presque toujours. Le ciel, c'est quand elles l'osent pour la première fois.

Avec les années mes organisations se sont compliquées. Les négresses, les boiteuses, le fouet, un trou dans le mur ou des miroirs au plafond : je n'en suis pas amateur, mais pourquoi en dégoûter les autres ? Il repose toujours un peu de boue au fond de nos têtes et de nos corps. À partir d'un certain degré de lassitude le plaisir ne va plus guère sans remuer cette boue. Au reste, la boue, c'est un bien gros mot, et louis-philippard à l'excès !

J'aime assez les folles, les suicideuses, les paumées — et que l'amour avec elles suinte le secret, la pauvreté de tout. Encerclé par les tabous et les mensonges, le plaisir enfin prend un peu de poids. On en a marre de cette société qui tolère, facilite, pardonne ! On en a marre de cette éternelle entremetteuse. Inexpiable, le plaisir ressuscite. Vieux chrétien encore enchaîné, c'est au péché que je trouve du goût. Innocent, mon corps devient sourd. Je cherche donc patiemment des fautes à commettre. À tout le moins de ces combinaisons difficiles du désir et de la clandestinité que ma morale baptise « fautes ».

Telles sont les régions aux confins desquelles la curiosité m'a mené, du jour où je contemplai dans mon miroir une gueule trop amollie pour tenter plus longtemps de piéger les petits moineaux.

Les aveux de cette sorte, on le sait, finissent toujours couverts de graffiti.

LISTE DE MES MALADIES

Ce passage de Jérôme K. Jérôme où l'on voit un personnage dévorer le dictionnaire de médecine et découvrir qu'il est atteint de toutes, exactement toutes les maladies à l'exception de l'épanchement de synovie, ce passage ne fait pas rire tout le monde. On en connaît, des hommes, que la même imprudente expérience jetterait à juste titre dans le même désarroi. Aussi redoutent-ils toute lecture médicale, toute description de mort lente, toute allusion à l'os qui mollit, à la cellule qui prolifère. Ils ont adopté envers la maladie l'attitude de petits retraités banlieusards que des voisins indignes, par leur seule existence, offensent. Ils passent, la tête haute. On ne fraye pas avec ces voyous. Je leur montrerai à qui ils ont affaire. Chacun à sa place. À sa place la mort ! À leur place les vivants !

L'abondance et la diversité de mes maux déconcertent mes amis. Me plaignent-ils, qu'ils sont toujours en retard d'un malaise. Ils réclament une liste, une chronologie. Les plus pédants : une psychologie.

Littéraire, spectaculaire : c'est sans conteste le rhume des foins. Il éclata dans la cour de récréation du collège Notre-Dame de R. au printemps de 1939. Plus tard, ayant flairé des ouvrages sur l'allergie, et Proust par là-dessus, je découvris que ma mère, ce printemps de 1939, venait justement de m'annoncer son prochain remariage. L'homme venait le mardi dans une Viva-grand-sport d'un vert triste. J'éternuai donc à ce virage du destin.

Dans les années qui suivirent je continuai d'éternuer. Cela devint même, en de certaines circonstances, offusquant pour la raison et le goût. Les larmes, l'œil gonflé, la morve intarissable, les rougeoiements, les pensées en déroute furent les moindres des phénomènes accompagnant mes crises. Quand on inventa de quoi me calmer ce furent des drogues à assommer un bœuf. Je me revois, chancelant sur le boulevard Saint-Germain, l'œil vague mais le nez sec, en route pour passer un examen dont on me dispensa à la seule apparition de mon visage. Je m'organisai une petite recette : absorbées avec un café très noir et accompagnées d'énormes cuillers de sucre en poudre, les pilules ne m'assoupirent plus qu'à demi. Ce fut une meilleure époque. Puis mes formules se perfectionnèrent ; celles des laboratoires également. Au bout de vingt années je fus quasi délivré d'une servitude qui, dans le métro, vers le mois de mai, donna souvent le fou rire à mes voisins, et manqua deux ou trois fois, au cinéma, déclencher une manière d'émeute.

*

Le foie ne marcha jamais fort.

En avril 1940, gavé depuis douze ans et onze mois par une famille où l'on professait que rien de bon ne fait mal, je fis une admirable jaunisse de gros mangeur. Couché, à la diète depuis un bon mois, je rêvais encore de viandes en sauces...

L'Occupation me sauva.

*

J'ai raconté comment, vers 1942, le médecin de ma famille, que j'avais eu l'imprudence d'envoyer chez Étienne (ces choses-là ne se prêtent pourtant pas) déclara à la mère de ce dernier qu'avec « le-cœur-que-j'avais-et-mes-antécédents-je-ne-ferais-pas-de-vieux-os ». Étienne, alléché, me répéta le lendemain la formule. Ce fut un coup. À partir de ce jour j'eus le sentiment de combattre le dos au mur. Image un peu fausse : le pessimisme est aussi un coussin. On s'y vautre on s'y installe.

En 1959, le destin, agacé, m'envoya quelques flèches dans l'épaule. Consulté, un médecin au nom double (bourgeoisie) et russe (science) se moqua de moi et me congédia en m'interdisant les dames, l'alcool, le café, les veilles, les cigarettes, le thé, le vin et les petits gestes brusques du pied droit. Je n'avais rien. Je me constituai donc une liste des professeurs les plus coûteux de Paris, afin d'aller à intervalles réguliers leur acheter quelques-unes de ces assurances qu'ils prodiguent. Je me trouve bien de cette méthode, dont le nom est d'ailleurs sur toutes les lèvres. Mais je continue d'écouter, la nuit, à l'intérieur de moi, ce galop de rosse hésitante.

*

Je fus tuberculeux en 1947 et pratiquai, à cette occasion, le tourisme sentimental en Haute-Savoie.

*

La Migraine, petit pays de forêts et de lacs où sévit un dur régime policier, m'accueillit entre 1949 et 1957. Mes voyages — mes *fugues* pourrait-on dire — se firent plus fréquents en 1953. Pour un oui pour un non je partais, jusqu'à trois fois la semaine. Séjours au reste sans vraie gaieté, passés pour la plupart au lit, rideaux tirés, une vessie de glace sur la tête. Les médecins du pays rêvèrent beaucoup de contempler de près cette tempête sous un crâne, comme on va voir se briser la mer sur les rochers, en Bretagne, aux marées d'Équinoxe. Ils me tâtèrent, me testèrent, me firent passer un peu d'électricité à travers le corps, et même voulurent observer cet œil que l'on a derrière l'œil. Leur curiosité ne fut pas pour peu dans la décision que je pris en 1958 d'aller désormais passer mes fins de mois en Suisse.

... Encore n'ai-je rien dit de ma myopie, qui est banale, de mes débâcles internes — ces jours où l'on devient un lieu de passage, un tuyau qui remuerait —, de mes douleurs de côtes, desquamations abusives, névralgies circulantes, aigreurs du coffre, ni surtout de ces maux logés aux replis secrets de nos corps, dont il n'est point courant que l'on parle avec liberté.

LE CIGARE

Il m'est arrivé — par accident et malentendus car mes amis n'habitent pas cette région-là — de me trouver assis à la table d'adultes usant leur temps dans une « boîte de nuit ». J'en ai toujours conçu à leur endroit un mépris sans recours. Pas de nuances là-dedans. La boîte de nuit appelle le mépris comme le froid appelle le manteau : sans quoi l'on prend mal. L'extrême jeunesse, seule, peut trouver à cette bassesse du lieu des utilités : on espère qu'elle y attrape un peu de gibier.

Je le confesse, je connus quelques cabarets. Ceux de Vienne en ruine, où l'orchestre fonctionnait à la cigarette comme un moteur à l'essence. Pour dix Chesterfield on était gorgé de valses une nuit entière. (Les dix autres cigarettes du paquet achetaient à peu près une dame pour l'aube.) Ceux de Prague où l'on jetait son verre derrière son dos après avoir bu. Une galerie courant tout le long de la salle il vous arrivait, si vous dansiez, du cristal sur la tête et il en crissait sous vos semelles. Très vite l'orchestre embrouillait tangos des villes et trémoussements champêtres. Tout le monde tapait des pieds en levant les bras, à l'auvergnate, les folklores européens, le bohémien comme les autres, puisant dans un fond commun. J'étais ivre comme un bœuf et je n'avais pas vingt ans. Je ne suis pas tout à fait sûr que ce fussent là des excuses suffisantes.

Si l'alcool bu par moi ne me plaisait déjà guère, celui qu'entonnaient mes compagnons me répugnait tout à fait. Je me rappelle avoir, dans une rue de Bratislava, dévissé la tête d'une petite Française coupable de ne pas contenir son ivresse à l'intérieur d'elle-même. Le lendemain la giflée ressemblait à un pigeon offusqué et ne me parla plus. Excellente affaire.

Le cigare, la morale du cigare, l'odeur du cigare, la science du cigare, le spectacle du cigare excitent ma fureur à l'égard du cabaret.

*

Je relis ce qui précède et je constate que Montherlant lu à quatorze ans, ça marque son homme. De mes quinze à mes vingt-cinq ans j'ai vécu en me récitant tout bas la « Lettre d'un père à son fils ». À défaut de vrai père je m'étais donné celui-là, adapté à mes besoins. Puis au-delà de vingt-cinq ans la mémoire a commencé de me manquer. (Je vis aujourd'hui parmi des personnes de goût, portées à dédaigner Montherlant — quand elles l'ont lu. D'où une guérilla perpétuelle.)

Les années passant, je consacre de plus en plus de temps à rendre à César ce qui appartient à César. Je veux dire : à Barrès, à Giraudoux, à Bernanos, à Montherlant. Je déteste les écrivains qui ne tiennent pas à jour le compte de leurs dettes. Ou bien qui se bricolent, de temps à autre, une comptabilité conforme aux modes du temps. Après tout on a les maîtres qu'on mérite. L'honnêteté exige qu'on les cite. Les renier, c'est entrer dans les plus horribles tripatouillages intimes. Se briser le squelette sous prétexte de se donner un joli teint. *Le teint frais du jour*. Comme l'œuf.

EN AMITIÉ

En amitié, je ne suis pas un inconditionnel. Pour moi une amitié ne se donne jamais — comme ils disent — une fois pour toutes. Je continue de juger mes amis, je garde vis-à-vis d'eux mes distances. Les condamner ne signifie d'ailleurs pas toujours les quitter : je puis les « aimer malgré ». Mais alors le sentiment devient fragile, fiévreux, il exténue vite son bénéficiaire. À l'exception d'une, toutes mes amitiés de jeunesse ont été un jour révisées et dénoncées. Des gens vus chaque jour et chaleureusement pendant dix ans furent éliminés en un quart d'heure pour toujours. D'où je conclus que j'avais — et que je garde — le cœur froid. Mon sens critique ne désarmant pas, je suis parfois conduit dans mes amitiés au bord de quelque chose qui ressemble à de la traîtrise. Mais capable en revanche de poursuivre une amitié au-delà d'un jugement cruel, j'ai l'air également de faire preuve de complaisance. Où se cache donc l'amitié, entre la traîtrise et la complaisance ? Cette contradiction — indulgence et sévérité toutes deux excessives — est inexplicable hors l'hypothèse d'une grande circonspection des sentiments. L'amitié, qui m'a pourtant donné du bonheur, beaucoup de bonheur, ne m'a jamais causé de souffrance.

J'aime aimer qui n'est pas aimé ou qui l'est mal. J'aime aussi mener à bien des amitiés qui paraissent devoir s'exclure. Souvent mes amis ne pourraient pas, sans danger, se rencontrer. Ils expriment les uns sur les autres des jugements meurtriers. Je comprends ces jugements mais ne les partage pas toujours. Il y a souvent, chez les gens, « autre chose ». Mes amitiés sont presque toutes fondées sur cette autre chose. De sorte qu'on me parle d'étrangers à qui je n'aimerais pas être présenté quand on me dit leurs quatre vérités sur mes amis. Je les défends, bien sûr, mais avec prudence, car je n'aimerais pas révéler ce pour quoi je les aime, qui pourtant serait mon meilleur argument.

Mes amitiés, pour toutes ces raisons, exigent d'être compartimentées. Elles le sont. Je me rappelle des ratés bien amusants : en 1960, immobilisé par une jambe cassée, je fixais à mon chevet des rendez-vous successifs, accordant à chacun une heure un quart. Que l'un de mes amis bavardât un peu trop longtemps et c'était la catastrophe. Se produisirent en revanche deux ou trois mariages inattendus.

Il m'est arrivé, contre mes principes, de présenter les uns aux autres mes amis. Ils sont alors devenus amants, maîtresses, complices, bavards, ennemis, et je les ai parfois perdus. L'amitié ne peut jamais être triangulaire. Il y faudrait de la sainteté.

Les copains de régiment, de lycée, d'école, etc., ce n'est pas mon genre. Ils portent avec eux des odeurs, des mots : tout ce qu'on tient à oublier.

Je ne demande presque jamais rien à mes amis (argent, conseils, services). D'ailleurs ils sont tous de redoutables égoïstes et se défendraient. Ceux qui auraient volontiers le cœur sur la main me plaisent moins. Certains, spontanément, sont généreux. Cela tombe sur moi comme la pluie en août sur une terre brûlée : une divine surprise. Je ne considère jamais comme naturel qu'on soit bon avec moi.

Les amis littéraires sont excellents. Avec eux on a toujours un sujet de conversation. Et puis ce sont de beaux affrontements, ces vanités l'une à l'autre mesurées. Une seule solution : leur parler d'eux, impitoyablement. Bercés un long moment, il arrive qu'ils s'éveillent et qu'une inquiétude perce leur euphorie. Ils s'occupent alors de vous avec une délicatesse merveilleuse. Vous récoltez ce que vous avez semé.

Il arrive aussi que les amis littéraires soient un peu sérieux. Il est alors imprudent de leur confier, par exemple, que l'on déteste écrire. Eux qui viennent de vous expliquer leurs joies de plume prennent ça pour eux (contre eux) et se vexent. Il convient de les rassurer par des lieux communs résolument pathétiques, puis, plus tard, il n'est pas interdit de cesser de les inviter. Âgés, les amis littéraires donnent des conseils d'abondance ou de stérilité, selon qu'ils se sentent tenus de justifier l'embonpoint ou la maigreur de leur œuvre. Encore heureux s'ils vont jusque-là. Le plus souvent ils se contentent de vous raconter leurs bonnes fortunes et leurs lucidités politiques.

Les amies féminines constituent une race sans défaut. L'amitié est le meilleur usage qu'un homme convenable puisse faire d'une femme. Celle-ci est longue à le comprendre, mais quand elle l'a accepté elle devient inimitable. Je n'ai jamais aimé (on a lu ci-dessus pourquoi) les beaux mâles ni ces hommes qui parlent aux femmes en les touchant. La galanterie, la chaleur, les audaces de geste et de parole me répugnent. J'ai horreur des messieurs à huit mains. J'en ai deux, c'est bien suffisant pour lire. Et puis, l'amitié pour ces jolis monuments de cheveux et de soies est troublante. Qu'on ne s'y trompe donc pas : c'est un sentiment équivoque que je vante ici.

Avec les amies d'après l'amour nous entrons dans une catégorie beaucoup plus traditionnelle. Rassurée, la femme auprès de qui l'on a passé quelques nuits accepte volontiers d'entrer avec l'homme dans d'autres maisons que les lits. Finalement, la nuit est une excellente façon de faire connaissance. On peut se rabattre sur elle dans les cas désespérés. J'appelle désespérés tous les cas où l'honneur des femmes, à cause de leur proche maturité notamment, exige d'être ainsi (au lit) confirmé dans ses certitudes. Mieux vaut ce petit effort que de vastes conversations où sera mise en doute la virilité de l'homme occidental. Il arrive hélas que ce pas franchi la mule s'arrête et ne veuille plus avancer. Au lit elle est, au lit elle restera. Ce sont les fiertés souvent blessées qui se piquent ainsi. Hélas il est démoralisant de faire l'amour longtemps, sans goût, sans grand pouvoir — comme sont payées après de minutieuses économies les traites d'un achat « à tempérament » — et cela à une vieillarde féroce qui veille au grain : le salut sera donc dans la fuite. Hors ces cas, rien n'est meilleur que de sentir doucement se faner, pas trop loin de soi, ces anciennes jeunes filles que l'on a été parmi les premiers à aimer, et qui parfois, avec des cynismes de vieilles guerrières, viennent à mi-voix, dans des restaurants dont elles apprécient désormais le bon bordeaux, vous raconter leurs campagnes.

Les amis âgés sont choisis et aimés pour leurs trois meilleures qualités : le désintéressement, la richesse, l'anecdote. Il arrive aussi, pour moi en tout cas, qu'ils possèdent du talent, hypothèse à considérer avec une gravité qui n'est pas dans le ton de cette page.

Je ne me connais pas d'amis jeunes — je veux dire plus jeunes que moi. Ils me terrorisent. Je ne possède pas une nature d'aîné. Parfois sont venus frapper à ma porte de très jeunes gens qui ramaient dans cet intervalle de temps compris entre le dernier confesseur et le premier patron, en pleine tempête. Une sage tempête. Ils se carraient trop au fond d'un fauteuil et je me sentais devenir nerveux. Ils avaient sur moi cet avantage sans prix de douze années de moins ; j'avais sur eux cet avantage sans prix de douze années de plus ; que leur dire ? Ils devaient dissimuler quelque part un stylo et du papier, mais ce n'était pas moi que cela pouvait intéresser. J'étais encore de leur camp. Se regarder de trop près, entre jeunes gens, cela fait loucher et voir trouble. À bas les grands frères !

Enfin les épouses. Les épouses ? Eh bien, les meilleures parmi nos épouses font d'excellents amis.

LE LUXE

Première voix : il me fait horreur, il salit les vies qu'il touche. Le luxe, c'est du beurre sur de la crotte, le jardin du fric, un trompe-la-mort, une passion des âmes basses. Le luxe dénonce les médiocres plus sûrement que le vol ou le mensonge. Le convoiter, simplement le convoiter est une maladie dont l'homme ne guérira plus.

Deuxième voix : le luxe est une fleur, une moisson, une raison de vivre. Il est à la fois l'Orient et l'été de nos vies. Les robins et les cafards le détestent. Bon signe.

Troisième voix : je ne tolère autour de moi que le vrai, le haut luxe : faste des objets, rareté des étoffes, prodigalité des peintures. Haute époque, haute curiosité, haute culture : cimes du goût. Le gratin de l'œil. Etc.

(Du même sac : la *grande* bourgeoisie, le *grand* tourisme. La *grande* richesse. Le gigantisme qui fait noble.) Une fois ou l'autre j'aurais pu enfiler ces perles, un collier ou l'autre, au choix. Sur le sujet mon opinion flottait.

En vérité, habitué dès l'enfance à faire un détour pour ne pas passer devant le luxe, celui-ci, loin de me fasciner, m'effraie. Alors je me tricote des principes : morale de la grillade saignante, esthétique du mur nu, sobres flanelles. Je n'aurai jamais un soleil dans ma tête, ni les doigts fous. Jamais de culot. Je crois à la symétrie, au camaïeu. Le baroque m'a longtemps terrorisé. En peinture je dois me surveiller pour ne pas aimer le trait pauvre. La peinture seule, pourtant, me donnerait la nostalgie du luxe. Peintre, peut-être aurais-je un peu illuminé mes paysages ?

Au lieu de quoi ce deuil en vingt-quatre heures, encre noire, feuille blanche, me rejette à mon épargne, à mes additions de petit garçon scrupuleux. Parfois je dis : « jansénisme »... Mais le moyen de s'y tromper ! Il y a de la folie dans le jansénisme, une sombre maigreur un peu effrayante. Sous moi, au contraire, tous ces tapis à poil court...

L'EXIL

Parmi les dix classifications qui mettent un peu d'ordre dans nos lettres, une surtout me conviendrait. Elle rendrait compte d'un péril que les années vont aggraver : le divorce entre une littérature aérée, de plein vent, et une littérature que bientôt la ville aura exténuée. Mais ces mots ne sont pas exactement ce qu'il faudrait. « Aérée », « plein vent » rendent un son rural et paysan qui n'entre pas dans ce que je veux exprimer. L'important, c'est l'opposition ville-campagne, ou plus précisément ville-pays. Et par pays j'entends tout enracinement décidé par l'écrivain que la ville — c'est-à-dire, en France, Paris — menace ou altère. Enracinement ne voulant pas dire « maison de campagne », mais fuite, *vie*, vie ancienne ou nouvelle, continuée ou recommencée par méfiance envers les voisinages, sollicitations et, pour parler en psychiatre, « agressions » qu'une ville d'aujourd'hui multiplie. La centralisation française, et plus précisément la centralisation des activités littéraires ou para-littéraires (édition, journalisme, théâtre, radio, etc.), ont presque entièrement cristallisé la vie de la littérature autour d'un milieu parisien. Là se trouvent à la fois les occasions de gagner sa vie (si les livres n'y suffisent pas) et les serrures visibles du succès. Impression à la fois juste et fausse : juste s'agissant des gagne-pain, fausse s'agissant de l'accomplissement d'un destin littéraire. Les seules routes vers cet accomplissement sont jalonnées de bons livres ; la question revient à savoir où s'écrivent le mieux les bons livres. Ainsi posé le problème est presque résolu : Paris brûle et stérilise les talents selon cent méthodes de jour en jour mieux éprouvées. Une génération d'écrivains, ou plus justement une certaine « bande » qui fit parler d'elle entre environ 1949 et 1955, s'est trouvée en moins de dix années réduite au silence. La mort, l'alcool, l'ennui, l'argent, le journalisme, doré et le cinéma ont ainsi englouti une demi-douzaine de jeunes hommes.

Devenu une vedette possible (Prix, magazines, télévision, etc.) et le sachant, l'écrivain subit aujourd'hui plus que jamais la tentation d'être *connu*. Une confusion s'aggrave ainsi entre notoriété littéraire et « vedettariat ». Au pauvre homme de lettres de naguère le siècle tend une perche : sait-il s'en saisir, il deviendra un personnage parisien. Comblé d'échos, d'anecdotes, d'interviews, de cruautés flatteuses, il installera sa vie dans un faux-semblant si bruyant qu'il deviendra sourd à tout conseil raisonnable. S'il reste à portée de téléphone de sa drogue il est perdu. Il dînera, boira, sortira, deviendra renommé pour sa méchanceté, sera peut-être reçu dans le monde, répondra en quinze lignes à des enquêtes, participera à des « tables rondes », aimera des dames ou des messieurs, engraissera ou se fanera selon que sa nature prend trop bien ou mal les excès nocturnes, se fera des amis et des ennemis selon cette loi banale qu'on ne se brouille jamais qu'avec la moitié de la terre ; bientôt il portera des lunettes énormes, ou des chapeaux minuscules, ou des cravates pittoresques, essayant pathétiquement de tenter la caricature ; il connaîtra peut-être des succès, peut-être des échecs, aura peut-être de l'argent et peut-être pas (ce ne sont que des détails) et il pourra de cette façon, dans ce style, à la condition de céder assez souplement à la mode et de n'être pas balayé par quelque nettoyage politique, il pourra même durer, durer longtemps, offrant au public cette image de mort-vivant qu'un certain nombre de nos écrivains prennent pour la mauvaise mais indispensable mine de la gloire.

J'ai dessiné le portrait qui précède sans verve, sans citer de noms, l'intention n'étant pas polémique. Je rappelle simplement des évidences qui me tournent dans la tête. Elles justifient mon propos ; que le salut des écrivains français est dans le refus du jeu proposé, dans le retour, s'ils en ont jamais possédé, à leurs sources, et s'ils n'en trouvent pas qu'ils crèvent. C'en est assez déjà d'une littérature de plan de métro artistement baptisée « de laboratoire » pour nous montrer le chemin et nous en donner l'horreur. La ville, et la vie de groupe du club littéraire tourneront demain en dérision toute fête imaginaire, toute exubérance de la voix. Le non-talent est prêt à définir le non-talent comme une esthétique si ce n'est déjà fait et admis. La précédente en date des révoltes et des églises littéraires donna Aragon, Breton, Eluard (sans citer, ailleurs, Ernst, Miró, Tanguy, Chirico, Dalí). Qu'ont à opposer à cette liste les géomètres bègues qui nous offrent des romans à lire par les deux bouts, ou des pastiches de Virginia Woolf à la syntaxe approximative ? Les romanciers, exsangues, annoncent la mort du roman traditionnel. Et puis après ? La littérature a préexisté au roman, elle lui survivra bien. Sans qu'il faille pour cela gaver le lecteur de ces biscuits pour chien allègrement baptisés romans, et même romans rénovés, comme ces dames se pomponnent pour descendre faire le ruban.

Les écrivains français dont l'œuvre ne s'envole pas dès que le vent souffle — je pense à ceux que je respecte : Aragon, Breton, Perse, Jouve, Gracq, Genet, Mandiargues — indiquent assez quelles régions restent fécondes et à explorer. Ces terres-là nourriront encore des livres longtemps après que nos théoriciens du silence seront enfin muets. Et Giono, Chardonne, Arland, Leiris : ils nous mènent insensiblement vers la même leçon. Considérons les écrivains cités ci-dessus : tous d'une façon ou de l'autre des isolés, des exilés intérieurs ou voyageurs, tous le dos tourné au tumulte de l'intelligence parisienne. Je relis : pas une exception.

Car on peut aussi s'enraciner dans ses terres intérieures. La Provence de Giono, c'est l'image d'Épinal de ma démonstration. L'Amérique abstraite d'Alexis Léger, les périples de Mandiargues, les tanières parisiennes d'un Jouve ou d'un Leiris forment aussi de belles solitudes.

Telle est donc la notion la plus juste. Celle d'un isolement secret, d'un refus du pacte social ou mondain. L'opposition se marque alors entre l'écrivain qui accepte les mécanismes mentaux et les goûts d'une société, s'y soumet — et l'écrivain qui les refuse. Ce dernier, d'ailleurs, au lieu de subir imposera (car le dédain impose), et bientôt la mode et ses moineaux piqueurs de miettes s'empareront de ce qui est tombé de lui. Mais là n'est plus la question.

Tout cela bien sûr ne devrait se lire qu'avec l'œil malin et des précautions, et les nuances à introduire... Ces réflexions ne visent qu'à déblayer, afin de faire dans la tête de l'auteur place nette pour des plaisirs tranquilles.

EN GUISE DE POLITIQUE

En matière de politique la sensibilité des hommes de mon âge — trente-six ans cette année — paraîtra bientôt antédiluvienne. Étudiant rue Saint-Guillaume en 1944, je décidai, libre de mon choix, de consacrer le petit essai que l'on exigeait de nous à l'*Enquête sur la Monarchie* ! Lecteurs de Barrès, jeunes contemporains de Bernanos, les échos du 6 février et du Front populaire secouèrent nos enfances. Certains d'entre nous étaient fiers de connaître la liste des cent présidents du conseil de la troisième république ou de pouvoir citer *Leurs Figures*... Maurras, Jaurès, Berthelot, Briand, Tardieu, Blum touchaient nos cœurs ou excitaient notre fureur. Nous nous sentions embarqués sur leurs bateaux. Le grand traumatisme de 40-45 remua une soupe idéologique et littéraire qui cuisait depuis la fin de l'autre siècle dans nos marmites. La division de la France en deux camps, à quoi nous assistâmes un peu sous Vichy et beaucoup après la Libération, était encore un phénomène de tradition : les références à l'affaire Dreyfus abondaient alors dans nos conversations, comme elles abondèrent plus tard tout au long de la guerre d'Algérie.

Peut-être aujourd'hui le paysage est-il en train de changer ? Sans doute le néo-gaullisme n'opère-t-il pas cette métamorphose, mais — hasard ou habileté — il s'appuie sur la vraie mutation en cours, qui est démographique. Les gens de ma génération entendent avec surprise parler d'une France de 47 millions d'habitants, regardent déferler ces vagues de mômes de vingt ans dans un sentiment ambigu de fatigue et de panique. Comme nous allons vite nous sentir des étrangers ! Autour des villes se bâtissent sur des prairies pelées et boueuses des cubes-dortoirs, et non loin des dortoirs des crèches, et près des crèches des écoles, et demain des lycées. Dans ceux-ci des professeurs bâclés en deux temps trois mouvements enseigneront des disciplines « modernes » à des garçons et à des filles obsédés de moyens de transport et de disques. Barrès et Maurras seront loin — et peut-être Jaurès plus loin encore... Ce que l'on appellera politique dans l'époque dépolitisée que tout semble nous promettre ne m'intéresse pas. Pour nous, la politique était une vieille querelle entre amis, une passion des mots et des vies affrontés depuis si longtemps qu'ils étaient devenus familiers. Et cette passion elle-même, pour laquelle je me crus des faiblesses pendant quelques années, avait elle aussi cessé de m'occuper la tête. La sorte de discipline que j'essaie d'imposer à ma vie et à mon travail s'accommode mal de ce grand frottement d'idées que supposent l'information et l'action politiques. Quant aux haines qui sommeillaient dans notre pays, les récentes années nous en ont offert un spectacle qui lève le cœur.

Je ne dis pas qu'il ne soit pas possible de se tracer un honnête chemin à travers ce vacarme et ces confusions, je dis que parcourir ce pays-là ne me tente plus.

Il se trouve que mes amitiés, mes habitudes de pensées, mes journaux sont du même bord. Ma tête et mon cœur sont là, sans passion mais fidèlement. « L'irréalisme » de la gauche, comme on dit, m'agace — mais le réalisme de ses adversaires me donne envie de vomir. Entre deux maux je ne choisirai jamais de vomir.

Au fond, je pense avec tristesse qu'une génération — à peu près la mienne — s'est usée dans une bataille sans éclat, qu'elle l'a perdue, que les jours ne reviendront pas. Mieux vaut se taire que ressasser des amertumes qui ennuieront demain nos petits frères autant que nous a ennuyés le Verdun de nos pères. Nos colères et nos rancunes cesseront faute de combattants. Aux débats de demain il faudra apporter des arguments puisés ailleurs que dans notre vieil arsenal. Le vocabulaire lui-même change, nos îles les plus familières sont près d'être englouties. Entre le petit garçon français d'avant 1935 qu'avaient fasciné Lyautey, « l'Exposition coloniale », et que son père menait visiter la « tranchée des baïonnettes » ou l'Ossuaire de Douaumont, et le gamin de Flins ou de Pierrelatte dans son univers de murs neufs, de consommation forcenée, de Méditerranée à crédit, de rêves mécaniques et d'extinction des idées générales — entre l'un et l'autre un monde a passé, et avec lui le goût que pouvait avoir l'auteur de ces lignes de s'intéresser aux constitutions idéales et au sort de la Cité.

LES VACANCES

Au mois de novembre 1940 commencèrent pour moi des vacances qui durent encore. Vingt-deux années de nez en l'air, de nomadisme : je suis majeur en matière de liberté.

Ce n'est point là une vue de l'esprit, une satisfaction d'après coup. Je me rappelle avec quel émerveillement Étienne et moi, vers 1942, nous découvrîmes que nous vivions comme des princes. À notre vie de tous les jours — lycéens peu nourris, hirsutes et grands amateurs de scies juvéniles — nous avions donné un ton de nonchalance et de confort. Nous étions bien installés dans nos peaux. Nous n'attachions à nos devoirs d'état (lycée, familles) qu'un intérêt méfiant. Nos vraies affaires étaient ailleurs. Nous étions assez voyageurs et assez passionnés (des voyages et des passions immobiles que tolérait l'époque) pour que tous les jours de la semaine eussent bon goût. Nous trouvions la vie appétissante. Et même s'il arrivait — pour moi surtout — que cet appétit se démentît et qu'il fallût traverser des orages, nous avions un sens du théâtre (de notre théâtre) assez averti pour sauter sur ces occasions de souffrir d'une façon intéressante. Nos jours se passaient à écrire des lettres, des journaux intimes, des drames psychologiques et des confessions. Nous étions terriblement au fait de nos états d'âme. Des adolescents bourrés de littérature à en éclater, prêts à tenter presque toutes les excursions, conscients d'être prêts, fiers d'être conscients, confortables d'être fiers. Presque chaque jour nous nous félicitions d'être qui nous étions et comme nous l'étions. Encore une fois : à défaut de bonheur, la gaieté.

C'est alors et ainsi que je pris la résolution de considérer ma vie sans excès de pathétique. Plus tard je découvris qu'il est facile de dire non. Enfin : sinon facile, au moins possible et commode... J'usai largement de cette licence et je pris l'habitude, non par héroïsme mais par goût de continuer mon chemin, de vivre assez libre. Débarrassé de mes scrupules familiaux par des mélodrames que ce n'est pas ici le lieu d'évoquer, je me retrouvai au bord de ces rivières peu profondes : l'argent, les métiers, les amours.

J'ai vécu dans une assez grande pauvreté pour être sûr que l'abondance ou le manque d'argent ne touche guère au plaisir des vacances. Quant aux travaux et aux dames, il faut parfois se débattre, entre vingt et trente ans, pour que leurs cordes ne vous étranglent pas. Plus tard ces escarmouches s'apaisent. On prend soi-même à deux mains le licol, comme Napoléon la couronne, et l'on se sacre homme d'ordre et père de famille. Mais il est vrai qu'alors un peu d'alcool s'est évaporé ; adieu peut-être l'ivresse des voyages.

Ne nourrissons pas d'illusions : le goût de vivre souplement ne permet guère de faire bonne figure. Le contraire d'un homme sérieux, ce n'est pas Lafcadio, c'est Filochard. J'ai plus souvent dans ma vie ressemblé à l'honorable Pied-Nickelé qu'au héros de l'oncle Gide. On galope, on galope... Quelques années plus tard on se retrouve le souffle un peu court, mais on frissonne encore de plaisir à l'évocation de toutes ces filles de l'air que l'on a jouées. Je ne crois pas qu'il soit possible de se sauver plus souvent que dix ans durant je me suis sauvé. (Et j'aime que la même expression signifie à la fois assurer son salut, préserver sa peau et prendre ses jambes à son cou.) J'appelle donc aussi vacances cette escapade perpétuelle. On ne m'a pas souvent mis la main dessus. Croyait-on me tenir ? La dérobade n'était jamais loin. Têtu comme un cheval qui refuse l'obstacle. De tous les cornacs ce sont encore les patrons qui eurent la main la plus dure : ils détenaient l'argent, et mon horreur de la pauvreté traversée naguère me fit parfois tenir tranquille un moment. Mais quand j'osai enfin filer quel oxygène ! Je me rappelle le contentement qu'il m'arriva de promener dans les rues certain jour, comme je venais contre toute raison de claquer la porte d'une de mes prisons. Au fond, en douze ou quinze années rien n'avait changé depuis les cours séchés de Louis-le-Grand : même sentiment de faute vénielle, même plaisir animal à écouter couler des heures vides. Hélas ! ou tant mieux, je n'avais pas pris de bouteille : adolescent j'avais été, adolescent je voulais demeurer. La dose d'infantilisme restait forte dans cette passion de filer, je le savais, mais je comptais promulguer un grand nombre de lois afin de protéger mes séquelles d'enfance, de les cultiver, d'en extraire tout le bonheur possible. La vue des grandes personnes n'a pas fini de me serrer le cœur.

Je sais par quelle faiblesse du système le ridicule peut se glisser dans mon organisation : le risque de devenir un vieux jeune homme, un de ces pantins à l'œil de faïence dont les audaces hérissent le poil des petites filles. Il suffira d'y prendre garde ; un peu de tenue écarte fort bien ces périls. Les ridicules, ce sont les rajeunis maladroits, les quadragénaires affolés qui soudain se jettent dans la chasse et les jeux avec leur mine gourmande. Le démon de midi s'installe dans les cœurs vulgaires. Il reste au contraire de l'innocence dans les vies fidèles à leur enfance.

Pour en revenir au bonheur, je voudrais parler des voyages.

Parmi les souvenirs parfaitement rassurants de ma vie prendront place ces fuites solitaires qui furent le sel et la respiration de ma jeunesse. La recette était simple, à la portée de tous les talents : monter en voiture à l'improviste et partir. Une seule condition : que ce fût un des neuf mois de l'année pendant lesquels les honnêtes gens sont à la niche. Une loi de météorologie veut que le temps soit beau quand les Parisiens ne sont pas là pour en profiter. Ciels d'octobre ou de mars, champs roux de décembre, vous êtes toujours aux couleurs de ma vie. On arrive dans des villes sans méfiance, on couche dans des hôtels déserts. Je fis ainsi des découvertes innombrables.

J'appris la sensualité des filles de Chalon-sur-Saône, la douceur des Noëls d'Oléron, le goût un peu rude de mai en Engadine, la brume précieuse sur la Brenta en hiver. Ces « mois creux » du tourisme étaient les mois fastes de ma vie d'homme seul. Il me semble me souvenir ainsi d'un seul interminable voyage : ses plaines profondes, ses alpages aux herbes encore jaunies par la neige, les auberges où des mots allemands parlent de vies que je ne connaîtrai pas. Au soir des journées de route les villes deviennent passionnantes. On voit des gens se hâter vers des maisons jalouses. On croit deviner des histoires pleines de secrets. Plus tard, quand les portes sont fermées et les lumières éteintes, on fait sonner son pas dans des rues livrées au silence. Quel songe poursuit-on ? La mémoire et la lucidité vous tiennent la main et vous guident.

Il existe un mot allemand — *Vorfrühling* — pour désigner ce moment de l'année en équilibre entre la neige et le soleil. En montagne (où me ramenaient souvent mes voyages) c'est le mois pendant lequel on entend l'eau couler le long de toutes les pentes. Je ne sais pourquoi : toutes mes vacances dérobées me paraissent aujourd'hui avoir murmuré ce mot, appris naguère je crois chez Eichendorf ou Chamisso. C'est pour moi l'époque des commencements — des départs — puisque mes fuites elles-mêmes étaient le commencement de quelque chose, d'une vie plus digne, de ce silence à l'intérieur de moi sans lequel je ne saurais plus vivre.

Je parle des paysages et des saisons avec un peu de cette sentimentalité qu'on pardonne plus volontiers aux anguleuses romancières britanniques, ou aux Allemands fort marcheurs, qu'aux frivoles Français. Ma morale de blond m'a sans doute donné des goûts de blond. Tant pis. Vers le milieu présumé de ma vie mes rêves ont changé de cap. Semblable à l'homme sage de la tradition je marche désormais « du village vers la forêt ». C'est que nous crevons du village. Nous crevons de la ville. Nous crevons de voisinage et de conversation. Que les fanatiques de la conversation ne lisent pas ce livre : il n'est écrit que pour couvrir au-dedans de moi leur bruit. Je récuse pour lecteurs les fins causeurs.

Il est arrivé plusieurs fois que l'on m'engageât pour écrire des scénarios ou des dialogues de film. Je me rappelle mon indignation devant les exigences des producteurs. Non seulement ils m'imposaient leur sottise, leur sujet, mais encore leurs lieux et leurs horaires. Il était décidé dans des bureaux du VIIIe arrondissement que mon talent serait particulièrement productif dans une auberge des bords de l'Eure. « Et la note du bar à notre charge, mon vieux ! » Je crois ne m'être jamais sauvé aussi vite.

Je ne suis pas une chèvre faite pour brouter au piquet.

LES PAYSAGES

Longtemps, sublimes ou non, les paysages m'ont cassé les pieds. Les photos ennuient. Or, tous les paysages ressemblent à des photos. Mon affaire c'était l'Humain. Bistrots, grouillement, Gênes, Mouffetard, etc., je me gargarisais avec ces fariboles. Je n'avais pas encore compris que plus c'est vide plus c'est beau. J'ai mis du temps à évacuer de mon goût tous ces pouilleux que j'avais eu la maladresse d'y laisser s'installer. C'est fait. Je collectionne à présent de superbes souvenirs de vide : le désert de Moab, la Vallée des Rois. Ou bien ce néant des cailloux surgis de la mer — et la mer si profonde, sa nuit d'eau, sous moi, peuplée du jeu des poissons : les îles Lipari. Ou bien encore l'air rare et bleu des aubes en montagne.

Puis est venu le besoin inexplicable d'une masse d'eau calme posée devant moi, au-dessous et loin de mes yeux, sur quoi le vent glisse ses friselis, ses rides contrariées, ses géométries de mat et de brillant. Dans cette catégorie, on ne trouve pas mieux en Europe que le Léman entre Pully et Villeneuve. La chance et l'amitié ont voulu que nous puissions construire une maison dans une prairie orientée selon mes désirs. Je me suis alors assis face à ce paysage immense. Quand je levais les yeux tout en moi se disloquait : les grandes étendues de ciel et d'eau, je le crains, possèdent la propriété de dissoudre les pensées humaines. J'ai donc tourné ma table de quatre-vingt-dix degrés et je travaille désormais le nez collé sur trois sapins. Ces mésaventures font réfléchir. Quand nous sortons du chalet, je ruse avec le paysage. Je regarde le ciel, les montagnes, l'état de l'herbe ou de la neige. Je ne risque mes yeux vers le trou magnifique qu'avec d'extrêmes précautions. Toujours cette peur de me défaire, de me fondre dans les nuées qui voyagent à l'assaut de notre terrasse.

Voici une dizaine d'années, habitant devant la plus belle « vue » des Alpes, je dus au bout d'un mois changer de chambre : je m'installai dans une taupinière dont les fenêtres ouvraient sur un talus. Là, je rassemblai mes débris épars avant qu'il ne fût trop tard. Je ne crois pas que la consommation imprudente des paysages soit inoffensive.

Le tourisme, qui ne m'a jamais séduit, me scandalise de plus en plus. Le musée et la conversation m'essoufflent. Restent pour mes étés la lecture, un peu de marche, et ces hôtels pourvus d'un personnel pléthorique qui sont une des dernières manifestations du fantastique social en Occident.

Sans parler de l'étonnante notion des « curiosités

naturelles » (grottes, gouffres, cheminées des fées, pertes des rivières, etc.), les guides m'ont toujours intrigué, qui jettent le touriste à l'assaut des belvédères, éminences, corniches, points culminants : tous les lieux d'où l'on surplombe d'autres lieux. Là où confluent la notion d'altitude et celle de beauté plane pour moi un mystère. Je n'ai pas de réponse à apporter à ses questions. Que l'on visite les villes, villages, ruines, châteaux, rien que de naturel ; c'est rêver sur le faste et sur le temps. La mer, c'est nager. La plage, c'est brûler. La montagne, c'est faire suer le genou. Mais le panorama remue dans l'homme une émotion vague et totalement inexpliquée. Je passe désormais une partie de ma vie devant, et presque *dans* une espèce de champion des panoramas : à part la vague crainte qu'il m'inspire comme je l'ai dit, sa présence n'a en rien éclairé ma lanterne.

Ma chère Suisse, avec ses Righi, Pilat, Gornergrat, Burgenstock, Caux, Jungfraujoch, bref sa religion du point de vue, ne cesse pas de me poser des problèmes. Je risquerai cette hypothèse : la vertu des paysages immenses consiste à nettoyer les têtes en comblant les yeux. Il se crée une osmose et le vide extérieur règne bientôt au-dedans de nous. Le malaise que je fuis constituerait donc en somme le plaisir recherché par les voyageurs, la récompense des grimpeurs. La contemplation des lacs et des vallées apparaîtrait alors comme une technique de la paix intérieure. Sans me satisfaire tout à fait l'explication ouvre des voies au rêve.

HOMMAGE À GEORGES DUHAMEL

Les premières affaires de fusées et l'émoi qu'elles provoquèrent me laissèrent c'est peu dire froid : furieux. Tout ça, c'était de l'électricité. Ces merveilles techniques ne changeaient rien à l'essentiel : ma peur. Cent planètes respirables et dix habitées apporteraient des compléments d'information (et je me bats l'œil de l'information) à l'homme sur lui-même — mais aucune information fondamentale. On bouleverserait la biologie, l'anthropologie, diverses images de Dieu, sans rendre pour cela notre enveloppe plus habitable. Tel est en tout cas mon évangile. Dès lors à quoi bon perdre son sang-froid pour ces histoires de physique un peu compliquée ?

Sans exception notable, la passion pour les « découvertes » fait bon ménage, chez ses passionnés, avec une forte dose de sottise.

(J'ai hésité avant de mettre noir sur blanc cette réflexion. Crainte de paraître futile, réactionnaire. Ces remarques de bon sens ont pourtant l'utilité de libérer quelques paresseux de l'enthousiasme où, prudemment, ils se terraient par peur d'entendre l'assemblée des idiots les accabler. Continuons donc.)

Ce siècle m'assomme. Je veux bien qu'il invente de belles machines, et que ce soit même là sa noblesse, ce par quoi il marquera probablement dans l'histoire, mais de là à être coiffé de ces avions... Les ingénieurs m'ennuient, qui nourrissent mon œil, excitent peu mes songes et ne m'aident pas à vivre. Je n'appelle pas mieux vivre aller à New York en six heures au lieu de laisser la vieille mer nous secouer les intestins. La sorte de vivacité qui m'intéresse se trouve ailleurs. Morand, homme rapide s'il en fut, et passionné de « moderne », a décrit sombrement la fin de *l'homme pressé* : cardiaque, terrorisé. Les ivresses de ce temps débouchent sur l'inutilité de tout.

Réhabilitons Duhamel. Il écrivit naguère sur les jouets de notre temps, dont il voyait la fièvre monter, des vérités vieillottes et qui firent ricaner. C'étaient des vérités : on les déteste. Les villes, le cinoche, la bagnole, les médicaments omnibus, tout à la portée de tous et nulle part à la portée de partout : c'est l'enfer. On a pardonné à Valéry de l'avoir remarqué à cause du style noble. Nos malheurs quotidiens ne se déroulent pourtant pas sous le signe des grands genres. La migraine, la tête vidée, les lieux et les personnes interchangeables, notre mort elle-même, autant de sujets de comédie. On voit ce qui rend les Duhamel irrécupérables :

ils ne veulent pas sauver le silence pour rêver, mais pour dormir.

*

Je m'en voudrais de prêcher l'herbe, la nuit où aboient les chiens. On n'ose plus porter la santé ni les bons conseils, on ferait rire le monde. Pourtant la frivolité de mes contemporains m'effraie : avares de leurs sous, de leurs femmes, ils sont prodigues de leur vie. Ils économisent, ces bourgeois, sur ce qui se gagne et se conquiert. Ils dilapident les os de leur carcasse dont le nombre, on le sait, est strictement limité.

*

« Ah ! c'est honteux d'écrire des niaiseries pareilles !

— Elles sont justes.

— Justes ou pas, tenez-vous un peu mieux. On n'est pas dans le train ici, ni au bistrot. On est *dans un livre*. Il ne faut pas écrire de banalités. Tâchez de trouver des choses rares et artistiques. Regardez autour de vous, ils font tous ça. Parlez, je ne sais pas, moi, parlez de l'érotisme, de Stendhal, des Chinois, ou bien d'ethnologie. Ça, l'ethnologie, c'est intelligent, c'est très bien considéré. Même les gens de droite n'attaquent pas les ethnologues tant ils sont à la mode. Et ils tournent aussi le dos aux fusées, hein ? L'âge du fer. L'âge de la pierre taillée. Les Indiens anthropophages...

— Je déteste les voyages...

— Très bien, très bien, c'est un bon début !

— Ce n'est pas un début, hélas ! M. Duhamel voyageait beaucoup : il faisait des conférences... »

LE GRAND NUAGE

Au-dessus des grandes villes stagne ce que j'appellerai, d'une expression un peu forte mais qui exprime à la lois mon sentiment et la réalité clinique du phénomène, un nuage de merde. Entrent dans la composition de ce crépuscule en plein jour les gaz issus des moteurs à explosion, les fumées des chaudières au mazout, divers résidus des industries humaines et, pour une forte part, les émanations issues d'activités réputées innocentes comme la conversation, l'allocution politique ou la récitation du « Journal parlé » radiophonique. L'ensemble s'agglomère en un poison capable de tuer son homme en dix minutes. (À Londres où ce prétendu brouillard, moins discret, descend parfois jusqu'au niveau des nez, on ne compte plus ses victimes.)

Entre ce nuage et moi il existe une querelle personnelle. Je le soupçonne de pervertir les cellules de nos cancéreux. Je lui attribue une responsabilité dans l'indigence des conversations qui rend les dîners si éprouvants. Peu à peu ma vie se modifie selon l'espoir de me placer en un point de l'écorce terrestre où l'ouate en question ne s'interposera plus entre le ciel et moi. (Il va sans dire qu'après N années de vie hygiénique, aérée, soumise à une ardente insolation, je succomberai aux atteintes d'une maladie sordide, de celles qui ne terrassent que le poinçonneur de tickets de métro fumeur de soixante-quinze gauloises par jour... Cette intuition nonobstant je marche à grandes enjambées sur la route de ma libération. Déjà, juché sur une montagne, j'apprends à me passer de vitrines, de journaux, d'amis, des films joués à la « Pagode » et des conforts les plus élémentaires.)

LE SUD

J'aborde, venant du bateau, sur une plage, dans l'hostilité générale des choses : traces de mazout dans l'écume de l'eau, concrétions indéfinissables que l'on redoute d'écraser, falzar mouillé lors du saut maladroit, gravier qui s'insinue dans les espadrilles où j'ai glissé mes pieds humides et souillés. À peine est-on à terre, la chaleur devient suffocation. La plage est grise, d'un gris de suie éventée, un sable dont on croirait qu'il va vous tacher. Je me mets en marche vers les maisons et la route. Les bâtiments que j'aperçois sont rudimentaires, souvent de simples cubes jaunes ou blancs, leurs toits en terrasse. Un hôtel devant moi ressemble aux *bunker* construits naguère par l'armée allemande. Au-delà de la route, de la voie du chemin de fer et d'une étroite bande cultivée, s'élève la montagne rousse. On ne lui voit pas d'arbres mais deux clochers, des chapelles dont l'accès demeure mystérieux, très loin au-dessus du niveau de la mer. Nous sommes sur la côte de Calabre.

Vu de près, l'hôtel est bien une casemate. Rien ne le garde du soleil. Ses clients se sont réfugiés dans un coin de la terrasse que protège un pan de mur. Ils sont là comme des soldats tassés dans un angle mort que n'arroserait pas la mitraille. Ils jouent aux cartes. Les hommes portent sur leurs cuisses de forts ventres nus. Une des femmes actionne un poste à transistor. Une autre, vêtue de fleurs mauves, bat de l'éventail.

Je reprends mon chemin. Je passe entre des maisons à la destination incertaine, parfois entourées de grillage, aux volets fermés. Construits en moellons, les murs n'ont pas toujours été enduits de plâtre ni de peinture. Ils offrent alors à l'œil la rugosité écorcheuse et terne du ciment. Entassés çà et là des parpaings servent aux jeux des gosses et envahissent le chemin. Tout au long de ce chemin gisent des objets abandonnés : fers rouillés par le sel, vieux emballages, dossiers de chaises, débris de bicyclettes, cartons ou papiers que la nourriture a graissés. Des chiens et des poules, également maigres, fuient dans mes jambes. Déjà je m'essuie le visage. Si les murs de quelques maisons ont été peints la peinture en a craqué, s'est effritée en larges plaques. L'aspect de toute la localité se partage ainsi entre la grossièreté du béton et cette dessiccation de l'ocre ou du blanc qui pourrait être le résultat d'une très longue cuisson.

Sur le goudron mou de la route passent parfois des Fiat rageuses. Je longe un trottoir planté de lauriers aux feuilles enduites de poussière. J'arrive au centre de l'agglomération. Relayée par différents postes de radio une chanson coule sur la place. Les boutiques sont de deux sortes ; les unes : de simples pièces ouvertes sur la rue (sans le connaître il me semble que le Mexique doit abonder en échoppes de ce genre), les autres qui prennent des airs citadins : vitrines, publicités d'*Ambre solaire*, des glaces *Allemagna*, « *Bevete Coca-Cola* », etc. J'ai aperçu plusieurs « salons » de coiffure (en fait des pièces nues, ornées de deux fauteuils placés en face de miroirs piqués), des magasins où s'amoncellent palmes et masques destinés à la pêche sous-marine, d'autres où acheter des vermouths et du vin. Sur la place un hôtel *moderne* — le soir on le devine ses tubes fluorescents aveuglent les passants à cent mètres — étale une terrasse peuplée de jeunes gens avantageux. Je m'y assois : on y mange d'excellentes glaces. Il est en revanche difficile de trouver dans le village ce que je cherche : du fromage, du pain, des fruits.

Je reprends ma route en sens inverse. Sur un mur des slogans fascistes peints voici plus de vingt années paraissent frais comme au premier jour. Poules, chiens, détritus, poussière, chaleur, vieilles femmes vêtues de noir, églises dans le style jésuite accentuent mon impression de traverser les décors ou les obsessions d'un film de Buñuel.

Au bout d'un quart d'heure, la chemise plaquée aux omoplates par la sueur, le visage gras de poussière, je retrouve la plage et la mer. Je me sens dans un grand désarroi. C'est alors que me vient le désir de noter un jour ces sensations, de fixer ces images et d'en chercher en moi le sens.

*

Depuis plus de quinze années je m'interroge sur les fureurs que lèvent en moi les pays de la Méditerranée. Leur mode envahissant les goûts et les étés, je me suis senti de plus en plus isolé, exilé dans ma peur du Sud. Je voudrais remonter aux origines. Je tombe sur des illustrations. Je retrouve en moi des scènes très proches, des souvenirs de fatigue et de colère qui sans doute ont peu à peu gonflé mon ressentiment jusqu'à le rendre, comme il est aujourd'hui, étouffant.

Matins de Cabris, avec Laurence, où dès huit heures le soleil se posait sur notre lit, nous obligeant à nous lever malgré la nuit courte et lourde, nous jetant l'un comme l'autre, visages amaigris et tirés, à cette bataille que notre fatigue rendait à la fois plus exténuante et moins facile à éviter, à la fatalité du tête-à-tête, au corps à corps dont nous venait l'horreur.

Midis de Majorque, auprès de Gerda, quand le ciel et la mer prenaient la même teinte de zinc, l'eau immobile épaisse au point qu'y plonger paraissait soudain impossible, et nous attendions tout le jour l'orage et la nuit, mais parfois Gerda ne résistait pas à la tentation de me parler de son plaisir, de ses hommes, avec des mots qui empruntaient leur crudité à la détresse et à la férocité du paysage. Il nous arrivait alors d'aller marcher sur le port toujours désert, où la pierre nous aveuglait, et sur lequel passait l'odeur des poissons que déchiquetaient les chats.

Nuits de Tunis, avec Étienne, dans la moiteur d'un palace hors d'âge aux murs tendus de tapis, avec cette douleur qui me jetait dans les rues à la recherche d'un remède ou de fraîcheur, pour n'y trouver que le parfum de vase que le vent portait depuis la Goulette.

Tramways du Caire, rues couleur de sable, et le petit garçon tenant en équilibre au milieu de la foule un plateau couvert de gâteaux au miel sur lesquels se battaient les mouches.

Rues d'Athènes parcourues un matin dans un dénuement si total, mes yeux cherchant Dieu sait quel salut et ne rencontrant que l'inimitié du ciel et la méfiance des visages.

Place de Kairouan que nous crûmes, dans le four étincelant de deux heures, ne pas pouvoir traverser car nous avions bu beaucoup de vin glacé et les maisons blanches dérivaient sous nos pas.

Sables, routes, montagnes crayeuses ou rouges, mer trop lente, peuples aux yeux sombres, villes de moiteur et de bruit que j'ai visitées en ennemi, aviez-vous quelque chose à apprendre à ce paysan lorrain qui n'a rien entendu ?

À moins que seul mon corps ne refusât l'épreuve ? Mon corps que le soleil dévaste, que la chaleur afflige de détresses minuscules, mon corps qui ne supporte pas, posés sur lui, les regards fixes et brillants des filles du Sud. Impression, sous vos ciels, de rendre toute mon eau. Horreur de ces moricauds secs comme des fouets qui suivent des yeux mes compagnes blondes. Horreur de ces gestes qui ont toujours l'air de faire la publicité de virilités populaires et inépuisables.

Ce jour, en Grèce, où j'ai compris comme dans ma chair le déferlement des invasions. L'Europe méditerranéenne faite pour être balayée par les barbares descendus des Flandres, de Scandinavie, de Germanie. Soldats d'Hitler poussant à la pointe de leurs bottes tous ces bavards aux mentons bleus. Croisade albigeoise. Folie des rois de France avant Pavie. De temps en temps, la grosse bête blonde s'agace et écrase d'un coup de patte les joueurs de luth, les maçons pleins de jactance, les ramasseurs de dattes endormis à midi sous les camions. Ces affaires de culottes, de regards et de poussière s'appellent sans doute racisme. Joignez-y l'inconsciente jalousie, tout le sérieux de la vie découvrant avec fureur le plaisir de la vie, les éternels coupables du Nord découvrant l'innocence, mais ils ont trop chaud sous leurs armures et leurs vestons... Ajoutez-y la sottise militaire et le provincialisme des Français, et voici les dix dernières années de notre histoire. C'est donc de *cela*, debout sur la plage grise, que je me découvrais le cousin ? Cela qui me fait horreur et à quoi ma peau rose, mes yeux bleus, de près ou de loin collaborent ?

UN SENTIMENT RÉACTIONNAIRE

Je m'impose chaque semaine la lecture des magazines et des hebdomadaires. Voilà dix ans c'étaient deux heures bien agréables. Le mardi je me sentais l'appétit aiguisé. Le mercredi et le jeudi, une vraie fête. *Match*, les feuilles littéraires, bientôt *L'Express*, m'offraient des images, des vanités, des visages familiers, une France bien connue, fiévreuse, pas tellement riche, les pieds enlisés dans l'un ou l'autre de ses bourbiers coloniaux, et ces têtes politiques exaspérantes comme la bobine d'un oncle qu'on est obligé d'héberger dans l'appartement trop petit — mais enfin les parents c'est les parents —, une littérature tout droit venue de l'avant-guerre, c'est-à-dire de l'autre siècle, Malraux dont on disait qu'il était un *aventurier* et que l'on photographiait l'œil dans la ligne de mire d'une carabine à la foire du Trône, Montherlant dont on expliquait qu'il était *romain* et que l'on voyait se posant un masque d'or sur le visage — bref mon père, sortant du caveau de famille et bavardant gaiement avec moi dans une allée du cimetière de R., n'eût pas été tellement désorienté par la liasse de journaux par moi glissée sous son bras avant qu'il ne retournât aux espaces infinis, par moi : c'est-à-dire par un fils *ressemblant*.

Cette France d'avant-hier prolongée nourrissait ses fils de rengaines. Les rengaines paraissaient éternelles. Il y avait les dollars américains (ce bon vieux plan Marshall devenu endémique), les visites de nos présidents du Conseil à Washington, la valse de ces présidents, nos « boulets » (l'indochinois, puis le tunisien, puis le marocain, puis l'algérien), et si-la-France-ne-traînait-plus-ce-boulet-elle-serait-plus-prospère (mais y croyait-on vraiment ?), et la crise du logement, Non-à-la-vignette, les délais d'un an pour acheter une deux-chevaux, les grognements militaires (mais y croyait-on vraiment ?), et tout-ça-finira-par-de-Gaulle (alors là on n'y croyait pas du tout), la toute-puissance américaine, les camps staliniens, l'inépuisable fécondité de Sartre, la gauche seule capable de distribuer un peu de liberté aux peaux de couleur, le péril communiste, la grève générale (et M. Laniel qui disait « non » à la grève qui répondait zut à M. Laniel), l'Allemagne en train de se redresser (« Mais ils travaillent, *eux*, monsieur ! »), et la France, la bonne France fatiguée, nébuleuse et frivole, « consciente de sa vocation mondiale » mais aussi « consciente qu'une page était tournée », la France toujours blessée, chimérique, chrétienne, étrécie, « rempart de l'Occident devant le péril rouge » mais chatouilleuse sur le réarmement allemand, la France insupportable qui ne savait plus si elle était le royaume de Louis XIV, l'empire de Napoléon ou un district écarté, turbulent mais peu connu du Wisconsin.

Dans cette France-là nous étions à l'aise comme dans un vieux costume. J'avais envie d'écrire mon petit essai « sur la tristesse d'être Français », mais au fond comme c'était plaisant de pouvoir larmoyer sur ce vieux pays ! Notre façon d'être patriotes était douillette, hargneuse ; nous étions avec notre pays comme sont les vieux ménages. Cela pouvait bien durer toute une vie : la nôtre. Cela permettait de glisser, dans la méditation sur le vieillissement des civilisations, un couplet plus personnel : pour être franc, un pays qui paraissait à la fois increvable et en train de doucement crever, voilà qui était à notre image. Un homme ne déteste pas que le déluge coïncide avec le jour de ses propres obsèques. La faible santé de la France et la fatalité de son déclin ressemblaient assez à l'idée que se faisaient les hommes de ma génération de leur cœur, de leur foie, de leurs cellules, et surtout de leur mort, qui au moins serait un peu fêtée dans ce pessimisme général.

Or, que se passe-t-il aujourd'hui quand j'émerge de mes lectures hebdomadaires ? Quelle dérive s'est donc produite, qui me fait paraître si lointain, si nouveau, si peu reconnaissable et pour tout dire si fou, un univers qui pourtant devrait être resté le mien ? En pile sur ma table j'ai posé une bonne douzaine de *Match* et de *Candide* ; que contiennent-ils ?

Ils contiennent du fric, du succès, du gaullisme, des « Mirages IV » porteurs de bombes *françaises*, des visages de vingt ans (chanteurs), de quarante ans (ministres, « grands commis », patrons sociaux), deux visages sans âge (notre général et le chancelier voisin), des bals de débutantes, des statistiques devenues folles, un épais et violent parfum de réussite, de richesse et de grand restaurant... Ils contiennent un pays méconnaissable, occupé à chanter sur l'air de *La Marseillaise* le célèbre couplet d'Offenbach — dans *La Vie parisienne* justement ! : « Je veux m'en fourrer jusque-là ! jusque-là ! jusque-là... »

Trois tornades paraissent tordre notre actualité : la jeunesse, la richesse, la bombe. La jeunesse est comme une inondation. Ils sont des armées, ces gamins, des masses écrasantes. Ils représentent, nous dit-on, et représenteront de plus en plus un goût et un marché. C'est donc pour eux qu'il s'agit de produire, et selon leurs humeurs, car demain ils seront un sur deux des acheteurs français. Chaque mois il faut leur inventer un jeu, une chanson, une chanteuse, une danse, une mode. Demain il leur faudra des bagnoles, de plus en plus de bagnoles, de toutes les couleurs, de toutes les formes, et que ça change ! Et dans les bagnoles des transistors, et dans les transistors des glapissements, et entre deux glapissements un petit cours de géopolitique donné par le célèbre professeur de Gaulle, un centenaire énorme et peu connu qui a déjà remporté les victoires de Sedan, de la Marne et d'Arromanches. Il y a dix ans les auteurs de science-fiction imaginaient la terre livrée aux martiens, aux chiens, aux fourmis, aux oiseaux, à l'herbe. Aujourd'hui l'anticipation voit simplement nos rues livrées aux hordes de jeunes gens vêtus de noir...

La richesse éprouve des joies perverses à oser se montrer, s'étaler pour la première fois au soleil depuis — depuis quand ? Il faut remonter à l'Ordre moral, peut-être à Guizot, pour trouver une conscience aussi satisfaite du capitalisme français. Finie la richesse d'oppression ! À nous la richesse d'expansion... Et voilà le grand-père Marx livré, ficelé, rôti, aux appétits des jeunes technocrates U.N.R. Au sens exact des mots : c'est la découverte de l'Amérique. « La France se scandinavise », constatent avec une moue incertaine les sociologues. Eh oui ! Vous n'avez plus qu'à installer dans les halls de gare des distributeurs automatiques de contraceptifs et à surveiller la statistique des suicides métaphysiques, et votre comparaison tombera dans le mille. Partout le délire des chiffres s'étale : nombre de disques vendus, nombre de trains supplémentaires à Pâques, nombre de voitures dans Paris, nombre de permis de conduire délivrés, nombre de kilomètres de remonte-pente, nombre de lits d'hôtels, nombre de milliards (en dollars) investis par les Américains dans nos usines, nombre de milliards (en francs) que possède monsieur X., nombre de milliards (en or) que recèlent enfin les caves de la

Banque de France, nombre de membres du Club Méditerranée, nombre de lecteurs du Goncourt, nombre de pièces du château de tel gandin de cinéma, nombre de coups qu'a tirés la nuit dernière Julio Casarota le célèbre play-boy — nombre de quoi, encore ?... Du nombre d'heures qu'il vous reste à vivre, lecteur de magazine, qui vous parle ? Du nombre de minutes de silence qu'on respectera dans votre tête, qui se soucie ? Que voulez-vous ? Des moteurs, du ski, des « intérieurs » Louis XV, Tahiti, de la culture, des vacances supplémentaires, des rêves dorés, des princesses ? La France tient désormais tous ces articles. Elle produit, elle surproduit. Elle consomme, elle surconsomme. Et tout le monde consomme, voilà le miracle ! Comme c'est commode au lieu de posséder deux cents familles d'avoir 47 millions de riches, c'est-à-dire d'automobilistes. Comme disait le grand oiseau noir d'Écosse en glissant sur des mottes de beurre au terme d'une histoire célèbre : « Ça, c'est la vie ! » Enfin, nous y sommes : Ça, c'est la vie. Cette énorme rumeur, cet énorme grouillement, cette ressemblance de tous avec tous, et la future maison de M. Simenon où-il-y-aura-une-prise-T.V.-dans-chaque-pièce, et les autoroutes à trois, à cinq, à dix voies, et les Chinois, les audacieux Chinois qui ont peut-être envie de mettre de la sauce sur leur riz et des bombes sur nos têtes : Ça, c'est la vie...

Enfin, pour le cas où ces satisfactions ne combleraient pas encore toutes vos inquiétudes, indociles cervelles françaises, on vous prépare en haut lieu et à grand prix un « ça c'est la mort » tricolore que le monde entier va contempler dans la bonne humeur qui se devine.

Pour prendre tout son prix, c'est bien connu, une surabondance de vie doit sentir planer sur elle la menace d'une surabondance de mort. Jusqu'à présent nous avions laissé à d'autres inventeurs, à d'autres moralistes, à d'autres militaires l'initiative et le plaisir d'ajouter ce zeste, ce rien de sel à notre pitance quotidienne. Désormais tout va changer : des bombes françaises, portées par des ailes françaises, ou encore des fusées françaises, seront au service des querelles françaises et assureront aux dames françaises cette euphorie sur la terre, cette sécurité profonde qui donnent envie de mettre au monde de jolis bébés. (Oui je le sais c'est d'un effet un peu gros, un peu facile cette opposition des bombes et des bébés, mais moi ce que je trouve *facile*, justement, c'est le voisinage dans mon journal de ces cris de vie et de ces cris de mort ; c'est que le même vertige du fric retrouvé porte à la fois ses rêves de bonheur — si l'on veut absolument baptiser bonheur le délire de consommation — et ses rêves de cataclysme. Je trouve ça le comble de la facilité.) De quelle incroyable illusion essaie-t-on de nous farcir la tête ? Ce fameux avion français dont on nous promet qu'il n'est pas près d'être démodé, et qu'il peut porter jusqu'à Moscou une bombe très convenable (sans en revenir, évidemment, mais on ne peut pas tout avoir...) cet avion s'appelle un *Mirage*. Je trouve le nom assez bien adapté à la situation.

*

J'en ai fini avec mes ironies. Je laisse également de côté les échanges d'arguments historiques et politiques. Ce tennis ne m'intéresse pas et tous les vingt ans un événement tout à fait imprévu vient ridiculiser les joueurs de tennis. (Il est vrai que cette fois, étant donné qu'ils ont prévu le pire, qu'ils ne travaillent qu'à orchestrer le pire, on voit mal où pourrait être la surprise.) Je m'en tiens à ma réaction épidermique, charnelle si l'on veut, à ce dégoût et à cette étrangeté qui me saisissent devant la sottise française. Suis-je vieux ? Suis-je jaloux ? Suis-je furieux de me sentir ou de m'être mis « sur la touche » ? Au petit bourgeois on est en train de changer sa petite France, et le petit bourgeois n'est pas content, il râle, il renâcle, éternel fantassin qui ne comprend rien aux desseins des Dieux ni des généraux. Est-ce cela la vérité ? « Voyez-moi ça, ils voudraient aller dans la lune ! » Je puis dire cela sur le même ton dont usaient les amis de maman vers 1936 : « Tu as vu ces femmes en cheveux qui achetaient du poulet ! » et mettre ainsi les rieurs contre moi...

Avec ou sans rieurs pour me soutenir le moral, le paysage français ne me rend plus très gai. Cette vieille nation, pourquoi se conduit-elle en nouvelle riche ? Cette nation adulte en nation puérile ?

Il y a longtemps que certains mécanismes sociaux, politiques, économiques s'ingénient à laminer ce qui, dans l'animal moderne, lui conservait de la dignité en face de la vie et de la mort. Qu'il soit permis de ne pas chanter idiotement victoire ni crier au miracle devant une accélération prodigieuse, une efficacité inespérée du laminoir.

VIVRE EN SUISSE

Voici le terme du voyage.

Je ne suis pas fier de ma vie. Je ne m'aime pas. Je n'aime pas ma vie.

Voilà ce que crie mon livre.

La satisfaction de soi est ma vieille ennemie. Insidieuse, omniprésente, elle m'a toujours stupéfié chez les autres. Chez moi elle m'écœure. Je l'ai traquée, forcée, mais elle m'encercle, la guerre contre elle serait de tous les instants. La voici dans la modestie sucrée d'une voix. La voilà dans le coup d'œil au miroir, dans l'aveuglement de tous ceux qui croient que de la considération leur est due. Comme une universelle vermine la vanité couvre les littérateurs, mes compagnons. Ses ridicules et ses victoires me poignardent et avec le temps la blessure s'envenime. Alors je me retourne contre moi, et le plaisir que j'éprouve à me détester glisse à l'ivresse.

Sur mon corps, l'allié enfui, le complice de toutes les trahisons, il me semble en avoir pas mal dit. Tout ? Non. Mais suffisamment pour faire un exemple : voilà comment il convient de traiter ce sac, cette molle machine fatiguée qui ne réagit plus qu'à l'injure.

Sur mon âme, je me suis tu. Pas de confidences à faire. La bête, sur son âme, est muette. Possède-t-elle une âme ? Elle crève de peur, elle interroge les étoiles, elle redoute les insomnies et les aubes, elle fuit les pleins soleils d'été où dérivent des angoisses : tout le théâtre métaphysique est de la fête, mais Dieu absent. Ce n'est pas faute de m'être assez souvent faufilé dans cette pièce réservée de la maison où, selon la règle des vies bien distribuées, il est censé s'installer afin de veiller sur nos jours... Mais la pièce est vide. J'y retourne, parfois, le cœur battant.

Au long de ce livre j'ai pris un ton, un ton comme ça, plutôt casseur. Comment s'y tromper ? La fraise, l'air narquois, ce sont des trucs d'écriture. Un privilège. Nous sommes ainsi constitués que les mots viennent quand nous les appelons ; nous avons la manière ; nous savons les faire jouer. D'où cette impression formidable de désinvolture qu'il est si tentant de donner en parlant bref. Mais encore une fois, qui s'y laisserait prendre ? Nos acrobaties suent le labeur. Les os craquent.

L'œuvre ? Arrêtons-nous un instant et parlons-en.

J'ai écrit une demi-douzaine de livres. Mais ce statut d'*écrivain*, qui m'est vaille que vaille reconnu, mille doutes et moqueries, en moi, le contestent.

La France est à la fois le ciel, le purgatoire et l'enfer des hommes de lettres. Des millions d'hommes de lettres. Bossuet préside notre République, un auteur d'anthologie la gouverne, un ancien Prix Goncourt l'inspire. Comment l'indulgence n'y bénirait-elle pas toute manifestation littéraire ? Qui, grisé par cette bonté générale, ne se sentirait ici, de plein droit, voué aux lettres ? Donc l'indulgence française (d'ailleurs riche en fourberies) n'est pas pour peu dans la fatalité qui m'a rejeté, après cinq années de silence, à l'aventure d'un livre. Mais quoi encore ? Énumérons : le plaisir d'un artisan, les bienfaits thérapeutiques, et la vieille chimère éternellement entrevue, poursuivie, évanouie, dont nous serions tous, personnages à plume, injustes de ne pas avouer le despotisme qu'elle exerce sur les plus honorables de nos rêves. Mais un peu de clairvoyance règle vite leur compte à ces illusions. Je ne suis pas, je crains de n'être jamais l'écrivain que ma peur et ma faim exigeaient naguère, vers mes dix-huit ans, que je devinsse. Je ne mets dans la nostalgie nulle aigreur. Dès la publication de mon premier livre cette amertume fut en moi. Elle y est restée.

Écrire ne m'est pas une raison de vivre. Mes enfants, mes attachements, mes travaux ne le sont pas davantage. Sans doute vit-on fort bien sans raisons ?...

Mais tout aussi honnêtement je pourrais me

payer de mots, de beaux accents lyriques, touchants : « Comment imaginer une fin de ma vie que ne jalonneraient pas les livres ? » C'est vrai, c'est faux, je ne sais plus.

Malgré quoi, en vertu de quoi, je continuerai d'écrire. Mes amis le font. Les lois de ma société et les forces de l'habitude m'y contraignent. Une naïveté ombrageuse, éperdue, me sollicite encore. J'écrirai donc. À la paysanne, du travail honnête. Peut-être aussi pour combler ces vides, ces silences par trop difficiles à traverser qui sont évoqués aux premières pages de ce livre.

Que mes fils ne se tourmentent donc pas, un jour, d'avoir ou d'avoir eu pour père un écrivain sans uniforme ni galons, à ce point modeste, à ce point orgueilleux. Toutes les questions qu'ils pourront se poser à propos de ma panoplie sont ici, sinon résolues, au moins abordées avec un pessimisme familier qui pourra leur tenir lieu de solution. Quant à l'uniforme, est-il nécessaire de m'y étendre ? Il me semble en avoir, par des biais, souvent parlé.

Mes idées ? Je m'étonne toujours, les redécouvrant, de devoir les juger aussi courtes. J'ai pris plaisir l'autre jour à tomber sur une citation attribuée à Tolstoï, qui, retenue par cœur aussitôt, hantera désormais mes humeurs : « Il est impossible que des hommes qui ont renoncé à penser ne s'émerveillent pas devant des aéroplanes. » Ces aéroplanes m'enchantent. Et puis, racoler Tolstoï, quelle bonne affaire pour un petit Lorrain !

En politique, sans doute ai-je été moins niais que je veux bien dire, ou moins indifférent. Mais, du parti des nuages et des cœurs blessés, homme des douces violences, de la déception étonnée, de quel droit parlerais-je ? Entre 1944 et 1958 environ, le choix fut étroit : on pouvait penser bien ou penser mal. En gros, j'ai pensé bien. Les faits ont donné raison à cette vertu. Mais curieusement les vertueux se sentent floués. Ils baptisent cela « dépolitisation des consciences ». Peut-être parce que leurs espoirs ont été réalisés et leurs promesses tenues par d'autres qu'eux — d'autres qui faisaient profession de réalisme ? Toujours est-il que nos bons cœurs, aujourd'hui, sont vaguement honteux. C'est ainsi : les idées justes triomphent toujours, mais sans joie, et si lentement qu'elles vous laissent le temps de vieillir. Les Inspecteurs des Finances, les Jeunes Patrons et les golfeurs ont pris notre relais. À la niche, les idéologues !

Ah non ! je n'aime pas ma vie...

J'avais écrit, quelque part dans les paragraphes qui précèdent : *je ne suis qu'un médiocre écrivain.* Et encore : *un écrivain sans grand éclat.* Des amis qui les ont lus par-dessus mon épaule m'ont conseillé de barrer ces douze mots. Je les ai barrés. Quelques jours ont passé et les douze mots, implacablement, ont refleuri. Pourquoi ? Et pourquoi me poussait-on à les supprimer ? On craignait que je n'eusse mis en eux plus de complaisance que d'humilité, plus de provocation que de franchise. De la complaisance, de la provocation ? Il en a fallu, d'abord, dans ce livre, pour m'entraîner à l'aveu. Comme des vins, la complaisance et la provocation délient la langue. Il ne reste ensuite qu'à nettoyer notre texte des naïvetés que le procédé y avait glissées. Je crois, ce coup de balai, l'avoir donné.

« Médiocre » : je voulais dire que presque jamais la page écrite ne me comble. Presque jamais je ne sens le déséquilibre fondamental des choses compensé, en moi, par des phrases nées de moi. C'est pourquoi je pourrais reprendre indéfiniment une page, la tordre, en remplacer chaque mot par un autre, sans jamais être satisfait, sans qu'aucune version ne me parût jamais préférable. Tâcheron, oui, et plus laborieux qu'on ne saurait croire, tâcheron devant qui se dérobe toujours, avec sa sensation d'éphémère plénitude, le plaisir d'en avoir fini.

« Médiocre » : je voulais dire aussi que je sais où se trouvent les plus grands, les écrivains que je respecte, et si je marchais sur leur chemin, comment ne le reconnaîtrais-je pas ?

« Sans éclat » : je pensais aux carrières plutôt qu'au style. Sans éclat, ça veut dire aussi sans bagarre, sans coups de gueule. J'appartiens, en littérature, à une génération châtrée. Les facilités, le fric, le cinéma, les magazines, notre prose achetée à des prix exorbitants nous ont — les plus faiblards d'entre nous — amolli l'écorce. Il nous a manqué une morale. Il nous a manqué de faire table rase et de nous imposer à nous-mêmes, pour toujours, les leçons d'un mépris. Tout nous était permis. Nous nous sommes tout permis. Y compris de *faire moyen*.

Voilà ce que signifiaient ces douze mots écrits, supprimés, restaurés.

Tendre mes reins aux coups, inventer moi-même les méchancetés qui me fouetteront, passer pour vain, rusé, putain, pêcheur de douceurs pourries : j'accepte volontiers tous ces risques si je sens en moi, à défaut d'autres conforts, celui d'une certaine fidélité à mon livre.

*

Pour en revenir à vous, Gilles et Alain, qui êtes les témoins et les destinataires un peu fantomatiques de mon récit, je n'ai guère à vous offrir que des conseils de morale. Mais pourquoi pas ? Sur vos métiers, vos épouses, l'art de placer votre argent, de choisir vos cabriolets et de décorer vos maisons, j'imagine que les journaux seront de plus en plus bavards. Vous vivrez dans une époque où rien n'ira sans dire... Moi, je puis simplement déposer dans vos mémoires quelques mots, et souhaiter qu'ils y exercent des ravages.

Ainsi, puisque l'éclat et la vanité sont venus tout à l'heure sous ma plume, je vous dis : Ne soyez jamais importants ; ne soyez jamais officiels. Jouez à l'argent, au snobisme, aux idées, au monde. Volez, convoitez, soyez chasseurs plutôt que gibier. Mais jamais les dupes de ces gymnastiques. Prenez-en et laissez-en. Et apprenez le goût de tout laisser. Jamais du côté du pouvoir. Il ne brûle pas, il use et il tiédit. Ne vous laissez jamais contaminer par l'importance ni le pouvoir. Je ne vous le dis pas en révolté, mais en bourgeois. Je ne vous le dis pas dans la haine des formes établies, mais dans leur familiarité. Sans doute la société où vous vivrez ne ressemblera-t-elle pas à la mienne — mais il est tout aussi probable que, rien ne changeant très vite, le sens de ces propos vous restera compréhensible. Ce ne sont pas des paroles de colère ni d'anarchie : ce sont des paroles de liberté. Vous mesurerez bientôt ce que la liberté exige d'humour et de ruse. Votre vie est devant vous ? Je vous dis : Loupez-la, sabotez-la. Peut-être un peu de paix vous attendra-t-elle au fond du trou que, de vos mains, vous aurez creusé.

*

Tout mon livre est aux couleurs du bonheur et de la mort. Le bonheur et la mort sont les thèmes de ces trois cents pages et leur musique. Leur horizon. Leur leçon. Rien d'autre : le vide et l'instant, la fin de tout et des miettes de tout. Je n'ai pas d'autre foi à prêcher : apprivoisez votre mort et, à cette lumière noire, travaillez sauvagement — je répète : sauvagement — à votre bonheur. Je n'ai cru qu'en lui. À seize ans je criai son nom. Et qu'importe s'il est aussi le couteau à quoi votre mémoire un jour se déchirera.

*

« Tiens, vous vivez souvent en Suissc ? »

Dans la gaieté bien appréciée de six heures du soir à Paris, quand le pétrole et la suie me noircissent le poumon, on me jette souvent à la figure, de haut, cette commisération. « Vivre en Suisse », je ne sais pourquoi (à cause peut-être de « boire en Suisse »), j'entends l'expression comme un éloge de la solitude et du secret. J'accepte donc que les goguenards, en quelques mots, sans le vouloir, me caressent.

Il est vrai que me voilà une fois de plus installé sur ma montagne. Sans doute ce que j'écris en est-il de quelque façon pénétré. Pénétré de silence, et de cette odeur de la forêt rousse et spongieuse dont novembre baigne nos promenades. Il est difficile de l'exprimer, mais à coup sûr novembre, ses assauts de brume le long des pentes, le jaune des bouleaux dans le ravin, la sensation qu'une nuit toute prochaine nous jettera d'un coup dans l'hiver — tout cela fait aussi partie de ce que j'écris, des leçons que je tire du travail de huit années. Mes pensées sont dans le paysage comme dans une grande tête sereine qui saurait les ordonner. Que « vivre en Suisse » soit donc, autant qu'une recette ou une indication géographique, un éloge de la clandestinité.

Je retourne à mes sapins, à mes vaches. On cache, on repose et on termine ici des vies brillamment brisées. Moi j'y raccommode et poursuis pour l'instant une vie un peu sourde, encore opiniâtre, que peut-être je *raterai*, mais qui, je m'y engage, je m'en vante, ne sera plus jamais abusée. Je continuerai de débusquer ces bêtes pataudes et vicieuses auxquelles, veulerie ? paresse ? on donne asile en soi. Dans les bibelots : ma grosse patte. Au royaume du sourire : mes sarcasmes, mes cris.

Ainsi peut-être, de livre en livre, en aurai-je un jour fini avec mes comédies ?

Saint-Christophe, 1955.
En Cerniaz, 1963.

DU MÊME AUTEUR

Textes autobiographiques

UN PETIT BOURGEOIS, Grasset, 1963, « Les Cahiers Rouges », 1983, et Folio nº 3662.

LETTRES À MON CHIEN, Gallimard, 1975, et Folio nº 843.

LE MUSÉE DE L'HOMME, Grasset, 1978, et Folio nº 3748.

BRATISLAVA, Grasset, 1990, et Folio nº 3780.

ROMAN VOLÉ, Grasset, 1996, et Folio nº 3781.

À DÉFAUT DE GÉNIE, Gallimard, 2000, et Folio nº 3577.

Romans

L'EAU GRISE, Plon, 1951, et Stock, 1986 et 2002.

LES ORPHELINS D'AUTEUIL, Plon, 1956, et Presses Pocket.

LE CORPS DE DIANE, Julliard, 1957, et Presses Pocket.

BLEU COMME LA NUIT, Grasset, 1958, et Le Livre de Poche.

UNE HISTOIRE FRANÇAISE, Guilde du Livre, 1965, Grasset, 1966 (Grand Prix du roman de l'Académie française), et Le Livre de Poche.

LE MAÎTRE DE MAISON, Grasset, 1968 (Plume d'Or du *Figaro littéraire*), et Le Livre de Poche.

LA CRÈVE, Grasset, 1970 (prix Femina), et Le Livre de Poche.

ALLEMANDE, Grasset, 1973, et Le Livre de Poche.

L'EMPIRE DES NUAGES, Grasset, 1981, et Le Livre de Poche.

LA FÊTE DES PÈRES, Grasset, 1985, et Le Livre de Poche.

EN AVANT, CALME ET DROIT, Grasset, 1987, et Le Livre de Poche.

LE GARDIEN DES RUINES, Grasset, 1992, et Le Livre de Poche.

LE BAR DE L'ESCADRILLE, Grasset, 1997, et Le Livre de Poche.

Libelles

LES CHIENS À FOUETTER, Julliard, 1957.

PORTRAIT D'UN INDIFFÉRENT, Fasquelle (« Libelles »), 1957, et Grasset (« Diamant »).

AUTOS GRAPHIE, Albin Michel, 1990, et Le Livre de Poche.

Albums

HÉBRIDES, *photographies de Paul Strand*, La Guilde du Livre, 1962.

VIVE LA FRANCE, *photographies d'Henri Cartier-Bresson*, Robert Laffont, 1970.

DU BOIS DONT ON FAIT LES VOSGES, *photographies de Patrick et Christiane Weisbecker*, Le Chêne, 1976.

METZ LA FIDÈLE, *photographies de Jean-Luc Tartarin*, Denoël-Serpentoise, 1982.

En collaboration

MAUVAIS GENRE, *entretiens avec Arnaud Guillon et Frédéric Badré*, Quai Voltaire, 1994, et Folio n° 2800.

AU MARBRE, *Chroniques retrouvées, 1952-1962*, avec Françoise Sagan et Guy Dupré, La Désinvolture, 1988.

Composition Nord Compo.
Impression Bussière Camedan Imprimeries
à Saint-Amand (Cher), le 13 novembre 2002.
Dépôt légal : novembre 2002.
1er dépôt légal dans la collection : mai 2002.
Numéro d'imprimeur : 025359/1.
ISBN 2-07-042441-3./Imprimé en France.

121783